W0283993

IL LIBERO REGNO DEI RAGAZZI

Prima ristampa, novembre 2011

Illustrazione e progetto grafico della copertina: Giulia Sagramola

Progetto grafico degli interni: Gaia Stock

© 2011 Edizioni EL, San Dorligo della Valle (Trieste)
ISBN 978-88-7926-913-1

www.edizioniel.com

Davide Morosinotto

IL LIBERO REGNO DEI RAGAZZI

Einaudi Ragazzi

1. Ultimi giorni di scuola (giovedí 3 giugno 2010)

Quella mattina, Paolo non sapeva ancora che sarebbe diventato re.
E come avrebbe potuto? Era solo un normale ragazzo di tredici anni, non molto alto, con i capelli spettinati e il vizio di mangiarsi le unghie quando meditava intensamente su qualche idea strampalata.
Paolo non era di famiglia nobile e pensava che i re e le regine esistessero solo nelle favole o in qualche paese lontano come l'Inghilterra. Mentre lui viveva nel Salento, dove il mare e il vento assediavano la terraferma da ogni parte e l'Adriatico si trasformava in Mar Ionio a furia di spruzzi contro le scogliere.
Un bel posto, ma pur sempre un posto qualunque, abitato da persone comuni. E anche quel giorno di inizio giugno sembrava uguale a tutti gli altri.
Nella camera da letto il caldo era soffocante e i raggi del sole disegnavano strisce di luce sul muro. Era davvero un delitto andare a scuola in una giornata cosí bella.
– Pazienza, – mormorò. – Manca solo una settimana all'inizio delle vacanze.
Quel pensiero lo mise subito di buonumore e il ragazzo balzò giú dal letto con un saltello. La camera di Paolo occupava tutto il secondo piano della masseria dove viveva con la sua

famiglia. Era molto grande e molto vuota, gli unici mobili erano una piccola scrivania, il letto e un armadio traballante. Ma c'erano i suoi tesori che la riempivano di vita: centinaia di esperimenti piú o meno riusciti e un mucchio di altre cose che sua madre si ostinava a definire «robaccia».

Per esempio, sul pavimento faceva bella mostra di sé un tappeto di pezze colorate. Paolo l'aveva cucito insieme ai suoi amici, e aveva perso il conto delle volte in cui si era punto le dita con l'ago da sarto. In realtà non si trattava di un tappeto, ma di un ardito prototipo di mongolfiera con cui lui e Laerte, Antonio, Elena e Beatrice sognavano di levarsi in volo sopra la linea costiera, per osservare dall'alto il grande faro di Santa Maria di Leuca.

Poco piú in là si notavano delle travi di balsa abbandonate alla rinfusa, ma pronte a trasformarsi in uno splendido aereo ultraleggero. E ancora nella stanza si ammucchiavano un telescopio costruito con fondi di bottiglia, sostanze chimiche chiuse in contenitori di vetro impolverati, uno scheletro di dinosauro di plastica, una tenda indiana fatta di coperte e rami di bambú e un paio di altre idee che Paolo aveva intenzione di portare a termine al piú presto.

Era quello il suo problema principale, portare a termine. Sul piú bello c'era sempre un imprevisto: la comare Vata Noma si metteva in mezzo per impedire che a suo figlio Laerte capitasse qualcosa di *gravissimo*, Beatrice doveva tornare a casa a fare i compiti o qualcosa del genere.

Presto però le cose sarebbero cambiate: restava solo l'ultima settimana di scuola, e l'aria iniziava già a profumare di vacanza. Lo aspettavano lunghe giornate di tuffi, corse in bici, e le sagre che d'estate spuntavano in tutto il Salento come funghi. Strani oggetti da costruire, nuove invenzioni da realizzare...

Paolo corse a piedi nudi fino alle grandi finestre della stanza. Da lí poteva vedere l'orto e il parco di olivi che circondava la vecchia casa. Gli alberi centenari si stendevano tutt'intorno, con i tronchi ritorti e le foglie sottili e lanceolate. C'erano rossa terra sabbiosa e muretti a secco che disegnavano complesse geometrie nei campi. Ogni tanto tra le fronde si intravedeva la punta tozza di una pajara, e piú oltre la striscia d'asfalto della strada.

Proprio sotto la finestra nonno Biagio era già al lavoro, con il cappello da baseball sporco di polvere e un paio di jeans sgualciti e bucati sulle ginocchia. Assomigliava a un patito dello skateboard un po' attempato.

Vedendo Paolo affacciato al davanzale, il nonno sorrise e agitò la mano. – Ancora a letto? – gli gridò. – Farai tardi!

Aveva ragione, accidenti, doveva darsi una mossa. In fondo era l'ultimo sforzo prima di iniziare una fantastica estate.

Laerte infilò i libri nello zaino uno per volta. Manuale di storia in due tomi e quaderno. Libro di matematica ed eserciziario. Due quaderni a quadretti. Inglese, tre volumi (ma sottili) e un quadernone ad anelli.

Il ragazzo soppesò con lo sguardo tutta quella cultura. Il suo problema non erano i libri, in realtà se la cavava bene a scuola. Ma lo zaino rigonfio rischiava di avere un effetto imprevisto sul buonumore di sua madre.

– Tesoro, sei pronto? – lo chiamò lei dal corridoio.

– Un attimo!
Si vestí: pantaloni lunghi, maglietta di lana, camicia abbottonata fino al collo, scarpe da ginnastica. Quando fu pronto si guardò allo specchio: un ragazzino alto e magrissimo, con la pelle cosí bianca da sembrare trasparente e occhi enormi da personaggio di un cartone animato giapponese. Con tutta quella roba addosso Laerte stava già sudando, le gocce gli scendevano a rivoletti lungo il mento. Come odiava l'estate!
La mamma si precipitò nella stanza in uno svolazzo del vestito a fiori. Squadrò suo figlio dall'alto in basso, quindi ordinò:
– Zaino.
Si allontanò subito con lo zaino sotto braccio, e Laerte restò a osservarla impotente mentre saliva in piedi sulla bilancia e poi guardava la lancetta che saliva e saliva...
– Questo zaino pesa undici chili, – sentenziò la donna. – Ti sembra possibile? I tuoi professori vogliono farti venire la scoliosi?
– Ma mamma...
– Andrò a parlare con la preside. Intanto dovrai usare il carrellino.
Nuovo svolazzo dell'abito a fiori e nuovo inseguimento fino in cucina, dove si trovava il temibile carrellino della spesa. Era un affare di ferro con due rotelle, un manico e una ridicola borsa di stoffa scozzese. Prima che Laerte potesse protestare, la mamma aveva già iniziato a rovesciarci dentro i libri.
Andare a scuola con il carrellino significava attirare gli sguardi degli altri da un chilometro di distanza, e sentire i sorrisetti cattivi o i sospiri di compassione delle ragazze piú gentili. Non era una grande prospettiva.

Quando ebbe finito di svuotare lo zaino, la mamma si voltò verso Laerte e finalmente gli dedicò tutta la sua attenzione.
– Maglia di lana?
– Ce l'ho.
– Cappello contro il sole?
Il ragazzo le indicò il berretto infilato nella tasca posteriore dei pantaloni.
– Foulard? Giacchetta?
– Mamma...
– È inutile lamentarsi. Le mezze stagioni sono terribili per i malanni: raffreddori, colpi d'aria, allergie, reumatismi. Quando i tuoi compagni saranno a letto con la febbre, mi ringrazierai per averti obbligato a mettere il foulard.
Con un gesto da prestigiatore, sua madre tirò fuori un fazzoletto da qualche parte e glielo annodò stretto al collo. Poi afferrò la giacca e gli mise anche quella.
– Molto bene caro, – commentò, soddisfatta. – Ora sei pronto per la scuola. Andiamo.
Ecco, questo no. Laerte aveva portato pazienza fino a quel momento, ma adesso era ora di far sentire la sua opinione. – Preferirei andare in bici, – protestò.
Aveva progettato di adottare un tono di voce fermo e risoluto, mentre invece gli era uscito un pigolio piagnucoloso.
– E come faresti a portare il carrello dei libri sulla bicicletta? Ti accompagno in auto. Sbrigati o faremo tardi.
Laerte seguí la mamma fuori di casa. Cominciava un'altra giornata di scuola.

Nella stanza di Paolo non c'erano porte o scale che conducessero al piano di sotto. La camera era isolata dal resto della masseria, una bolla perfetta e tranquilla, il suo territorio.
Per scendere, il ragazzo dovette passare dalla porta finestra che dava sul terrazzino, una semplice piattaforma di cemento senza ringhiera (che perfetta rampa di volo sarebbe stata, quando lui e gli altri avessero finito l'aereo!) con una lunga scalinata che fiancheggiava il lato sud della masseria.
Qualche tempo prima, Paolo si era fatto aiutare dal nonno per attaccare un grosso chiodo al muro, e ci aveva assicurato una fune che permetteva di scendere a terra in metà del tempo aggirando la scala. Il ragazzo non doveva farsi vedere dai genitori, sai le sgridate, ma era in ritardo e quel sistema era *molto* piú rapido.
Cosí prese la corda, calandosi lungo la facciata della casa. Arrivato quasi a terra, puntò i piedi sul davanzale dell'appartamento in ristrutturazione che si trovava proprio sotto la scalinata, spiccò un salto atletico e arrivò in giardino.
Lí si trovava l'unico bagno funzionante della masseria, un baracchino di mattoni grezzi e lamiera che sua mamma aveva intenzione di abbattere al piú presto.
Paolo si stropicciò gli occhi che avevano il colore grigio scuro del mare in tempesta, e si passò le dita umide tra i capelli nel tentativo di domarli almeno un po'. Un ciuffo continuava a starsene dritto sulla fronte come il corno di un rinoceronte, e il ragazzo decise che dopotutto gli donava. Uscí dal bagno e si precipitò in cucina, dove suo padre stava preparando il caffè.
– Mamma è già andata al lavoro? – domandò, sbocconcellando un biscotto e soffocandosi con il succo di frutta.

Suo padre annuí: – Mezz'ora fa. E dovresti spicciarti anche tu o farai tardi a scuola.
– Non puoi accompagnarmi con la macchina? – *Tanto non hai niente da fare*, stava per aggiungere Paolo, ma si morse la lingua appena in tempo. Quelle parole avevano il potere di far infuriare il signor Giovanni oltre ogni immaginazione.
– Devo continuare i lavori di ristrutturazione, sono molto impegnato. Vai con la bici.
Paolo afferrò un altro biscotto senza dire niente.
Lo aspettavano sei chilometri di strade tortuose fino a Pagliarano, il paese piú vicino, dove c'era la scuola. Con quel caldo, sarebbe arrivato tutto sudato.

– Quanto manca all'inizio delle vacanze?
– Te l'ho detto diecimila volte.
– Non ricordo...
– Una settimana. Ancora pochi giorni e comincerà l'estate.
– Poi cosa faremo?
Antonio scosse la testa. Perché il suo fratellino era cosí insistente? Non bastava accompagnarlo tutti i giorni: si sarebbe appiccicato a lui anche in vacanza. E guai se Antonio voleva fare qualcosa con i suoi amici e diceva a Luca di non venire.
Camminavano sul marciapiede, il fratello maggiore spingendo la bici, l'altro che gli zampettava a fianco con lo zainetto dell'Uomo Ragno.
– Faremo quello che si fa d'estate. Non so, ci penseremo.
– Ci penserà Paolo, vuoi dire. È lui quello con le idee geniali.
Antonio sorrise: in effetti era vero. Paolo aveva le idee, mentre lui lo aiutava a metterle in pratica. Per esempio, la corda

che permetteva di salire e scendere dalla sua camera senza passare per la noiosa scala esterna. Era stato Antonio a trovare la corda adatta, a calcolare l'altezza giusta perché la fune non fosse troppo vicina alla parete e permettesse di muoversi con agilità. E sempre lui l'aveva provata per primo, inventando il saltello sulla finestra dell'appartamento in ristrutturazione. Be', in realtà Antonio era stato scelto per il collaudo anche perché pesava quanto Paolo e Laerte messi insieme.
Le scuole medie e le elementari erano vicine, due edifici bassi con il tetto piatto e un sacco di finestre che sembravano gli occhi di una creatura malvagia. I palazzi erano separati da un prato di erba spelacchiata e una rete: dal lato delle elementari c'erano una vasca di cemento piena di sabbia e uno scivolo, dall'altra parte una rastrelliera per le biciclette e un deserto di lattine schiacciate, bottiglie vuote e mozziconi di sigaretta.
Ancora da mezzo chilometro di distanza, Antonio si accorse che davanti ai cancelli delle medie stazionavano Ciccio Presti e gli altri ragazzi della Banda dei Tristi. Si guardavano intorno con i loro ghigni cupi e avevano capelli rigidi di gel, magliette di marca e scarpe super-ammortizzate all'ultima moda.
Stavano aspettando la vittima quotidiana.
All'improvviso i piedi di Antonio smisero di funzionare e il ragazzo quasi inciampò sui pedali della bici.
– Che c'è? – domandò Luca.
Il bimbo si voltò a guardarlo con la bocca spalancata. Non sospettava niente: Antonio era il fratello grande, e per Luca era una specie di essere mitologico e invincibile.
– C'è che adesso puoi andare da solo, – gli rispose lui. – Basta continuare dritto per cento metri e sei arrivato.

– Ma di solito mi accompagni fin dentro il giardino!
– Questa volta non posso, Luca. Devo... – Antonio cercò alla svelta una scusa. – ... fermarmi un attimo all'edicola.
Il visetto del bambino si illuminò: – Compri le carte di Stregoni all'Attacco?
– Ecco, proprio cosí.
– Se trovi delle carte rosse poi me le passi, d'accordo? Tanto tu usi un mazzo verde e blu, non ti servono.
Antonio annuí sollevato: era stato piú semplice del previsto.
– D'accordo, – promise. – Quelle rosse sono tue. E se c'è uno Stregone Speciale Universale, te lo regalo.
Tutto contento, Luca lo salutò con la mano e trotterellò via, con l'Uomo Ragno sullo zaino che sembrava fissare Antonio con aria di rimprovero. Gran cosa essere un supereroe. Il ragazzo avrebbe potuto saltare la rete con agilità e muoversi a colpi di ragnatela da una scuola all'altra, evitando il picchetto della Banda dei Tristi.
Invece prima o poi avrebbe dovuto affrontarli. Ciccio lo avrebbe obbligato a consegnargli tutti i soldi che aveva in tasca, non molti per la verità. Ma la vera umiliazione arrivava dopo. Gli avrebbero sollevato la maglietta fin sopra la testa per schiaffeggiare e pizzicargli la pancia, ridendo dei suoi rotoli di grasso che saltellavano come un materasso a molla.
Antonio controllò l'orologio: era un po' in anticipo, mancava ancora un quarto d'ora alla campanella. Prima o poi Ciccio e i Tristi sarebbero entrati in classe, e allora avrebbe avuto via libera. Un po' in ritardo, magari, ma senza umiliazioni.
Il ragazzo attraversò la strada e si nascose dietro l'edicola, restando a osservare.

– Buongiorno! – lo salutò il giornalaio, il signor Cridamai. – Vuoi una bustina delle tue carte da gioco?
Antonio tirò fuori gli spiccioli che aveva in tasca e infilò la busta nello zaino. Suo fratello era arrivato a scuola sano e salvo. Poi sopraggiunsero Elena e Beatrice che ridevano raccontandosi cose da ragazze. I Tristi le osservarono passare. Di solito non infastidivano le donne, anche perché Beatrice sapeva metterli a posto con una frecciatina della sua lingua tagliente.
– Antonio? – lo chiamò Cridamai, a bassa voce. – Non dovresti andare a scuola anche tu?
– Eh, sí, ehm...
– Sono quei ragazzi, vero? Il figlio del macellaio Presti e la sua banda.
Antonio guardò gli occhi cisposi dell'edicolante. Ma perché non si faceva un po' gli affari suoi, invece di farlo sentire uno stupido?
– Dovresti metterli al loro posto, – commentò l'uomo, sistemando i giornali freschi di stampa. – Imparare a difenderti.
«Come no, – pensò Antonio. – Proprio la cosa piú semplice del mondo».

La comare Vata Noma era convinta che i condizionatori facessero malissimo alla salute, perciò teneva quello dell'auto sempre spento. E non apriva i finestrini per evitare gli spifferi. Grazie a questa inoppugnabile visione del mondo, nella Panda c'erano almeno sessanta gradi, e Laerte era felice di non essere un pollo perché a quell'ora si sarebbe ritrovato già cotto, dorato e pronto da servire in tavola.
– Ti prego, fermati! – implorò Laerte, agitandosi sul sedile.

– Perché? Non siamo ancora arrivati!
Sua madre stava chiacchierando senza interruzione dall'inizio del viaggio, ma lui non l'ascoltava. Pensava solo a uscire di lí il prima possibile, respirare...
– Fermati, per favore! – ripeté, cercando di non perdere i sensi nell'afa insopportabile dell'abitacolo. – Sai che figura, se mi vedono arrivare con te. Poi guarda, c'è Antonio. Se mi lasci qui posso entrare con lui.
La mamma esibí il suo sorriso da «mio figlio sta proprio diventando un ometto». Mise la freccia e accostò, quindi si sporse verso Laerte: – Almeno, me lo dai un bacio?
Antonio lo aveva già notato, ma non c'era nessun altro in vista. Laerte slacciò la cintura di sicurezza e baciò rapidamente la mamma prima di scendere. Prese il carrello della spesa e lo trascinò fino all'edicola dove il suo amico lo stava aspettando appoggiato alla bici.
Tloc tloc tloc, facevano le ruote del carrellino sul marciapiedi.
– *Ci beddhru piccinnu*, – lo salutò Antonio in dialetto, per prenderlo in giro: «che bel bambino».
Laerte sogghignò e indicò con la mano il cancello della scuola.
– Io ho i miei problemi, ma tu non stai meglio. Perché non sei entrato? C'entra forse la Banda dei Tristi?
In realtà Ciccio Presti e gli altri facevano molta paura anche a lui, ma di solito lo lasciavano in pace.
Qualche mese prima sua mamma era andata a parlare con il papà di Ciccio, il macellaio, e gli aveva fatto una scenata in negozio davanti a tutti i clienti. Ora per Laerte la scuola era territorio franco, e l'importante era stare alla larga da Ciccio Presti quando non c'erano adulti nelle vicinanze.

– Figurati, – provò a minimizzare Antonio. – Io non ho paura di nessuno. È solo che... non ho voglia di entrare in classe.
– L'interrogazione di storia, già.
– E guarda che sole. È un peccato stare al chiuso.
Laerte controllò che la Panda color rosso fuoco di sua madre fosse sparita dietro l'angolo della strada, poi si tolse rapidamente il foulard e la giacca e ficcò tutto nel carrello. Sbottonò la camicia e arrotolò le maniche fino a sopra il gomito.
– Allora cosa facciamo? – gli domandò Antonio.
Laerte lo guardò un po' incerto. – Cioè?
– Andiamocene in giro. Elena e Beatrice sono già entrate, ma Paolo è in ritardo come al solito. Potremmo intercettarlo lungo la strada, lui avrà sicuramente qualche idea vincente.
Laerte non era convinto. – Io sono senza bici, e come faccio con il carrello dei libri?
– Monti dietro di me, e leghiamo quell'affare al parafango. Cosí ci verrà dietro sulle sue ruote.
– Non so...
– Tanto non se ne accorgerà nessuno! Promesso!
Prima che Laerte potesse dire qualcosa, il suo amico Antonio aveva già afferrato il carrellino e lo stava assicurando alla bici con una corda trovata chissà dove.
La Banda dei Tristi aspettava davanti alla scuola. Laerte non aveva voglia di passare proprio sotto il loro naso.
– E va bene, – si arrese. – Ma in fretta, prima che qualcuno ci veda.

– Caspita! Oggi fai davvero paura!
A quelle parole Beatrice si risvegliò dal suo sogno a occhi aperti.
– Che vorresti dire? – domandò.
La sua amica Elena iniziò a ridacchiare. Quel giorno appariva felice e bellissima: aveva una lunga chioma corvina che le scendeva sul collo in morbidi boccoli, e ciglia lunghe e seducenti.
– Mi riferivo a Ciccio Presti e ai suoi scagnozzi. Gli hai rivolto uno sguardo cosí gelido che mi ha fatto venire i brividi!
– Oh, ti riferivi a quei teppisti.
In realtà Beatrice non si era accorta di niente. Come ogni mattina aveva suonato al campanello della sua migliore amica e poi avevano passeggiato insieme fino a scuola, parlando del piú e del meno. Beatrice aveva seguito il filo del discorso con un frammento remoto del cervello, rispondendo alle solite domande (pensi che oggi la prof consegnerà i compiti di italiano, hai visto quelle scarpe nuove in vetrina eccetera) e pensando in realtà a tutt'altro.
Sí, certo, i suoi occhi avevano registrato la presenza di Ciccio e dei suoi amici. Tenevano le spalle appoggiate contro il muro e lanciavano sguardi torvi tutt'intorno, alla ricerca di qualche poveretto da prendere in giro. Ma Beatrice aveva ben altro per la testa e non ci aveva fatto caso.
– Ciccio stava per dire qualcosa, – continuò Elena, che non si era accorta di niente, – e lo hai guardato in modo da fargli capire che, be', solo una parola e lo avresti distrutto con una battuta, e lui ha tossicchiato ed è rimasto in silenzio... Che scena!
Beatrice annuí. Elena era la sua migliore amica, e lei non

la stava ascoltando per niente. Forse avrebbe dovuto essere sincera e raccontarle tutto, spiegarle cosa la preoccupava. Anche se la maggior parte dei ragazzi consideravano Elena «la bella della scuola», Beatrice sapeva che in realtà era una tipa in gamba: avrebbe fatto del suo meglio per rassicurarla, e avrebbe custodito il segreto...

Il segreto. Beatrice non poteva parlarne, nessuno avrebbe capito fino in fondo quanto fosse importante per lei. Adesso la cosa piú urgente era riuscire a sgattaiolare via per qualche minuto, prima dell'inizio delle lezioni. Non doveva farsi vedere.

2. Il tesoro di Casa Vulía

La strada partiva dalla litoranea, a picco sugli scogli aspri e battuti dal mare, poi si arrampicava tra le colline allontanandosi con una curva rotonda che serpeggiava nell'entroterra. La strada passava accanto a Casa Vulía, la «casa delle olive» dove viveva Paolo, quindi continuava con una ripida salita per quasi cinquecento metri, si perdeva in altre curve a zigzag e infine correva dritta come una lama di coltello fino a Pagliarano.

Mentre percorreva il viale della masseria in sella alla sua fedele bicicletta rosso fuoco, Paolo pregustava il percorso: prima la sfacchinata sul pendio, con i muscoli delle cosce che vibravano per lo sforzo. Poi il tratto pianeggiante da superare di slancio, aggirando i tombini sconnessi e saltando sulle buche sotto un sole accecante.

Il ragazzo bagnò di saliva la punta del dito e la sollevò in aria. C'era scirocco, il vento umido che arrivava dal mare. L'avrebbe spinto come una vela lungo buona parte del percorso.

Era in ritardo ma non gli importava: pensava solo alla corsa in bici, al sole e al canto assordante delle cicale che sembrava l'applauso di un pubblico in delirio.

Al termine del vialetto Paolo schiacciò i freni sollevando un'ondata di ghiaia, quindi sbandò sulla strada asfaltata e cominciò a spingere a tutta forza.

Qualcuno veniva nella direzione opposta, precipitandosi come un proiettile giú per la discesa. Era una Graziella, con un ragazzo grassoccio che pedalava furiosamente e un altro in piedi sul portapacchi, le mani sulle spalle del ciclista. La bici faceva un baccano terribile e sferragliante, sembrava che il telaio stesse per cadere a pezzi da un momento all'altro.
La Graziella era argento, con un faro acceso che cambiava colore ogni due secondi passando dal rosso, al blu, al giallo chiaro. E dietro era legato un carrellino per la spesa.
Antonio e Laerte, i suoi amici.
Si fermò sul ciglio della strada per aspettarli, vide Antonio che frenava a furia di suola di scarpe e buona volontà, osservò il carrellino che slittava di lato e si schiantava contro un muretto di pietre bianche. Una rotella saltò via e sparí sopra le cime degli olivi, la stoffa scozzese si lacerò sul fondo e i libri e i quaderni scapparono via come gabbiani in volo.
– Che disastro! – esclamò Laerte, balzando giú dalla Graziella e cominciando a raccattare le sue cose sparse per un buon tratto di strada.
– Che ci fate qui? – domandò Paolo. – Non dovreste essere a scuola?
– Be', sí... Ma oggi c'è interrogazione di storia...
– Certo, certo. C'entrano per caso Ciccio Presti e i suoi amici?
Antonio diventò tutto rosso, un ragazzo sovrappeso con la pelle liscia e le guance color pomodoro. – Stavano davanti ai cancelli, in attesa...
– Non puoi saltare le lezioni solo perché la Banda dei Tristi aspetta davanti all'entrata!

– Va be', ma è meglio cosí, no? Non dirmi che ieri hai studiato e sei pronto per l'interrogazione.
Paolo cominciò a mangiarsi le unghie, riflettendo. – Mi sa che hai ragione. Inoltre, c'era giusto una cosa che volevo mostrarvi. Uno dei misteri di Casa Vulía.
Laerte, che finalmente era riuscito a radunare tutti i suoi libri e li aveva infilati nei resti malconci del carrellino, lo apostrofò incredulo: – Saltiamo la scuola, e tu vuoi nasconderti *a casa tua*? Con papà e nonno sempre in giro?
– Non ci vedranno, sono impegnati con i lavori alla masseria. Inoltre noi andremo da tutt'altra parte, è super-sicuro. D'accordo?
I suoi amici annuirono all'unisono.

A quell'ora del mattino, la palestra della scuola era un posto silenzioso e quasi lugubre. Sul pavimento di linoleum marroncino giacevano abbandonate palle mediche, clavette da ginnastica ritmica e un vecchio pallone da calcio bitorzoluto.
La luce del sole entrava dalle ampie finestre facendo brillare milioni di granelli di polvere, che turbinavano nell'aria disegnando fantasmi di bambini, pensò Beatrice. «Sembrano proprio spettri fanciulli».
La ragazza respirò a fondo per farsi coraggio. Mancava ancora un minuto alla campanella, e presto dalla porta tagliafuoco della palestra sarebbero entrati il professore di ginnastica e un'intera classe di ragazzi. Doveva spicciarsi... E perdersi in immagini da film horror non l'avrebbe aiutata.
Quello che cercava si trovava in un angolo della grande stanza.

Era un metro di legno coperto di graffi e appeso contro il muro, per misurare l'altezza degli alunni.
Beatrice si diresse da quella parte con il passo lento di un condannato al plotone d'esecuzione. Era dalla notte prima che aspettava quel momento con sempre maggiore preoccupazione.
In realtà tutto era iniziato in modo abbastanza banale: dopo cena, la ragazza si era chiusa in camera e si era collegata al sito della sua serie tivú preferita, *Squadra Scientifica Tiger*. Parlava di un reparto della polizia specializzato in indagini difficilissime. Gli esperti Tiger prelevavano campioni di DNA, analizzavano tracce di vernice, studiavano la balistica dei proiettili e arrivavano immancabilmente a scoprire il colpevole.
Beatrice in particolare era una fan della protagonista, la comandante della squadra, dottoressa Carli. La ragazza aveva deciso che da grande sarebbe diventata come lei: capo di un reparto della scientifica. Aveva tutte le carte in regola, già adesso era la migliore della sua classe. Però... però un poliziotto, sul sito, aveva scritto che per arruolarsi bisognava essere alti almeno un metro e sessantuno (uno e sessantacinque per i maschi).
Beatrice non conosceva la sua altezza, l'ultima volta che si era misurata le era sembrato di essere uno e cinquantadue. Come poteva fare? Possibile che il suo sogno rischiasse di svanire per una sciocchezza come la bassa statura?
«Calmati, – si disse la ragazza. – Ricorda che prima di entrare nella polizia dovrai fare il liceo e l'università, quindi sarai un'adulta e comunque vadano le cose sarai diventata piú alta di oggi. A tredici anni l'altezza media per le ragazze

è proprio uno e cinquantadue, crescerò, non mi devo preoccupare».
Forse era vero. O forse no.
Tremando, la ragazza si sistemò contro il metro di legno appeso alla parete e tolse dalla tasca uno specchietto. Le restituí l'immagine di un volto magrolino: indossava occhiali con una grossa montatura di plastica rossa, e l'apparecchio per i denti illuminava il suo sorriso di scintillanti bagliori metallici.
Subito sopra la criniera di capelli crespi, color paglia, si vedeva la scritta: *1 m 56 cm.*
Un metro e cinquantasei. Cinque centimetri troppo bassa per entrare nella polizia.
Beatrice si lasciò scivolare sul pavimento, sconsolata. Chi voleva prendere in giro? Lei era solo la secchiona della classe, nanerottola e bruttina.
Non sarebbe mai diventata come la dottoressa Carli.

Casa Vulía era stata costruita dal bisnonno di Paolo su un terreno che apparteneva alla famiglia da generazioni. Vista da fuori la masseria era un parallelepipedo squadrato, con un alto portico retto da colonne sottili.
Da quando era stato licenziato dalla fabbrica di serramenti, il papà di Paolo aveva deciso di ristrutturare la grande casa per trasformarla in un agriturismo. Una buona idea, solo che i soldi erano sempre troppo pochi e per un motivo o per l'altro i lavori non finivano mai.
In realtà, agli occhi di Paolo, Casa Vulía era già perfetta cosí, e non voleva vederla invasa dai turisti. Erano gente strana, arrivavano d'estate con le loro macchinone lucide e si lamen-

tavano perché la masseria era troppo lontana dal mare, e c'era troppo caldo e le cicale facevano confusione.
Solo pochi di loro riuscivano a capire davvero quel posto, e di solito erano ragazzi dell'età di Paolo che per un'estate si univano a lui e agli altri amici nelle frenetiche scorribande fra i campi. Per apprezzare Casa Vulía bisognava riempirsi gli occhi di olivi, terra, alberi di fico che facevano venire voglia di scalare (ma non bisognava mai arrampicarsi su un fico, i rami erano troppo teneri e si spezzavano all'improvviso causando cadute rovinose). E ancora pietre su cui si arrampicavano cespugli di cappero profumati. E i fichi d'India, con i frutti rossi invitanti e le pale che si allungavano in ogni direzione, cosí piene di spine che se ci si pungeva bisognava stare mezza giornata a togliere aghi con le pinzette.
Paolo guidò gli amici attraverso gli olivi, stando sempre attento a non entrare in vista della masseria. Scartò di lato, saltando un muretto basso e spaventando alcune lucertole che prendevano il sole.
– Rallenta, – lo implorò Laerte, che ansimava dietro di lui. – Se sudo rischio di ammalarmi.
– Suderai per forza, con tutta quella roba addosso, – lo canzonò Antonio. – Non potresti togliere almeno la maglietta di lana?
– Poi ci parli tu con la mamma. Ha un sesto senso per certe cose.
I ragazzi attraversarono un appezzamento di terra brulla e sassosa, fino a raggiungere un gruppetto di alberi di carrube disposti a semicerchio.
Oltre le chiome rigogliose spuntava la pajara.

Era una piccola costruzione a tronco di cono, fatta di rocce bianche incastrate le une sulle altre. Su un lato alcuni gradini squadrati disposti a spirale permettevano di salire fino alla punta, dove si trovava un terrazzino circolare. L'ingresso era formato da una piccola arcata, e c'erano due minuscole finestre che consistevano in realtà di fori ricavati fra le pietre. Secondo nonno Biagio quella pajara risaliva almeno ai tempi del suo tris-trisavolo. All'inizio era stata costruita come abitazione, ma con gli anni l'avevano abbandonata e ormai serviva da deposito per gli attrezzi da giardino e altre cose senza valore.
– Che ve ne pare? – domandò Paolo.
– Una pajara, – commentò asciutto Laerte.
– In una bella posizione, – osservò invece Antonio. – È all'ombra, nascosta dagli alberi, e siamo abbastanza lontani da casa tua perché nessuno possa sentirci.
Paolo si appoggiò soddisfatto alla spalla dell'amico. – È proprio quello che pensavo anch'io, – commentò. – Ti ricordi la nostra idea di costruire una casa sull'albero? Ne ho parlato con mio nonno, e lui dice che possiamo mettere a posto questa pajara. Dentro è pieno di cianfrusaglie, ma basterà fare ordine e trasformarla nella nostra base operativa.
– Mitico! – esclamò Laerte.
– Super! – gli fece eco Antonio.
– Venite dentro, vi mostro com'è.

La pajara non aveva porte, e l'ingresso era cosí basso che i ragazzi dovettero chinare la testa per entrare. Dentro c'era un'unica stanza rotonda ingombra di vanghe, rastrelli, vecchi annaffiatoi bucati e sacchi di calce. Il pavimento era in terra

battuta. Sopra di loro il soffitto a volta era adornato di spesse ragnatele bianche che sembravano ghirlande di seta.
– Un po' strettino...
– E c'è un sacco di polvere, mi fa venire l'allergia, – disse Laerte esibendosi in un potente starnuto.
Paolo invece era raggiante. – Immaginatela rimessa a nuovo: qualche sedia, e una tenda per proteggere l'ingresso. Il soffitto avrà bisogno di una sistemata, credo che entri acqua. Però la struttura tiene, e il terrazzino sul tetto può servire da torretta di guardia. Potremmo sventolare la nostra bandiera!
I tre ragazzi si guardarono. Una bandiera. Delle sedie, magari una poltrona e un tavolino. Provviste. Un computer portatile con la chiavetta per navigare in Internet. Quella pajara poteva diventare il rifugio piú splendido che si fosse mai visto. Casa Vulía in linea d'aria era abbastanza vicina, ma gli alberi la nascondevano e loro potevano entrare e uscire indisturbati. Era davvero perfetto!
Come sempre, Antonio fu il primo a mettersi al lavoro. Il ragazzo trovò in mezzo al ciarpame un mazzuolo di legno duro e alcuni vasi di terracotta sbreccati.
Allo sguardo interrogativo di Paolo, rispose: – Voglio sbriciolare i vasi e mescolarli con un po' di terra. Poi basterà versare il composto sul tetto della pajara e compattarlo bene a colpi di mazzuolo. Cosí renderemo impermeabile il soffitto. Mentre io penso a questa faccenda, voi potete mettere in ordine.
Paolo e Laerte non se lo fecero ripetere. Ammassati nella pajara c'erano secchi sfondati, prolunghe, un rotolo di rete metallica, alcune cassette di legno piene di bottiglie polverose e molto altro ancora.

– Ci servirà una carriola per portare tutto alla masseria.
Paolo sorrise. – Non posso mica andare a chiederla al nonno: dovremmo essere a scuola, ricordate?
– Ehi! – esclamò Antonio. – C'è qualcosa, qui sotto.
Il ragazzo aveva iniziato a rompere a martellate i vasi di terracotta e adesso si era fermato con il mazzuolo a mezz'aria. Paolo vide che da terra, ai suoi piedi, sporgeva un oggetto appuntito.
– Sarà un sasso...
– Non è una pietra, ne sono sicuro. Aiutatemi.

Paolo e Laerte raggiunsero l'amico armati di una pala e iniziarono a scavare. Il pavimento della pajara era duro come pietra, ma l'oggetto misterioso era stato sepolto quasi in superficie e in quel punto il terreno era piú morbido.
Dopo qualche minuto di lavoro i ragazzi estrassero un piccolo baule di cuoio. Era un po' rovinato dal tempo e ovviamente sporco di terra. Il coperchio era chiuso da un grosso lucchetto arrugginito.
– Portiamolo fuori, forse riusciremo ad aprirlo!
Il baule era cosí pesante che pareva pieno di pietre. Una volta all'aperto, il sole brillò sugli angoli rinforzati in ottone e sulla pelle antica e consunta che lo rivestiva.
Era davvero un bel baule. Con un bel lucchetto.
– Cosa pensate che ci sia, dentro? – chiese Laerte. – Un tesoro?
Paolo liquidò l'idea con una scrollata di spalle: – D'accordo, si trovava sotto terra, ma non è che fosse nascosto tanto bene. E la pajara non ha nemmeno la porta! Chiunque poteva entrare e portarselo via!

– Magari nessuno ci aveva mai fatto caso –. Antonio cercò nei dintorni un sasso appuntito. Chiese gentilmente a Paolo il permesso di procedere (dopotutto il baule era suo), quindi cominciò a colpire il lucchetto con forza.
Paolo era convinto che forzare la serratura sarebbe stata un'impresa difficilissima, e avrebbe richiesto tutta la loro abilità e lunghe ore di tentativi. Invece fu un gioco da ragazzi: al terzo colpo di sasso si sentí un forte CRAC e il lucchetto si spezzò a metà, lasciando cadere a terra un filo sottile di ruggine.
– A me l'onore! – esclamò subito Paolo, afferrando con le dita il coperchio.
Forse là dentro c'era davvero qualcosa di valore. Paolo già si immaginava mentre, con aria trionfante, mostrava ai genitori un baule ricolmo di antichi dobloni d'oro. Grazie al tesoro, suo padre avrebbe potuto completare i lavori e aprire finalmente l'agriturismo. Magari sarebbero avanzati dei soldi anche per Elisa, la sorella di Paolo che faceva l'università a Bologna e lavorava come cameriera per pagarsi le spese. E magari... magari c'era tanto denaro che papà gli avrebbe regalato uno scooter per il suo quattordicesimo compleanno!
Il ragazzo sollevò il coperchio con gli occhi che brillavano al pensiero di una montagna di oro zecchino, poi sentí la voce di Antonio, carica di delusione: – Sono solo vestiti vecchi.
Sbatté le palpebre e dovette constatare che l'amico aveva ragione. Dentro la cassa c'era un buffo cappello di feltro verde a tesa larga, un gilet di panno marrone senza bottoni, un corredo di lenzuola color crema.
– Be', – osservò Paolo, – forse questi abiti sono antichi. Magari valgono qualcosa...

Cominciò a frugare nel baule. Vestiti da neonato pieni di trine e pizzi. Due camicie rammendate. Una tovaglia. Una scatola di legno levigato chiusa da un fermaglio. Ecco, quella poteva custodire qualcosa di interessante: magari un orologio d'oro o un gioiello.

Paolo la prese tra le mani e fece scattare l'apertura con l'unghia.

– Allora, che c'è dentro? – domandò Laerte. – Qualcosa di prezioso?

– Forse, – rispose lui.

All'interno della scatola c'era solo un foglio ripiegato in quattro, spesso e ingiallito, con la superficie untuosa. Doveva essere antico.

Su un lato, una scritta svolazzante diceva: *Alla attenzione del governatore delle Terre d'Otranto.*

Laerte e Antonio si strinsero intorno a lui, e il ragazzo aprí lentamente il foglio, che scricchiolò come se volesse sbriciolarsi da un momento all'altro.

Era una lettera. L'inchiostro sbiadito dal tempo era quasi illeggibile, e la grafia antiquata. Diceva:

3 giugno 1861

Sua Eccellenza,
con questa presente lettera non intendo farvi minaccia, bensí pregarvi di dar attenzione alle mie parole.

Il nostro buon re Franceschiello fu tradito e assediato con la sua consorte per quasi metà di un anno nella città di Gaeta, senza che nessuno gli prestasse soccorso, ed essendo ormai in esilio dunque non può piú essere il nostro re, dunque voi Eccellenze Illustrissime avete pensato di fare i vostri comodi e subito applaudire il nuovo governo dei Sabaudi.

Io e i miei uomini però non siamo affatto d'accordo, e abbiamo imbracciato le armi, e voi ci avete chiamati briganti invece che patrioti.

Allora noi ci siamo stancati e non riconosciamo l'autorità di voi e nemmeno quella del nuovo re, e perciò abbiamo deciso di fondare un regno nostro, che sia aperto a tutti i cafoni e briganti di buon cuore.

Il nuovo regno occuperà i terreni dell'antico feudo degli Olivi, di mia appartenenza, e da questo momento è libero e indipendente.

Se verrete nei nostri territori portateci rispetto, ché altrimenti sarete trattati come nemici e presi a fucilate.

Viva il regno delli briganti!

In fede
Giovanni 'u Rizzo,
Capo dei Briganti
Re delle Pètre, Imperatore degli Ulivi
Distruggitore di Nemici

Paolo rilesse per l'ennesima volta quella strana lettera. – Questo signore si chiamava come mio padre: Giovanni Rizzo. Deve essere un mio lontano parente. Ed era capo dei briganti!

– E re delle pietre, e *distruggitore* di nemici! – esclamò Antonio. – Secondo voi cosa significa?

– Non ne ho la minima idea, ma per me è mitico.

– Credo che il brigantaggio sia un periodo storico, – osservò Laerte. – È nel programma dell'anno prossimo.

– Avete sentito cosa dice qui? «Portateci rispetto, ché altrimenti sarete... presi a fucilate». Non aveva certo peli sulla lingua. Anche se usa parole parecchio strane. E fa un sacco di errori: ha scritto «pattrioti» con due «t»!

– Sentite qui! – esclamò Paolo, emozionatissimo. – Dice che «il nuovo regno occuperà i terreni dell'antico feudo degli Olivi» ed è «libero e indipendente».

Con cautela, il ragazzo ripiegò di nuovo la lettera e la infilò nella scatola.

– Sapete cosa significa, secondo me? Casa Vulía e tutti questi campi attorno sono un regno! Cioè, erano un regno, fondato da un mio avo che era capo dei briganti.

– Piano, piano, – lo fermò subito Antonio. – Se il distruggitore di nemici ha spedito la lettera a questo governatore, perché il foglio si trova qui invece che nel suo ufficio o in qualche archivio storico?

Paolo a questo non aveva pensato. – Forse ha scritto la lettera in due copie, – suggerí.

– Inoltre, senza offesa per Laerte, nessuno di noi è molto bravo in storia. Qua si parla di briganti, e di un re Franceschiello, e di sabaudi. Non sappiamo nemmeno se questa gente è esistita davvero.

– Bisognerebbe chiedere a Beatrice, – confermò Laerte. – Lei è la migliore della classe.

– O forse dovremmo far leggere la lettera al professor Bambino!

Paolo, Antonio e Laerte scoppiarono a ridere tutti e tre.

Bambino era il prof piú temuto della scuola. Era basso e tarchiato, con la pelle liscia come quella di un neonato, gli occhiali tondi e neppure un accenno di barba o capelli. Soprattutto, Bambino non poteva sopportare Paolo.

All'inizio dell'anno scolastico aveva scoperto un disegno sul suo diario, una caricatura buffa che lo raffigurava con sonaglio e pannolino. Il prof era andato su tutte le furie e aveva dato il via a una catena di eventi molto spiacevoli: i genitori di Paolo erano stati convocati dalla preside, il ragazzo aveva preso un brutto voto in condotta ed era stato punito con l'obbligo di svuotare i cestini delle aule per un mese intero.

Ovviamente, da quel momento, tra Paolo e il professor Bambino era scoppiata una guerra senza esclusione di colpi. Non era proprio la persona giusta a cui chiedere consiglio su quella lettera cosí misteriosa e straordinaria.

– Oh oh, – mormorò allora Laerte.

3. La vendetta del prof

Beatrice entrò in classe e si accomodò in fretta al suo posto, nella prima fila di banchi.
Anche se cercava di mostrarsi tranquilla, dentro di sé continuava a rivedere quel numero: uno e cinquantasei. In quel momento si trovava a cinque centimetri di distanza dal suo sogno di entrare nella polizia.
Cosa avrebbe fatto in quel frangente la sua eroina, la dottoressa Carli? Probabilmente avrebbe cercato di ritrovare la lucidità e concentrarsi sulla scuola: per comandare una squadra della scientifica bisognava primeggiare in tutte le materie.
Beatrice sfoderò il suo armamentario di quaderni e penne colorate, quindi iniziò a ripassare freneticamente la lezione di storia in vista dell'interrogazione del professor Bambino.
Elena, che era rimasta fuori a chiacchierare con alcune compagne, si sedette accanto a lei sorridendo: – Si può sapere dov'eri finita?
– Io... – balbettò lei. – ... In bagno. Ero andata un attimo in bagno.
No, decisamente Beatrice non poteva rivelarle il suo segreto. Non adesso, almeno. Elena l'avrebbe giudicata cosí infantile!
– Hai visto i ragazzi, per caso? – le domandò l'amica. – Paolo arriverà in ritardo come al solito, ma Laerte e Antonio sono sempre puntuali.

La ragazza si avvicinò a Beatrice con un sorriso malizioso.
– Sai cosa penso? – disse. – Secondo me oggi hanno deciso di non venire a scuola.
– Ma Paolo deve essere ancora interrogato in storia...
– E fuori è una giornata splendida. Scommetto che sono in giro a spassarsela –. Elena sospirò. – Però potevano avvertirci. Io mi sarei unita volentieri a loro.
– Già...
In realtà, Beatrice non aveva mai saltato la scuola in vita sua. In quanto futuro tutore dell'ordine, era suo preciso dovere dare il buon esempio. Però una parte di lei pensava che sarebbe stato bello avere la scioltezza tranquilla di Elena, per una volta, e andarsene in giro con gli amici per le campagne di Pagliarano. O meglio ancora al mare, a fare i tuffi dalla Grotta del Diavolo a Santa Maria di Leuca.
– Buongiorno ragazzi, – disse la professoressa Sereni entrando in classe.
La massa compatta di alunni salutò la prof con un brusio da alveare impazzito. Beatrice guardò Elena, e l'amica le mostrò le mani aperte come per dire: «Non capisco cosa sta succedendo».
La Sereni era una donna alta, con il collo lungo e la pelle cinerea. Aveva gli occhi cerchiati di nero e sembrava ancora piú fragile e malaticcia del solito.
– Seduti, ragazzi, seduti, – esclamò la prof. – So che nelle prime due ore di lezione avrebbe dovuto esserci il professor Bambino... Ma piú tardi devo andare a una visita medica, perciò abbiamo deciso di fare cambio: io resterò con voi adesso, e Bambino verrà qui alla terza e quarta ora.

Beatrice si guardò alle spalle: niente, Paolo e gli altri non c'erano. Aveva ragione Elena, quei tre avevano deciso di saltare la scuola. Senz'altro volevano evitare l'interrogazione di Bambino.

La Sereni fece l'appello e segnò coscienziosamente le assenze sul registro. Si soffiò il naso con un fazzoletto di stoffa rosa confetto e domandò: – Avete fatto i compiti? C'è qualcuno che vuole venire alla lavagna?

All'istante, le venticinque teste degli alunni entrarono in configurazione di difesa. Un esercito di penne finí sul pavimento con rumore di mitraglia e i ragazzi si chinarono per raccoglierle. Altri invece cominciarono a guardare con insistenza nel vuoto, nascosero le facce dietro ai libri, finsero di cercare qualcosa di importante che era rimasto chissà come nello zaino.

Beatrice capí cosa stava succedendo solo un istante troppo tardi, e nel frattempo i suoi occhi erano rimasti incollati a quelli della prof. Spiccava fra gli altri alunni come un elefante coperto di brillantini.

La Sereni sorrise: – Beatrice, vuoi venire tu?

Con un sospiro, la ragazza si alzò in piedi e si preparò ad affrontare le insidie del teorema di Pitagora.

– Oh oh, – aveva detto Laerte.

– Oh oh, cosa? – domandò subito Antonio.

– C'è un problema.

Il ragazzo stava camminando in tondo sotto le fronde dei carrubi. Aveva la faccia sconvolta, e negli occhi scintillava un terrore assoluto.

– Si può sapere che ti prende? – domandò Paolo, dimenticando per un attimo il baule e l'antico documento.
– Mi sono ricordato... – disse Laerte. – Lo so che devo sempre prestare attenzione a quello che mi racconta la mamma... Ma oggi in auto faceva cosí caldo, e io ero stanco, pensavo alla faccia che avrebbero fatto i nostri compagni di classe vedendomi con il carrellino della spesa... Che guaio...
Paolo cominciava a scocciarsi: si alzò in piedi e afferrò Laerte per le spalle. – Smettila di farfugliare! Vuoi spiegarti?
– Sí, scusa... che guaio...
– LAERTE!
Il ragazzo si portò le mani alla fronte. – Quando hai nominato Bambino, mi sono ricordato cos'ha detto mia madre stamattina. Verrà a scuola per parlare con i professori. L'ultimo ricevimento prima dell'estate. Voleva sentire la Magli e la Sereni...
I tre ragazzi si guardarono negli occhi. Quello era davvero un gigantesco, spaventoso problema. Se la comare Vata Noma fosse andata a scuola e avesse notato l'assenza del figlio Laerte, sarebbero stati smascherati tutti.
Antonio si stava già lasciando prendere dal panico, quindi toccava a Paolo risolvere la situazione. Con calma, il ragazzo ripose nel baule la scatoletta di legno con la lettera del brigante Rizzo, quindi iniziò ad analizzare il problema.
– Quali sono state le parole esatte di tua mamma? Ti ha detto a che ora sarebbe venuta?
– Uhm... mi pare... dopo la ricreazione. Sí, ne sono sicuro.
Paolo guardò l'orologio: non erano ancora le dieci del mattino.

– Se ci sbrighiamo, possiamo correre a scuola ed entrare in classe all'inizio della terza ora. Bambino interrogava durante le prime due, poi tocca alla Sereni. Con un po' di fortuna arriveremo in classe proprio insieme a lei, cosí non sospetterà niente... e nemmeno la Vata Noma!

I tre ragazzi esaminarono il piano da ogni punto di vista, alla ricerca di eventuali punti deboli. Poteva funzionare davvero: bastava entrare in classe allo scoccare della terza ora con una giustificazione contraffatta (Antonio era uno specialista nel campo). Laerte avrebbe seguito la lezione della Sereni, che piú tardi avrebbe incontrato sua madre. Era un piano a prova di bomba.

– E il carrello con i libri? – domandò. – È tutto rovinato, mamma mi chiederà cos'è successo.

– Le racconterai che ti è caduto dalle scale, o che qualcuno te l'ha rotto.

– È un piano geniale.

I ragazzi si complimentarono con grandi pacche sulle spalle, poi abbandonarono il baule davanti alla pajara e si allontanarono di corsa tra gli alberi. La lettera aveva aspettato lí dentro per tanti anni, avrebbe dovuto attendere ancora un po'.

La corsa fino a scuola fu una gara a cronometro, con il sole a picco e l'asfalto che sembrava una palude appiccicosa di catrame. Antonio prese subito il largo, ma Paolo non era disposto a lasciarsi battere cosí facilmente. Laerte era una presenza ingombrante sul palo della sua bici, gli impediva di alzarsi in piedi sui pedali per spingere in salita, ma il ragazzo aveva imparato che nel ciclismo era fondamentale la forza di volontà.

Si concentrò solo sulla figura di Antonio, là davanti, con la bici che scricchiolava e il carrellino che sbatacchiava da una parte all'altra della carreggiata.
– Forza Paolo, non mollare! – lo incitò Laerte.
Con un ultimo sforzo raggiunsero il culmine della salita: da lí cominciava il tratto pianeggiante, che in realtà era una leggerissima discesa tutta curve.
Questa volta la zavorra di Laerte giocava a loro favore: Paolo sentí la bici che prendeva vita sotto di lui, e si lanciò in una corsa forsennata. Superò Antonio, gli indicò con la mano di svoltare a destra per prendere una scorciatoia.
Antonio recuperò terreno, raggiungendoli proprio mentre Paolo sbucava di nuovo sulla strada principale. Arrivarono alle porte di Pagliarano, in mezzo a case dal tetto piatto con piccoli giardini profumati di basilico. Lí la via si diramava, sparpagliandosi tra le abitazioni che presto diventavano palazzi.
Raggiunsero il negozio di vestiti della comare Marianna e svoltarono accanto alla chiesa di don Ernesto, fatta di pietra leccese, porosa e ambrata.
Finalmente ecco il viale alberato, l'edicola del signor Cridamai e le scuole dall'altra parte della strada. Il giardino delle elementari era popolato da una classe di ragazzini che faceva lezione all'aperto, seduti a gambe incrociate sull'erba con un album da disegno e dei colori sparsi tutt'intorno. Il cortile delle medie invece era vuoto.
Paolo guardò l'orologio: appena in tempo. La campanella stava suonando in quell'istante.
Parcheggiarono le bici sulla rastrelliera davanti all'ingresso, sganciarono il carrellino dal portapacchi. Poi i tre ragazzi en-

trarono nella scuola di volata, stringendo in pugno le giustificazioni fasulle.
La professoressa Sereni era ferma davanti alla porta dell'aula, discuteva sottovoce con il signor Egidio, il bidello. Appena in tempo.
– Oh, ragazzi! – esclamò la prof. – Dove eravate finiti?
– Non ho sentito la sveglia, – rispose subito Paolo.
– Io ho avuto problemi con il fratellino, – ansimò Antonio.
– E io ero dal dottore, – mentí Laerte.
Si fiondarono in classe, raggiungendo di volata i loro banchi. Paolo riprese fiato, con il cuore che ancora batteva a tutta velocità nella cassa toracica. Ce l'avevano fatta.
Dalla prima fila, Beatrice ed Elena si voltarono verso di lui. Elena era splendida e lo accolse con un sorriso furbo. L'altra ragazza invece aveva il solito sguardo preoccupato che spuntava da dietro gli occhiali a fondo di bottiglia.
Be', in realtà non era proprio il solito sguardo... sembrava che Beatrice stesse cercando di dirgli qualcosa. E la Sereni ancora non si decideva a entrare in classe.
Paolo iniziò a mangiarsi nervosamente le unghie, mentre nella sua testa una sirena d'allarme si metteva a strillare a tutto volume.
Qualcosa non andava: nel banco vicino al suo, Matteo e Annalisa avevano tirato fuori i libri di storia e stavano ripassando. Nella classe regnava uno strano silenzio pesante, mentre di solito prima delle lezioni della Sereni c'era un'atmosfera rilassata e tranquilla.
Antonio e Laerte si voltarono verso di lui. – Si può sapere che succede?

– Non ne ho idea...
L'insegnante entrò in classe, chiudendosi la porta alle spalle e borbottando un saluto.
La voce non era quella sottile della Sereni, ma aveva i toni profondi di un baritono. Era il professor Bambino.
Il prof avanzò fino alla cattedra dove posò con un tonfo la pesante borsa di cuoio.
– Scusate se ho dovuto cambiare gli orari dell'interrogazione, ma era per fare un favore all'insegnante di matematica –. Bambino cominciò a scartabellare il registro, poi si guardò attorno. – Che simpatica coincidenza. Tre baldi giovanotti erano assenti proprio nelle ore in cui io *avrei dovuto* interrogare, e a quanto pare sono arrivati ora! Ovviamente mi riferisco ad Antonio e Laerte... E non poteva mancare il nostro studente preferito, Paolo Rizzo.

Nella classe l'aria si era fatta densa come gelatina. Il silenzio era rotto solo dal ronzio di una mosca che continuava a sbattere contro i vetri delle finestre.
Il professor Bambino aveva mani paffute che stringevano i libretti mentre esaminava con attenzione le giustificazioni dei ragazzi. Dopo un tempo interminabile il prof alzò la testa.
Paolo non riusciva a credere al pasticcio in cui si era ficcato. Il suo piano geniale era naufragato per un terribile colpo di sfortuna: lo scambio tra la Sereni e Bambino era un imprevisto di quelli che capitavano ogni mille anni.
A mente fredda, si rendeva conto di essere stato uno stupido. Lui e Antonio avrebbero dovuto accompagnare Laerte fino al cancello della scuola e darsela a gambe. Ma ormai era troppo

tardi. Tutti sapevano che loro tre erano amici per la pelle. Era fin troppo chiaro che avevano saltato le lezioni per divertirsi insieme.
Adesso Paolo sapeva cosa sarebbe successo. O meglio, credeva di saperlo finché non ascoltò la frase successiva di Bambino.
– Mi chiedo se i vostri genitori siano al corrente di questa strana assenza, – esclamò il prof. – Potrei avvertirli... Ma forse ho un'idea migliore. Sfrutteremo questo piccolo imprevisto per dar luogo a un interessante esperimento.
Gli occhietti dell'insegnante solcarono l'aula come un raggio laser incandescente. Paolo cercò di farsi piccolissimo al suo posto, per sparire dietro le spalle di Antonio e Laerte nei banchi davanti al suo.
– Intanto scegliamo un volontario. Paolo, hai voglia di venire alla lavagna per essere interrogato in modo totalmente nuovo?
Il ragazzo si alzò dalla sedia con un mattone d'angoscia che gli serrava la gola. La lingua era incollata al palato, le mani gli tremavano come se avesse appena preso la scossa.
Attraversò a passi incerti la classe, dal fondo verso la cattedra. Si sentiva puntati addosso gli occhi di tutti i compagni e aveva l'impressione di cadere: era cosí che si sentivano gli attori quando dovevano percorrere il tappeto rosso, tra i flash dei fotografi? Ma lui non stava andando a una festa o all'anteprima di un film: lo aspettava il volto ghignante di Bambino.
– Un po' di entusiasmo! Scattare!
Paolo accelerò il passo, obbedendo senza pensare, e nella classe fioccarono le prime risatine trattenute. Ciccio Presti e

la Banda dei Tristi si davano colpetti di gomito pregustando il seguito.
– L'interrogazione di oggi riguarda la monarchia assoluta. Sai di che si tratta, vero?
Avrebbe voluto farfugliare qualcosa, ma il suo cervello doveva essere andato in vacanza in qualche posto molto lontano e tranquillo.
Fu il prof a rispondere alla sua stessa domanda: – Si ha una monarchia assoluta quando il sovrano assume su di sé tutti i poteri. Il re fa le leggi, ma non è tenuto a rispettarle egli stesso. I sudditi devono obbedire a ogni suo comando, nessuno può opporsi alla sua volontà –. Bambino sogghignò: – Conosci qualche sovrano assoluto, Paolo?
– Be', i re... re di Francia...
– Intendevo dire di persona. Hai mai incontrato qualche re?
– No...
– Risposta sbagliata. Pensa alla situazione in cui ti trovi adesso. In questo momento, io sono il sovrano e tu sei un mio suddito. E il bello è che mi hai dato questo potere spontaneamente, perché hai deciso di saltare la scuola e ora hai una gran paura che io racconti tutto ai tuoi genitori... non è vero?
Paolo non sapeva cosa rispondere. Sentí altre risatine alle sue spalle.
– Perciò, se io sono il re, tu dovrai obbedire ai miei ordini. Ti sembra giusto?
– Co-come?
Bambino frugò nella borsa di pelle e ne tirò fuori una pallina, una di quelle sfere di plastica gommosa a colori vivaci. Con un gesto rapido il prof la lanciò sul pavimento, facendola

rimbalzare davanti agli occhi di Paolo, che la acchiappò al volo. – Molto bravo, con questa presa il voto della tua interrogazione sale a sei e mezzo.
Scoppiò una risata feroce, Ciccio Presti era piegato in due sul banco, e si teneva la pancia.
Bambino agitò una mano nell'aria per chiedere silenzio, poi tornò a rivolgere la sua attenzione a Paolo. – Ora ti farò qualche domanda... però mentre rispondi devi far rimbalzare questa pallina in mezzo alle gambe. Ogni risposta esatta, mezzo voto in piú. Se rifiuti di partecipare all'esperimento, chiamerò i tuoi genitori e dirò loro che oggi non sei venuto a scuola.

Al trillo della campanella, una folla di studenti invase il cortile. Il praticello spelacchiato si popolò di ragazzi che chiacchieravano, facevano merenda, condividevano le cuffiette dell'iPod.
La ricreazione era il momento piú bello della mattinata: un quarto d'ora di pausa tra le lezioni. Quel giorno però, Paolo era troppo arrabbiato per godersi gli attimi di relax. Era cosí furioso che aveva voglia di prendere a pugni le mura della scuola fino a farle crollare.
– È uno scandalo! – esclamò.
Accanto a lui, Antonio aveva conquistato un angolo all'ombra e stava divorando un panino gigantesco, con la bocca coronata da un'aureola di briciole. Beatrice ed Elena canticchiavano un motivetto sparato a tutto volume dal cellulare.
Solo Laerte mancava all'appello: aveva intercettato sua madre sulle scale e le stava spiegando che la professoressa Sereni si

scusava tanto, ma aveva una visita medica e non sarebbe venuta al ricevimento.
– Mi state ascoltando? – domandò Paolo, alzando la voce. – Ho detto che è uno scandalo!
– Boing boing boing! – gli rispose Ciccio Presti, passando lí vicino insieme ai suoi amici e facendo il gesto di una pallina che rimbalzava a terra.
Paolo sentí il viso colorarsi di rabbia e vergogna. I suoi compagni lo avrebbero preso in giro per mesi: sarebbe diventato «quello della palla».
– Non è stato per niente divertente, – aggiunse, parlando praticamente a se stesso. – Se Bambino voleva interrogarmi, poteva farlo in modo tradizionale e mettermi un'insufficienza. Invece no, ce l'ha messa tutta perché facessi una figuraccia! «Acchiappa la palla e ti metterò sette...», bel ricatto. Queste sono punizioni corporali, altroché. Una tortura. Dovrei denunciarlo alla polizia.
Antonio cominciò a ridacchiare, rischiando di strozzarsi con il panino. – Sei il solito esagerato. Alla fine Bambino ti ha messo un bel voto! E poi non ha chiamato i nostri genitori, perciò questa storia finisce qui. Tutto sommato, ci è andata di lusso.
– Inoltre, – aggiunse Beatrice, raddrizzandosi gli occhiali sul naso, – tecnicamente ha ragione lui. Voleva farti capire che, se cerchi di fare il furbo e non vieni a scuola, poi offri ai professori la possibilità di punirti. Ora ci penserai due volte, prima di saltare di nuovo le lezioni.
Paolo sbuffò, infastidito. Quando si metteva a fare la maestrina, la sua amica era insopportabile.
– E tu, Elena, sei d'accordo con loro?

– Il prof ha detto una grande verità: lui è il re e noi siamo i sudditi. Un giorno diventeremo adulti, e allora forse potremo decidere per conto nostro. Ma per il momento non possiamo farci niente. È cosí che va il mondo.
Paolo la fissò sorpreso. Elena era bellissima, aveva il naso dritto e occhi grandi, e guardandola Paolo si sentiva mozzare il fiato. Però di solito, tra le due ragazze, era Beatrice quella che aveva la capacità di dire la cosa giusta al momento giusto.
In quell'istante ricordò la pajara, e la strana lettera che aveva trovato in quel baule pieno di vestiti vecchi, e i discorsi che aveva fatto Bambino sui re.
– È vero, – mormorò Paolo, mentre cercava di riordinare i pensieri. – Siamo tutti sudditi. Voglio dire, guardateci! Laerte è terrorizzato da sua mamma, che lo comanda a bacchetta e lo costringe a vestirsi da esploratore artico con questo caldo! Tu, Antonio, ti ritrovi da solo ad affrontare la Banda dei Tristi. E io... be', io mi sono fatto prendere in giro come uno scemo.
– Ci siamo anche io ed Elena, – gli ricordò Beatrice.
– Sí, sí, certo, – concesse Paolo, – ma il punto è: siamo sudditi.
Si accorgeva di avere attirato l'attenzione dei suoi amici, che ora lo guardavano pieni di interesse. Nonno Biagio diceva sempre che le cadute servono per imparare a rialzarsi. Facendolo giocare con la pallina, Bambino l'aveva momentaneamente messo al tappeto. Ma Paolo era ancora lí, e gliel'avrebbe fatta vedere. Era stanco del prof e di tutti gli adulti che continuavano a dettar legge, senza curarsi dei loro problemi perché tanto erano solo «cose da ragazzi».

Paolo era pronto a dimostrare quali erano davvero le potenzialità dei ragazzi.
– Che vorresti fare? – domandò Antonio.
– Elena ha ragione: è cosí che va il mondo. Ma forse è il momento di cambiare. E voglio farlo subito, non quando sarò grande.
Beatrice sorrise. – E come?
– Venite a casa mia, questo pomeriggio alle quattro. Mi è venuta una grande idea.

4. La strana storia del re brigante

Il sindaco Leo Palamà abitava poco fuori Pagliarano, lungo la strada per Tricase Porto, in una villa circondata da un muro altissimo.
Si diceva che al riparo di quel muro il signor Palamà avesse fatto costruire una piscina circondata di rocce e abbellita da una piccola cascata. E un campo da tennis. E alcuni sostenevano che nel prato ci fosse un'orribile collezione di nani da giardino importata direttamente dalla Svizzera, per un totale di settantadue gnomi di ceramica che facevano la guardia alla casa con i loro cappelli a punta dipinti di colori sgargianti.
Nessuno sapeva con certezza se quella fosse la verità o solo una leggenda, anche perché Leo Palamà non amava avere gente estranea in giro per casa. Incontrava già abbastanza seccatori durante il giorno, nel suo ufficio in comune.
La Mercedes del sindaco sfrecciò oltre il cancello telecomandato, che si apriva nel muro di cinta come una bocca meccanica irta di spuntoni di ferro. La grossa auto sobbalzò sul vialetto colpendo con una fitta gragnuola di ghiaia i nani da giardino (c'erano davvero). Quindi rallentò e si fermò proprio davanti all'ingresso.
– Sono tornato! – esclamò Palamà.
Entrò in casa. Si tolse le scarpe con un paio di calci ben as-

sestati e si lasciò scivolare sul gigantesco divano in pelle che troneggiava in salotto.
Ovviamente, nessuno aveva risposto al suo saluto. Sua moglie Annuccia si trovava in vacanza in Egitto con le amiche, e suo figlio Enzino non era ancora tornato da scuola.
Nell'attesa il sindaco doveva preparare il pranzo, ma lui era una persona troppo importante per occuparsi delle incombenze domestiche. Forse avrebbe trovato qualcosa di pronto in frigo, oppure poteva chiamare il ristorante e farsi portare a casa un buon pranzetto.
Ecco, quella era proprio un'ottima idea. Il padrone del ristorante voleva mettere alcuni tavolini sul marciapiede, e Palamà non aveva ancora firmato la concessione di suolo pubblico. Quel brav'uomo sarebbe stato felice di offrirgli un banchetto da re, nella speranza di accelerare la pratica.
Fare il sindaco aveva i suoi indiscutibili vantaggi.
Driiiiinnnnn!
Il trillo del citofono ruppe la meravigliosa quiete della villa deserta. Palamà si alzò in piedi con un profondo sospiro e attivò la telecamera che riprendeva dall'alto il cancello.
Un'automobile aspettava di entrare: era una vecchia berlina con il cofano ammaccato e un adesivo scolorito sul parabrezza che diceva: *Serramenti Fantini*. Quella era la macchina del ragionier Fantini. E veniva a disturbarlo a casa, in uno dei suoi pochi momenti liberi!
Per un attimo, il sindaco Palamà pensò di non rispondere. Ma Fantini era un vecchio arido e avaro, lo avrebbe inseguito ovunque e tempestato di telefonate. Era meglio togliersi subito quel fastidio.

Palamà aprí il cancello e aspettò che l'auto scalcinata parcheggiasse proprio dietro la Mercedes. Poi indossò il suo miglior sorriso di circostanza.
– Carissimo ragioniere, – salutò. – Che bella sorpresa, a cosa devo questa visita?
– Affari, Palamà. Affari.
Il ragionier Fantini aveva piú di settant'anni e indossava un completo grigio cenere liso sui gomiti. Aveva pochi capelli radi e la fronte solcata di rughe. L'unica cosa curata in lui erano le scarpe, di cuoio, lucide e nuovissime.
Senza nemmeno stringergli la mano, Fantini entrò a grandi passi nella villa. Palamà lo seguí con un grugnito, tornando ad accomodarsi sul divano del salotto.
– È un po' di tempo che non ho sue notizie, signor sindaco. Volevo sapere se ci sono novità a proposito del nostro piccolo progetto.
Palamà allargò ancor di piú il suo finto sorriso. – Purtroppo serve un po' di pazienza, caro amico. Deve capire che la trattativa è complessa, coinvolge numerose persone...
L'espressione di Fantini si fece ancora piú arcigna. – È passato quasi un anno, caro mio. Mi sono fidato, ho licenziato dalla fabbrica gli operai che ostacolavano il nostro progetto e ho dovuto sopportare gli scioperi e migliaia di piccole seccature. Ha notato il cofano della mia auto? Qualcuno lo ha preso a sassate. Non sono piú molto amato in paese... E questo per colpa sua.
– Capisco benissimo, – rispose Palamà, convinto che Fantini non fosse mai stato amato, né in paese né altrove. – Ma come le dicevo, è complicato. Licenziare gli operai è stato solo il

primo passo: ora che sono senza lavoro, cominciano a essere in difficoltà economiche. Presto finiranno anche gli ultimi risparmi e allora saranno costretti a venderci i terreni... e a quel punto avremo vinto. Per il momento però, quei cafoni cercano di resistere. In particolare Giovanni Rizzo, il proprietario di Casa Vulía.

– Lo ricordo bene, – borbottò Fantini. – Sembra un tipo tranquillo ma in realtà è un piantagrane. Quando lavorava in fabbrica stava sempre a protestare per le norme di sicurezza e mille altre cose di nessuna importanza...

– Appunto. Adesso Rizzo si è messo in testa di ristrutturare la sua masseria per trasformarla in un agriturismo, e i proprietari delle terre confinanti aspettano di vedere cosa succederà.

Fantini si sporse verso Palamà, le labbra strette a due fessure esangui. – Lei ha firmato i permessi per questo... agriturismo?

Questa volta il sindaco esplose in una risata calorosa. – Ma neanche per sogno! Non firmerò mai, e il signor Rizzo sarà costretto a venderci la masseria per un tozzo di pane. E a quel punto cederanno anche le altre famiglie.

– E noi potremo abbattere tutto.

– Sí, – confermò Palamà. – Su quei terreni costruiremo un gigantesco albergo di lusso, e diventeremo ricchi. Cioè, ancora piú ricchi.

Dopo pranzo nonno Biagio amava rifugiarsi in giardino e sonnecchiare una mezz'ora all'ombra degli olivi. Paolo si domandava sempre come faceva a riposare, con il chiasso assordante delle cicale. Ma lui rispondeva che era il rumore della natura e quindi non lo disturbava.

– Dormi? – domandò Paolo, avvicinandosi alla sedia a sdraio.
– No, – bofonchiò nonno Biagio, con il cappellino da baseball sugli occhi e la voce già impastata.
– Ho bisogno di un favore. Io e i miei amici vogliamo sistemare la pajara, quella vicino ai carrubi. Però mi serve una carriola.
– Ti aiuterò piú tardi, dopo il sonnellino.
– Veramente c'è dell'altro. Vorrei parlarti.
Biagio sollevò il cappello dal viso e i suoi occhi luccicanti incrociarono quelli di Paolo.
Ecco uno dei motivi per cui il ragazzo adorava il nonno: non gli diceva mai che i suoi problemi erano solo sciocchezze, e adesso non aveva tempo, e altre scuse del genere. Se c'era bisogno, lui si metteva a disposizione. A qualunque costo.
– E va bene, – si arrese. – In fondo sono vecchio, avrò un sacco di tempo per riposarmi... piú tardi.
Nonno e nipote si impossessarono della carriola che il papà di Paolo usava per i lavori di ristrutturazione e si incamminarono fianco a fianco in direzione della pajara.
– Allora, che volevi dirmi? – indagò il nonno con fare indifferente.
– La pajara. Ecco... non so se lo sai, ma dentro abbiamo trovato un mucchio di roba. C'è qualcosa di valore?
Il nonno scoppiò in una risata divertita. – Certo che no. Solo inutile paccottiglia. Anzi, potremmo approfittare dell'occasione per buttar via tutto.
Paolo aveva immaginato una risposta simile, ma non si lasciò scoraggiare. L'idea che aveva in mente si faceva sempre

piú entusiasmante, però prima di metterla in pratica doveva sapere se la lettera del suo antenato era autentica. E nonno Biagio era l'unico che potesse dargli una risposta.

– Perché, vedi... Io e i miei amici abbiamo trovato un baule. Grosso, di cuoio...

Il nonno lo fissò senza dire niente. Mentre parlavano si erano addentrati fra gli alberi di carrube che proteggevano la pajara. Il baule era lí, in bella vista, accanto all'ingresso.

Nonno Biagio si grattò la testa, pensieroso. – Uhm, mai visto prima. Hai detto che era sottoterra, eh? Molto strano. E cosa c'è dentro?

– Soltanto dei vestiti. E be', una lettera antica. Del milleottocentosessantaqualcosa.

Biagio sorrise ancora. – Fammi indovinare. Nella lettera si parla del brigante Giovanni, e ti sei incuriosito. È cosí?

Paolo si illuminò di impazienza: – Lo conosci?

– È una vecchia storia di famiglia, ero convinto di avertene parlato qualche volta. Il brigante Giovanni era il mio trisnonno, cioè il tuo quinquisavolo.

Il nonno si sedette sul bordo della carriola e Paolo si accoccolò a terra per ascoltare.

– Giovanni nacque a Pagliarano nella prima metà dell'Ottocento. Rimase orfano quando era molto piccolo e venne adottato e cresciuto dal parroco del paese. Diversi anni dopo capitò una disgrazia: il prete venne ucciso, e Giovanni fu costretto a diventare un bandito.

– Perché? – domandò Paolo.

– Erano tempi molto diversi da oggi. C'era la miseria, quella vera. Il Regno delle Due Sicilie era caduto e stava per nascere l'Italia unita, ma un sovrano o l'altro non importava: per i contadini il problema era sempre riempirsi la pancia. Per colpa della disperazione, alcuni decisero di prendere in mano il fucile e farsi giustizia da soli. Il vecchio parroco stava dalla parte degli umili, diceva che se commettevano delitti la colpa era anche di chi li aveva ridotti alla fame... Cosí i ricconi della zona decisero di ucciderlo. Aspettarono il prete, di notte, tra i campi, e lo colpirono con una fucilata. Riuscirono a far ricadere la colpa su Giovanni... E lui diventò un brigante per sfuggire alla polizia. Siccome il padre adottivo gli aveva insegnato a leggere e scrivere, nel corso degli anni si conquistò il soprannome di «brigante poeta».

– E non solo, – disse Paolo. – Lo chiamavano anche «re delle pietre» e «distruggitore di nemici».

Il nonno annuí, serio. – Per incutere timore, all'epoca, i briganti si facevano dare molti nomi spaventosi. Tuttavia devi sapere come finí la storia: dopo l'unità d'Italia, il governo inviò qui le sue truppe per sconfiggere i briganti, e quasi tutti furono uccisi o rinchiusi in prigione. Giovanni invece riuscí a evitare la galera, si sposò e visse fino quasi a novant'anni. Mio nonno Giovanni fece in tempo a conoscerlo, diceva che era un vecchio con una grande barba bianca e occhi fiammeggianti...

– Wow! – esclamò Paolo. – Tuo nonno ha conosciuto il brigante? E anche lui si chiamava Giovanni, come mio papà?

– Be', certo, è uno dei nomi di famiglia. Ora però vuoi dirmi perché ti interessa tanto questa storia?

Riluttante, Paolo tolse dalla tasca dei pantaloni la scatoletta di legno e mostrò la lettera al nonno.

Aspettò che Biagio si mettesse gli occhiali e la studiasse con attenzione.

– Credo che sia autentica, – commentò il nonno dopo una lunga riflessione. – I terreni di Casa Vulía appartengono alla nostra famiglia piú o meno dai tempi del brigante Giovanni.

– E il regno? Qui dice che il feudo è libero e indipendente, e che prenderà a fucilate i nemici.

Il nonno scosse la testa. – Non mi piace l'idea di prendere a fucilate qualcuno. Comunque sia, nessuno mi ha mai parlato di questa parte della storia. Però posso informarmi. Don Ernesto è mio amico, e nella canonica custodisce gli archivi della chiesa. Lí ci sono documenti davvero molto antichi. Forse troverò qualcosa.

Sollevato, Paolo fece un gran sorriso e raccolse da terra il grosso baule sistemandolo nella carriola.

Il nonno invece era rimasto immobile a guardarlo. – Dimmi la verità, Paolo. Hai qualcosa in mente?

– Sí...

– Però non vuoi rivelarmi di che si tratta.

– Ancora no.

Il nonno gli scompigliò i capelli con le dita robuste.

– Ehi, – protestò Paolo. – Non sono piú un bambino!

– Lo so bene, – rispose l'anziano. – Lo so.

Beatrice ed Elena camminavano per la strada che da Pagliarano conduceva a Casa Vulía. Raggiungere la masseria a piedi era una bella scarpinata, e le due ragazze erano stanche e accaldate.

Elena indossava una canottierina rosso fuoco che le lasciava scoperto l'ombelico e un paio di pantaloni bianchi al ginocchio. Beatrice era vestita con una polo blu scuro (quasi da poliziotta) e i jeans. Invece delle scarpe da tennis, aveva optato per un paio di ballerine nuove che le stavano un po' strette.

– A cosa pensi? – le domandò Elena.

Senza neanche accorgersene, Beatrice aveva rallentato il passo e l'altra ragazza l'aveva distanziata. – Perché Paolo ci ha chiesto di venire a casa sua? – domandò. – Secondo te cos'ha in mente?

– Non dovresti rispondere a una domanda con un'altra domanda, – commentò l'amica sorridendo. – Inoltre... era da un po' che volevo chiedertelo. Ultimamente parli molto spesso di Paolo: non è che tra voi due...

Beatrice diventò tutta rossa fino alla punta del naso. – Cosa ti salta in mente... – mugugnò. – Ma figurati... io e Paolo... ah ah...

– Sarà, – tagliò corto Elena, con l'aria di chi non credeva a una sola parola. – Ma oggi a lezione non facevi altro che girarti verso di lui. E ti sei messa le scarpe nuove, che devono essere scomodissime.

Beatrice rimase per un po' in silenzio. Ecco un altro piccolo segreto che per il momento non aveva avuto il coraggio di confidare a Elena. Eppure le due ragazze si conoscevano da sempre, erano state sedute allo stesso banco fin dalla prima elementare. Perché lei non riusciva a vuotare il sacco?

In realtà nel caso di Paolo un motivo c'era. E molto preciso.

– Sai, – mormorò alla fine, – credo che Paolo sia... insomma, che abbia una cotta per te.

– Dici?
– Oh, sí! – improvvisamente Beatrice si sentí triste. – Non dirmi che non te ne sei mai accorta.
– Quelli della nostra età non mi interessano, – esclamò Elena. – Voglio dire, noi ragazze cresciamo molto piú in fretta dei maschi. Per esempio, conosci Fabrizio? Quello alto, di prima superiore, con il piercing al naso... Ecco, lui sí che sarebbe perfetto per me.
Piercing al naso? Beatrice stava per ribattere qualcosa, scandalizzata, quando venne interrotta dall'arrivo improvviso di Laerte. Era sbucato da dietro un olivo, con la camicia che svolazzava e un buffo foulard attorno al collo.
– Siete arrivate! – le salutò, trafelato. – Paolo mi ha mandato a prendervi!
Elena lo prese in giro: – Guarda che sappiamo benissimo la strada per Casa Vulía.
– Oh, ma non siamo lí! È un posto nuovo, segreto. E Paolo è... Be', questo lo scoprirete di persona.

Gli alberi di carrube avevano tronchi robusti. I rami ricoperti di foglie verdissime nascondevano quasi del tutto le pietre bianche della pajara.
– Questa è la nostra nuova base operativa, – spiegò Laerte.
Il mistero si faceva sempre piú fitto. Beatrice sentí il rumore di oggetti pesanti lasciati cadere, e le proteste di Antonio. Poi Paolo si fece largo tra le piante e andò loro incontro.
Elena scoppiò a ridere, e dopo un istante Beatrice non poté fare a meno di imitarla.
Paolo indossava un gilet di panno marrone troppo grande

almeno di due taglie, e un buffo cappello di feltro con la tesa larga e la punta a cono.

– Ma come ti sei conciato? – lo prese in giro Elena.

– È l'abbigliamento che piú si confà al discendente di un distruggitore di nemici, – affermò Paolo, un po' offeso.

– E come parli? Sei impazzito?

– Lasciate che vi spieghi con calma...

Dagli alberi emersero anche Antonio e Luca, che si unirono al gruppetto. Il ragazzo piú grande stringeva un grosso martello e alcuni chiodi arrugginiti, mentre il fratellino reggeva un cofanetto di legno.

– Ecco qua, – disse Paolo, estraendo dalla scatola un foglio ingiallito e porgendolo a Beatrice.

La ragazza lesse il documento con attenzione, mentre Paolo la guardava tutto soddisfatto. – Ho portato qui il mio computer portatile, l'ho collegato a Internet e abbiamo fatto qualche ricerca. A quanto pare, il Franceschiello di cui si parla nella lettera era re Francesco II delle Due Sicilie, che venne mandato in esilio a Roma. Mentre i sabaudi erano i seguaci dei Savoia, cioè i re del Piemonte che poi diventarono re d'Italia...

Beatrice restituí il foglio a Paolo. – Ora ci spieghi perché ti sei mascherato in questo modo? E cos'è questo documento?

– L'abbiamo trovato oggi, qui alla pajara, – rispose il ragazzo.

– Continuo a non capire...

– Il brigante Giovanni era un mio antenato. Il nonno dice che è esistito davvero e viveva qui, a Casa Vulía. Secondo la lettera, da quasi centocinquant'anni queste terre sono un

regno indipendente dall'Italia. Capisci? Un altro Stato, come la Repubblica di San Marino o... o la Francia.
– E questa lettera lo dimostrerebbe? – commentò Beatrice, un po' scettica.
– Certo che sí. Nel corso degli anni il regno del brigante Giovanni è stato dimenticato... Fino a oggi, quando il suo diretto discendente ha deciso di reclamare quello che gli spetta.
«Reclamare quello che gli spetta». Le parole rintoccarono nella testa di Beatrice come colpi di gong.
– Tu... tu vuoi...
– Ecco perché sono vestito cosí. Il gilet e il cappello appartenevano al famoso brigante Giovanni, e quindi sono perfetti anche per il suo discendente. Verrò incoronato sovrano e insieme renderemo Casa Vulía una terra libera. Un regno. Il Libero Regno dei Ragazzi!

Beatrice ed Elena entrarono a visitare la pajara. Gli altri avevano lavorato sodo, spazzando via le ragnatele e portando gli attrezzi da giardino alla masseria, o ammucchiandoli all'esterno.
La stanza circolare all'interno era sgombra, con il tappeto-mongolfiera portato lí direttamente dalla camera da letto di Paolo, un paio di sedie e un tavolino su cui stava il computer portatile acceso.
Un'altra sedia piú grande occupava il centro della pajara. Era coperta di asciugamani, tende e lenzuola, e sembrava proprio un trono, morbido e invitante.
Antonio aveva appena finito di fissare al soffitto una fila di

luci di Natale che presero a brillare a intervalli irregolari, lanciando dappertutto lampi colorati.
– C'è la corrente, qui? – domandò Elena, indicando il computer.
– Un piccolo generatore a gasolio. È di mio padre, gli serve durante i lavori alla masseria... Ma per il momento può stare qui.
– Non male.
– Non male? – rispose Paolo. – È fantastico!
Beatrice, che fino a quel momento era rimasta a osservare in silenzio, esclamò: – Adesso cosa vorresti fare?
– Mi sembra ovvio. Dobbiamo preparare tutto per l'incoronazione.
– Mitico! – gridò subito Antonio, brandendo nell'aria il suo martello.

I maschi erano incorreggibili, si lasciavano prendere dall'entusiasmo e si tuffavano in ogni avventura senza riflettere. Invece, alla base di ogni caso risolto dalla dottoressa Carli, c'erano pazienza, studio e attenzione per i particolari.
Ora per esempio, invece di esaminare il problema in modo razionale, Paolo e gli altri stavano discutendo animatamente.
– Io voglio diventare cavaliere! – esclamava Luca.
– Sei troppo piccolo... al massimo puoi fare lo stalliere.
– Non mi piacciono le stalle.
– Poi il re sono io, non dimenticatevelo!
Parlare con loro era fuori discussione. Cosí Beatrice ed Elena si appartarono per dedicarsi al computer.
– Questi sono tutti matti... – sussurrò Elena.
Beatrice si sistemò gli occhiali sul naso, poi le sue dita presero

a picchiettare la tastiera del portatile. – Be', l'idea di dichiarare l'indipendenza di Casa Vulía è... affascinante. Solo che bisogna farlo in modo un po' piú serio. Preciso, scientifico.
L'amica le posò una mano sulla spalla. – E tu sei bravissima in questo campo, non è vero?
Beatrice era assorta nelle informazioni che scorrevano sullo schermo. Un sacco di domande le affollavano la testa, e sapeva che Internet le avrebbe fornito una risposta.
Come funzionava un regno? Qual era la procedura per crearne uno? Possibile che mai nessuno avesse pensato di trasformare la propria casa, o il proprio giardino, in un regno?
No, ovviamente non era possibile, le buone idee non vengono mai a una persona sola. La ricerca al computer dimostrò che al mondo c'erano decine, se non centinaia, di piccoli staterelli indipendenti che avevano deciso di affrancarsi da vicini piú grandi e ingombranti.
Questi minuscoli regni si facevano chiamare «micronazioni», e ce n'era davvero per tutti i gusti: un tizio in Australia aveva recintato la sua fattoria e aveva addirittura dichiarato guerra al suo Paese conquistandosi l'indipendenza sul campo (per fortuna, senza combattere). Un altro signore si era impossessato di una piattaforma petrolifera in mezzo all'oceano e ci aveva stabilito il suo regno personale.
– Guarda questo! – esclamò Elena, indicando una foto con il dito. – Questo strano signore ha comprato dei terreni sulla Luna e ha creato il primo Stato nello spazio!
– Ma non è possibile! Voglio dire, non basta dire «questo è il mio regno» per ottenere l'indipendenza. Servono leggi, regole, qualcosa.

– Be', noi abbiamo la lettera del brigante...
– Secondo me occorre anche qualcos'altro, e noi dobbiamo scoprire di che si tratta.
Paolo e gli altri avevano smesso di scherzare e stavano sbirciando incuriositi il lavoro di Beatrice. Ora sullo schermo del computer era comparso un documento dall'aria molto seria e ufficiale, in inglese, intitolato: *Convention on Rights and Duties of States*.
Beatrice, che era la migliore della classe anche nelle lingue straniere, tradusse per tutti: – Questa è la convenzione di Montevideo sui diritti e doveri degli Stati. Si tratta di un documento firmato nel 1933 da numerosi Paesi del mondo, compresa l'America. E spiega cosa deve avere una nazione per essere davvero considerata autonoma e indipendente, insomma per essere *vera.* Sentite che dice la convenzione: «lo Stato come soggetto di legge internazionale deve possedere le seguenti qualifiche: a) una popolazione permanente; b) un territorio definito; c) un governo; d) la capacità di entrare in relazione con gli altri Stati».
Paolo aveva già afferrato un quaderno e stava prendendo appunti con impegno.
– Tutto qui? – domandò. – Solo quattro punti da rispettare?
– Sí...
– Allora, il primo è facile. La popolazione c'è: io, mio nonno, i miei genitori... e voi. Anche la questione del governo è facile, io farò il re e tutti insieme penseremo a scrivere le leggi.
– Manca il territorio definito, e mancano le relazioni con gli Stati, – osservò Beatrice.
– Il territorio per il momento è questa pajara, ma potremo

espanderci in fretta comprendendo anche Casa Vulía e i campi attorno alla masseria. Quanto all'ultimo punto... la convenzione parla di «capacità di entrare in relazione», non di relazioni effettive. E questa capacità ce l'abbiamo.
Beatrice lo fissò senza capire, e Paolo le fece l'occhiolino. – Noi siamo sempre qui, giusto? Se il Presidente della Repubblica vuole venire a trovarci, è il benvenuto. Sono sicuro che mia madre gli offrirebbe persino un caffè.

Paolo sapeva che li avrebbe convinti.
Il piccolo Luca era stato il primo ad accettare la sua idea. Dal suo punto di vista, già solo avere una base segreta in una pajara era assolutamente fantastico. Ma gli altri erano piú restii, e piú difficili da coinvolgere.
Per fortuna era arrivata Beatrice, con le sue ricerche in Internet e la convenzione di Montevideo. Paolo aveva notato gli sguardi che erano rimbalzati tra i suoi amici, da Elena ad Antonio a Laerte, piú intensi di interi discorsi degli adulti. Potevano riuscirci. Potevano farlo davvero, sfidare i grandi sul loro stesso terreno. E caspita, avevano persino la legge dalla loro parte!
Finalmente Antonio si scrollò lo stupore di dosso ed entrò in azione. Raccolse il mazzuolo di legno e si arrampicò sul tetto per impermeabilizzarlo.
Elena e Laerte iniziarono a occuparsi dell'arredamento e degli altri particolari dell'incoronazione, mentre Luca non trovò di meglio da fare che imitarli.
– E noi? – chiese Beatrice.
– Dobbiamo scrivere il primo discorso alla nazione.
Paolo e l'amica si sedettero sotto un albero, con dei fogli di carta e una penna.

I due ragazzi si misero subito a discutere, e fino al tramonto non fecero altro che cancellare, aggiungere e rifinire i dettagli.
Alle sei di sera Laerte scattò sull'attenti, comunicando a Paolo che tutto era pronto.
Il ragazzo annuí con un gesto regale. Consegnò a Elena il cappello da brigante, si pettinò il ciuffo con le mani e sedette sul trono al centro della pajara. Beatrice sistemò il computer portatile in modo che la webcam fosse puntata proprio su di lui.
– Che stai facendo? – si informò Paolo.
– Riprenderemo tutto e lo metteremo su Internet. Se vogliamo fondare una micronazione, ci servirà un po' di pubblicità. Fidati di me.
Il ragazzo annuí.
– Siamo pronti, – disse Beatrice. – Sto registrando, inizia quando vuoi.
Paolo tossicchiò, rilesse per l'ultima volta il discorso che avevano preparato per la grande occasione e alla fine esclamò solennemente: – Nel corso della storia, i popoli hanno sempre lottato per liberarsi dalle ingiustizie e dalle oppressioni. Ma forse non vi siete accorti di un particolare: questi popoli erano sempre formati dagli adulti. I grandi. Sono loro che comandano. Ci tagliano fuori da tutte le cose importanti con la scusa che noi ragazzi siamo troppo giovani per capire. Ci costringono a fare quello che vogliono, decidono sempre loro senza nemmeno spiegarci il perché. Ma adesso è il momento di dire basta! – L'interno della pajara era in penombra, risplendeva a intermittenza di un arcobaleno di luci di Natale. Paolo sorrise e cercò di sembrare disinvolto davanti alla webcam che lo stava riprendendo.

– Oggi è il 3 giugno 2010 ed è un grande giorno. Noi ragazzi abbiamo deciso di ribellarci al dominio degli adulti, per dimostrare che sappiamo cavarcela benissimo da soli. Centocinquant'anni fa, un mio antenato volle che queste terre fossero un regno libero e indipendente. Ora io rinnovo quella promessa: dichiaro l'indipendenza dell'antico feudo degli Olivi, che da questo momento prende il nome di Libero Regno dei Ragazzi!

Era il momento. Elena si alzò in piedi tenendo in mano il cappello di feltro verde del brigante Giovanni e quando fu davanti al trono si esibí in un piccolo inchino. Poi gli posò il cappello sulla testa come fosse una corona.

Paolo si aggiustò lo strano copricapo sulla fronte. – Io, re Paolo I, dichiaro che questo regno è territorio sovrano e rivendico la libertà. Questo luogo sacro diverrà una nazione benevola, dove saremo noi ragazzi a fare le leggi!

Il discorso che aveva scritto con Beatrice continuava ancora per mezza pagina, ma a Paolo sembrava già sufficiente cosí. I proclami erano importanti, ma c'era molto altro da fare.

Perciò decise di riassumere: – Se un ragazzo di qualsiasi parte d'Italia o del mondo intero la pensa come noi, dovrà solo bussare alla nostra porta. Il regno è sempre aperto ai ragazzi in gamba, simpatici... e anche a tutte le ragazze. Ho finito.

Luca cominciò ad applaudire. Beatrice spense la webcam e gli fece il segno di vittoria da sopra lo schermo.

Antonio e Laerte tornarono ai lavori di riparazione del tetto mentre Paolo, Luca e le due ragazze si occuparono della tecnologia.

Registrarono un nuovo indirizzo e-mail e lo usarono per caricare il video che avevano appena girato su YouTube. Crearono una pagina di Facebook che conteneva qualche foto di Casa Vulía e il testo integrale della loro dichiarazione di indipendenza. Già che c'erano, inserirono anche una copia della lettera del brigante Giovanni e il link alla convenzione di Montevideo.
Verso le otto di sera arrivò la mamma di Paolo. La signora Maria voleva sapere se i ragazzi pensavano di fermarsi per cena, ma il figlio la allontanò con la scusa che avevano molto da fare.
– Se siamo un regno, – spiegò ai suoi amici subito dopo, – allora dobbiamo essere autonomi.
– Però non mi sarebbe dispiaciuto mangiare qualcosa, – brontolò Antonio. – Io comincio ad avere fame.
– Giusto, un sovrano deve nutrire il suo popolo. Fatemi controllare il tesoro reale.
In mancanza di uno scrigno adatto, il tesoro era custodito in un salvadanaio a forma di anfora nascosto sotto il tavolino del computer. Paolo tolse il tappo di plastica sul fondo e agitò ben bene il vaso per farne uscire tutti i suoi averi: diciotto euro, ventisei centesimi, una gomma da masticare e uno scontrino.
– Quanta ricchezza! – commentò Laerte sogghignando.
Paolo non si lasciò scoraggiare. – Per il momento basterà. Chi si offre volontario per andare in missione da Vito Carrozzella?
Vito era il miglior pizzaiolo di Pagliarano, e anche il piú economico, il che non guastava. Antonio afferrò le banconote con una mano, Laerte con l'altra e sgattaiolò fuori dalla pajara. I

due ragazzi tornarono in meno di un'ora reggendo una borsa della spesa piena di bibite e un gigantesco cartone.
La corsa in bici fino a Pagliarano e ritorno aveva sballottato qua e là tutti gli ingredienti e la pizza si era un po' raffreddata, ma ai ragazzi sembrò lo stesso deliziosa. La divorarono a tutta velocità.
– Adesso che facciamo? – domandò Elena.

Durante le grandi pulizie di quel pomeriggio, Paolo aveva trovato un bastone nodoso di legno d'olivo. Non aveva idea di chi l'avesse messo lí e perché: era troppo corto per essere il manico di una vanga, e troppo lungo per farne un falcetto o un coltello. In realtà il bastone gli arrivava subito sotto il mento, era levigato e ricurvo a un'estremità, come quello di un mago o un pellegrino.
Appena lo aveva visto, Paolo aveva capito subito che era lo scettro ideale per un re brigante.
Il ragazzo lo afferrò per l'estremità liscia e lo sollevò in aria come se fosse una lunga spada.
Antonio e Laerte si posizionarono davanti a lui, con lo sguardo fiero.
– Giurate! – esclamò il re.
– Noi giuriamo fedeltà al Libero Regno, – risposero i ragazzi contemporaneamente, tenendo una mano sul cuore. – Promettiamo di difenderlo con la forza del nostro braccio e di aiutarne i cittadini, ora e per sempre.
– In ginocchio! – Paolo sbatté il bastone, di piatto, sulla fronte e sulle spalle dei suoi due sudditi.
– Ahia! – protestò Laerte. – Mi hai fatto male!

– Silenzio! – lo zittí subito Paolo. – Con i poteri conferiti dal Libero Regno dei Ragazzi, io vi nomino Cavalieri del Regno, Briganti della Pizza é Ministri della Guerra e della Difesa.
I due ragazzi si alzarono in piedi sorridendo e stringendosi la mano.
Poi fu la volta di Luca.
– Tu cosa vuoi diventare? – gli domandò Paolo.
– Un ninja!
– Non ci sono ninja nel Libero Regno.
– Perché no? Tu sei il re! Pensavo che il re potesse fare qualsiasi cosa!
Paolo decise che in fondo il bambino aveva ragione. Lasciò che anche Luca giurasse fedeltà al regno e poi ripeté il rito nominandolo «Ninja Segreto e Gran Pistolero». Beatrice ed Elena lo guardavano con le mani premute davanti alla bocca per non ridere, e intanto manovravano il computer per riprendere la scena e caricare anche quel video su YouTube.
Dopo Luca, Beatrice ricevette il titolo di «ministro degli Interni, dell'Economia e delle Leggi».
Infine arrivò il momento che Paolo stava aspettando da ore. Elena.
Era tanto che non trascorrevano insieme un pomeriggio cosí divertente. Qualsiasi cosa facesse Paolo, Elena era sempre rimasta lí, sorridente e disponibile, pronta a darsi da fare. Adesso era venuto il momento di assegnare alla ragazza uno dei titoli del regno.
– Vuoi chiedermi cosa voglio essere? – domandò lei. Sorrise disegnando due splendide fossette ai lati della bocca.
– Ecco, io volevo proporti... Ti andrebbe di fare la regina?

Antonio e Laerte cominciarono a ridere come due stupidi.
Beatrice si alzò in piedi e uscí dalla pajara a grandi passi, senza dire una sola parola.
Paolo però in quel momento aveva occhi e orecchie solo per Elena.
– Non voglio essere una regina, – gli confidò la ragazza. – Le regine sono... non so... vecchie! Che ne diresti di nominarmi tua principessa?
Tua. Principessa.
Paolo cominciò a tremare, come se il sangue nel suo corpo si fosse trasformato per miracolo in pura elettricità.

Ormai era calato il buio.
Poco dopo la nomina di Elena, Beatrice affermò che voleva tornare a casa. Era sera, e doveva ancora finire i compiti.
– Vengo con te, – si offrí Elena. – Non vorrai mica camminare da sola fino a Pagliarano: la strada non è nemmeno illuminata.
Antonio assentí: – Paolo, sarà meglio che andiamo tutti insieme. Luca tra poco deve andare a dormire...
– ... e mia madre sarà furiosa, – finí Laerte.
Senza nemmeno ascoltarli, Beatrice si era già allontanata tra gli alberi in direzione della strada. Chissà cosa le aveva preso.
Paolo rivolse a Elena uno sguardo dispiaciuto e la ragazza cercò di consolarlo. – Davvero, resterei volentieri... Ma sono già passate le nove. Domani dobbiamo andare a scuola.
– Hai ragione, ci vediamo in classe.
– Grazie di tutto. È stato davvero bello, oggi.

Antonio aveva già raccolto la pizza avanzata e infilato in un sacchetto i bicchieri di carta e le bottiglie di aranciata vuote. Il gruppetto di ragazzi si allontanò tra gli alberi, raggiungendo Beatrice che adesso era solo una macchiolina nell'oscurità sempre piú fitta della sera.
Paolo capiva benissimo, certo. I suoi amici avevano altre cose da fare, era ora di tornare a casa e smetterla di perdere tempo.
Intanto il re era rimasto solo.
Si guardò intorno: per tutto quel lungo pomeriggio, il cappello che aveva in testa gli era sembrato *davvero* una corona, e la sedia piena di asciugamani era un trono. La stessa pajara, con le luci di Natale che pendevano dal soffitto, era diventata un salone decorato di arazzi sontuosi, e il pavimento in terra battuta gli era sembrato ricoperto di lastre di marmo scintillanti.
Adesso Paolo tornava a vedere le cose com'erano sempre state. Solo pietre, una sedia, un cappello di feltro.
Il ragazzo si tolse il gilet e lo scagliò a terra con rabbia.
– Paolo? – domandò una voce tra gli alberi.
– Nonno, sei tu?
Sentí il rumore delle ciabatte che picchiavano contro i sassi e l'erbaccia. Il nonno stava fumando una sigaretta, approfittando della distanza dalla masseria e dai rimproveri dei genitori di Paolo.
Il vecchio sorrise. – Che stai facendo? Gli altri sono andati via?
– Sí.
– Allora potresti tornare a casa anche tu. Tua madre è dispia-

ciuta di non averti visto a cena. Sei stato qui con gli amici per tutto il pomeriggio.
Paolo sedette contro il muro a secco della pajara. Nel buio, la sigaretta del nonno si accendeva e si spegneva al ritmo lento del suo respiro.
– Ricordi la lettera del brigante Giovanni? – disse Paolo.
– Ecco, faceva parte di una grande idea... Ma adesso gli altri se ne sono andati e io non so piú cosa fare.
– Di cosa si trattava? Un nuovo gioco?
– Nonno, ho tredici anni, è da un pezzo che non gioco piú. No, questa volta pensavo che fosse un progetto nuovo, diverso... Seguire le orme del nostro antenato, riprendere la lotta dove lui l'aveva lasciata. Ma forse mi sono sbagliato.
Il vecchio gli tese una mano aiutandolo a rialzarsi. – Prendi il computer e vieni con me, torniamo a casa...
Il nonno si era fermato a metà frase, come se mancasse qualcosa di importante. Paolo lo guardò, aspettando che gli venissero le parole.
– Sai, Paolo, – sussurrò lui alla fine. – Sei tu che devi decidere. Scopri quanto è importante per te questa battaglia, e agisci di conseguenza.

Beatrice apriva la strada, da sola nel buio, con le mani calcate nelle tasche dei jeans e i capelli crespi che si agitavano piano al ritmo dello scirocco.
Dietro di lei, a una decina di passi di distanza, seguivano gli altri. Antonio spingeva la Graziella con il cartone della pizza nel portapacchi e il faro lampeggiava di una luce fioca al rumore stridente della dinamo. Laerte invece teneva il passo di

Elena mentre trottava accanto alla sua mountain bike con le ruote tassellate.
I ragazzi procedevano in silenzio, e anche se nessuno aveva il coraggio di ammetterlo tutti tenevano gli occhi puntati su Beatrice, chiedendosi che cosa le avesse preso quella sera, dopo un pomeriggio cosí bello.
Elena sospirò. – Io vado, – disse a Laerte. – Voglio sapere che cos'ha.
In realtà, lei sapeva benissimo perché Beatrice era arrabbiata. Ma voleva sentirselo dire di persona.
Il ragazzo si scostò subito per lasciarla passare, ed Elena accelerò il passo per raggiungere l'amica, lí davanti.
Il caldo soffocante del giorno era stato rimpiazzato da una brezza gentile e il canto delle cicale aveva lasciato il posto a un silenzio morbido come gommapiuma.
– Beatrice... – Nessuna risposta. Anzi, a Elena sembrò che l'altra avesse aumentato l'andatura per distanziarla. Allungò una mano per impedirle di scappare. – Senti, mi dispiace, – mormorò. – Dovevo capire subito che...
– Sí, infatti.
La bocca di Beatrice si era mossa appena, l'apparecchio per i denti lanciava bagliori metallici nell'oscurità.
In quella semplice risposta Elena aveva sentito l'eco di mille domande arrabbiate: perché si era offerta di diventare la principessa del regno? Perché non ne aveva parlato prima con Beatrice, visto che aveva una cotta per Paolo?
– Non è stata tutta colpa mia, – si giustificò Elena, che non era disposta a dargliela vinta. – Oggi pomeriggio hai detto e ripetuto che Paolo per te non significava niente.

– Sapevi che stavo mentendo. E subito dopo hai aggiunto che tanto lui era troppo piccolo per te, non come quel ragazzo delle superiori...
– Fabrizio.
– Perciò, oggi pomeriggio, almeno...
Elena cominciava a spazientirsi. – Almeno cosa? Hai chiesto tu di fare il ministro degli Interni. E subito dopo lui è venuto da me, imbranatissimo, davanti a tutti, e mi ha chiesto di fare la regina. Che altro potevo dirgli?
La chiacchierata stava prendendo una china pericolosa e profondamente sbagliata. Elena non voleva litigare con lei. – Senti, – le disse, – è la solita storia che si ripete, non capisci? Tu sei la ragazza in gamba, quella che scopre le leggi importanti su Internet e crea la pagina Facebook e diventa ministro. Io invece sono quella carina e un po' stupida che al massimo può fare l'arredatrice di una vecchia pajara e poi sedersi sul trono della principessa a fare gli inchini.
Sul viso di Beatrice comparve un sorriso storto. – Io volevo fare il ministro degli Interni perché, be', è il capo della polizia... cioè, mi sembrava divertente. Però pensavo che tu saresti rimasta con me.
– Magari! Io non voglio fare la principessa! – ribatté Elena. La ragazza passò un braccio attorno alle spalle di Beatrice. – Sai cosa ti dico? Se questo regno è una cosa seria, allora può essere una grande occasione anche per me e te. Dimostreremo a tutti quello che sappiamo fare davvero.

Le lancette luminose dell'orologio da muro disegnavano l'ora in un pallido bagliore verde acido: mezzanotte e venti. E Paolo

ancora non riusciva a prendere sonno. Il nonno aveva ragione. Era lui che doveva decidere quale sarebbe stato il destino del regno dei ragazzi. Era solo un divertimento, per ridere un pomeriggio e mandare in visibilio il piccolo Luca?
– Sí, – sbuffò Paolo, nel buio. – È stata una sciocchezza.
E lui era stato uno stupido a lanciarsi a testa bassa in quell'impresa. Perché il regno potesse funzionare davvero c'era bisogno di una frontiera, un passaporto, delle leggi. Le altre persone, adulti compresi, dovevano capire che il feudo degli Olivi era un territorio indipendente e dovevano accettarlo... cosa assolutamente impossibile.
Era meglio rinunciare a quell'assurdità. Avrebbero mantenuto la pajara come punto di ritrovo, ma era meglio che nessuno al mondo sapesse dell'esistenza del regno.
«Facebook!» pensò Paolo in quel momento. Avevano messo su Internet le foto di casa sua, la dichiarazione d'indipendenza e i video dell'incoronazione!
Qualcuno, forse, lo aveva già visto con addosso il gilet di panno e il cappello da brigante, e si era fatto delle grasse risate alle sue spalle. Paolo doveva cancellare subito tutto. Eliminare ogni traccia.
Con uno scatto di reni saltò giú dal letto, cercò a tentoni l'interruttore della luce, poi volò fino alla scrivania dov'era sistemato il suo computer.
Premette il pulsante di accensione e aspettò impaziente che quel dannato aggeggio si decidesse a entrare in funzione. Aprí il sito di YouTube. Ora doveva trovare il video che Beatrice aveva caricato... Ma come fare?
Sbatté gli occhi, mentre il suo cuore impazzito si calmava ab-

bastanza da permettergli di leggere la pagina di apertura. Al centro dello schermo c'era un'etichetta colorata con su scritto: *I video piú popolari*, e subito sotto... c'era la sua faccia. Con il cappello da brigante in testa. Con un titolo bello grosso, *Libero Regno dei Ragazzi*.

Non era possibile, forse aveva letto male. Fece clic e aspettò che il video caricasse. L'immagine era sgranata e la sua voce risuonava distorta per colpa del microfono da quattro soldi del portatile, però la pajara sembrava davvero una reggia, cosí come lui l'aveva immaginata.

Al termine del video, gli occhi di Paolo caddero nella parte inferiore della pagina. Numero di visite: 2176.

Piú di duemila persone avevano assistito alla sua incoronazione. E in basso c'erano quasi duecento commenti.

MAX2000 diceva: «Idea geniale! I miei omaggi a Sua Maestà».

PAOLINA15: «Dove si trova il Libero Regno? Mi piacerebbe visitarlo... e unirmi a voi».

T1P1NV: «Avete ragione, noi ragazzi siamo un popolo».

ANNIEBELL: «Forte!»

LUCESPENTA: «Che stupidata di video. È solo un gioco per bambocci...»

Paolo chiuse tutto, incredulo. Esitò per un istante, si collegò alla pagina Facebook creata da Beatrice. In totale c'erano milleseicento fan. Trecentoventi nuovi messaggi.

Restò imbambolato davanti allo schermo senza riuscire a muovere un solo muscolo. Quelle erano persone, ragazzi come lui da ogni parte d'Italia. E anche se non mancavano le critiche, la maggior parte credeva che il regno fosse una buona idea.

Fu allora che Paolo prese la grande decisione, e di colpo si sentí sereno e molto sicuro di sé.
Con calma, ritornò su YouTube e iniziò a leggere i commenti uno alla volta, e a rispondere. Qualcosa gli diceva che quella notte non avrebbe chiuso occhio per stare davanti al computer. Ma non gli importava: era il momento di fare sul serio.

6. La grande rivincita (venerdí 4 giugno 2010)

Paolo parcheggiò la bicicletta nella rastrelliera davanti alla scuola. Sentiva gli occhi dei compagni puntati sulla schiena e un vociare sommesso che crebbe di volume mentre legava la ruota al palo di ferro con un catenaccio.
Spazientito, il ragazzo solcò la piccola folla che gli si era radunata intorno. Vide Antonio che cercava di arrivare fino a lui a colpi di gomito.
– Paolo!
– Che succede? – domandò, raggiungendo l'amico. – Perché mi guardano tutti?
– Non so... però è capitato anche a me. Sono arrivato e mi si sono stretti intorno.
A Paolo quella confusione non interessava: voleva radunare al piú presto gli amici per presentare i frutti della sua notte insonne. Era rimasto davanti al computer fino alle quattro del mattino, a rispondere alle e-mail e studiare. Ora aveva un sacco di buone idee che gli si affollavano nella testa.
– Ecco le star della scuola! Antonio-schiaffeggiami-la-pancia e Paolo-lancia-le-palline.
Ciccio Presti e due scagnozzi della Banda dei Tristi si fecero avanti sghignazzando, mentre gli altri studenti si allontanavano intimoriti. Ciccio indossava un paio di occhiali da sole con la montatura d'oro che lanciava bagliori sinistri. Teneva

in mano una pallina di gomma colorata che, c'era da scommetterci, aveva comprato apposta per quella scenetta.
– Allora, Paolo, vuoi che te la regali?
Antonio si era messo a tremare e istintivamente aveva afferrato i bordi della maglia con le mani, per evitare che qualcuno gliela sollevasse all'improvviso.
Paolo si parò davanti all'amico. – No, grazie, – esclamò. – Ora scusaci ma...
Solo in quel momento il figlio del macellaio Presti sembrò accorgersi che c'era qualcosa di strano, con metà della scuola che mormorava e li guardava.
– Si può sapere che succede, oggi? C'è qualche novità?
I Tristi si voltarono nervosi, cercando di allontanare tutti con i loro sguardi truci. Paolo approfittò di quell'attimo di distrazione dei suoi avversari: afferrò Antonio per la maglietta e lo spinse via.
Il bidello, il signor Egidio, li accolse con un sorriso. – Complimenti Paolo, ho visto che sei diventato famoso.
– Grazie...
– Ma di che sta parlando? – gli sussurrò Antonio all'orecchio.
– Te lo dirò piú tardi. Ora devo prepararmi: alla prima ora c'è la lezione di Bambino e ho deciso di offrirmi volontario.
L'amico lo guardò come se Paolo fosse completamente impazzito, ma lui lo rassicurò con un sorriso spavaldo.
Sapeva cosa stava facendo.

L'auto del sindaco sfrecciò a tutta velocità lungo la strada del mare, spaventando con il suo rombo un gatto che sonnecchiava su un ramo.

Era una splendida giornata e l'aria profumava d'estate. Quella mattina il signor Palamà era arrivato presto in municipio per sbrigare alcune pratiche importanti, quindi era andato al bar per il solito caffè. Aveva visto la Renault 5 color senape parcheggiata proprio ai margini della piazza, e il signor Biagio Rizzo che entrava nel panificio del signor Pignata.
Leo Palamà aveva sorriso: il vecchio si era tolto di mezzo. Quella era proprio l'occasione che stava aspettando. Nemmeno un quarto d'ora piú tardi, la sua Mercedes si fermò all'imboccatura del viale di Casa Vulía e continuò a procedere a ritmo piú lento lungo il sentiero fiancheggiato dagli olivi.
Davanti alla masseria si trovavano ammucchiati alcuni attrezzi da muratore, delle cazzuole e una betoniera, sacchi di calce e scatoloni pieni di piastrelle.
Il sindaco fermò l'automobile e pigiò sul clacson, per annunciare la sua presenza. Dopo qualche istante il signor Giovanni uscí da sotto il portico della grande casa fatiscente, con un cappello di carta in testa e i pantaloni sporchi di cemento.
Leo Palamà si controllò nello specchietto retrovisore: i pochi capelli scuri erano tenuti immobili dalla brillantina, la camicia era allacciata fino all'ultimo bottone, il nodo della cravatta perfetto. Molto bene.
Uscí dall'auto con un grande sorriso e agitò cordialmente la mano in direzione del signor Rizzo. – Buongiorno! Come vanno le cose? Suo figlio Paolo è a scuola? E la grande, Elisa, è sempre a Bologna?
Il proprietario di Casa Vulía non sembrava affatto felice di vederlo.

– Salve, sindaco.
– Mi scusi se la disturbo, ma ci tenevo a fare due chiacchiere. Che ne dice, mi offre un caffè?
Il signor Giovanni lo accompagnò dentro casa. Palamà scandagliò l'ambiente con l'occhio attento del professionista. La cucina era pulita ma piccola, con elettrodomestici vecchi di almeno trent'anni e mobili che avevano visto tempi migliori. Le pareti avevano bisogno di una tinteggiata, alcune piastrelle sul pavimento erano sbrecciate. Il sindaco notò anche un'altra piccola serie di particolari: il caffè che il signor Rizzo tirò fuori da una credenza era di una marca molto economica del discount, e questo valeva anche per la pasta, i biscotti e ogni altro genere alimentare.
La cucina di Casa Vulía faceva capire subito che quella masseria imponente era abitata da una famiglia in grosse, gigantesche difficoltà economiche. Proprio quello che Palamà sperava.
Il sindaco si accomodò su una seggiola traballante, spiando di sottecchi il padre di Paolo che preparava la moka.
– Allora, – disse, tanto per rompere il ghiaccio. – Come sta la signora Maria? Lavora sempre come commessa dal fruttivendolo in piazza?
Ovviamente, Palamà sapeva tutto della signora Maria. Anche quella mattina l'aveva vista mentre aiutava il vecchio signor Pededecornala a scaricare le casse dal camion e allinearle in bella vista sugli scaffali del negozio. Ma si accorse con soddisfazione che aveva toccato un punto dolente, perché le spalle del signor Giovanni si irrigidirono e per poco non rovesciò la polvere di caffè in mezza cucina.

– Eh già, – sospirò Palamà, fingendosi dispiaciuto. – Dev'essere difficile vedere la signora che ogni mattina si alza prestissimo per andare al lavoro, mentre lei invece... È davvero terribile che il ragionier Fantini l'abbia licenziata dalla fabbrica. Quell'impiego era importante per lei e per tutta la sua famiglia...
Il signor Giovanni si voltò con lo sguardo scuro. – Non sono un perdigiorno, signor sindaco. Sto ristrutturando la masseria. E quando lei vorrà firmare i permessi per trasformarla in un agriturismo...
– Sono qui proprio per questo, – annunciò il sindaco.
Palamà gustò per un istante il silenzio carico di attesa, interrotto solo dal borbottio della moka sul fuoco e dal profumo fragrante del caffè.
– Ho parlato con i miei tecnici del comune. Deve capire, signor Rizzo, che aprire un'attività imprenditoriale è un affare serio e costoso. Ci sono difficoltà tecniche, scartoffie da compilare... Con mio enorme dispiacere, non posso fare niente per lei adesso. Ci vorrà del tempo.
Il papà di Paolo si appoggiò al lavandino della cucina, sembrava che sulle sue spalle fosse stato caricato all'improvviso un enorme sacco di pietre.
– Quanto? – chiese con un filo di voce.
– Un anno, forse. Magari di piú. Per questo sono venuto a rinnovarle la mia proposta.
Con un gesto da attore consumato, Leo Palamà aprí la giacca e tirò fuori dal taschino interno una busta di carta che appoggiò sul tavolo.
– Qui troverà la mia nuova offerta. Le dico la verità, è un prezzo davvero eccessivo per questi terreni. Se lo sapesse la

mia Annuccia direbbe che sono pazzo. Ma per me è importante: i licenziamenti alla fabbrica Fantini hanno messo in difficoltà la comunità, ed è mio dovere di sindaco cercare di aiutare tutti. Questi soldi garantiranno ai suoi cari un futuro migliore: lei ha una figlia all'università, e so quanto costa mantenere un ragazzino delle medie...
Il signor Rizzo prese la busta. Provò a dire qualcosa, ma Palamà lo bloccò alzando un dito. – Davvero, non dica niente adesso. Con calma, guardi la mia offerta e ne parli con la signora Maria. Aspetterò con ansia una vostra decisione.
Il sindaco si alzò in piedi e fece per uscire dalla cucina.
– E il caffè? – domandò il signor Giovanni.
– Un'altra volta, magari. Ora devo tornare in municipio.

Il professor Bambino entrò in classe e sbatté la cartella di cuoio sulla cattedra facendo tremare il pavimento. I suoi piccoli occhi porcini saettarono nell'aula. – Non ci sono assenti, molto bene –. L'insegnante si accomodò sulla sedia e incrociò le dita sotto il mento. – Spero che ci siano volontari. È la vostra ultima occasione per farvi interrogare prima delle vacanze.
Sguardi bassi, matite immobili sui banchi.
– Qualcuno vuole venire alla lavagna?
Dal fondo dell'aula, Paolo alzò la mano. – Io, professore.
Ventotto paia di occhi ruotarono all'istante per posarsi su di lui: ventisette espressioni stupite di ragazzi, e quella ancora piú incredula di Bambino.
– Tu, Rizzo? – sbottò il professore. – Vuoi giocare di nuovo con la palla colorata?

Nella classe scoppiò una salva di risate scoppiettanti, ma Paolo si era preparato e questa volta non aveva paura. Si alzò in piedi e attraversò l'aula a grandi passi, andando a sistemarsi accanto alla lavagna. Elena e Beatrice lo guardavano facendogli strani gesti che significavano: «Hai battuto la testa? Stai male?». Ma Paolo non si era mai sentito meglio.
– Dunque, vediamo... Ma sí, comincia con un argomento a piacere.
– Vorrei essere interrogato sulle monarchie assolute, – rispose Paolo.
– Oh, molto bene! Ieri ti sei comportato da bravo suddito, e oggi a quanto pare hai voglia di ripetere l'esperienza.
Tutti i ragazzi si stavano spanciando dal ridere, ma Paolo era serio e tranquillo. Sapeva che, provocando il prof sulla ridicola interrogazione di ieri, prima o poi avrebbe avuto il pretesto per attaccare.
– Per fortuna una cosa simile non accadrà mai piú, – affermò.
– Oggi non sono il suddito di nessuno. Al massimo, posso fare l'ambasciatore.
– Cosa... come sarebbe a dire? – balbettò Bambino, colto in contropiede.
– In quanto sovrano del Libero Regno dei Ragazzi, mi trovo adesso in territorio straniero. Perciò, lei può considerarmi un ambasciatore, non un suddito.
Bambino stava per ribattere quando Annalisa, una ragazza con le trecce che sedeva in seconda fila, saltò su brandendo il telefono cellulare. – È vero professore, a scuola l'abbiamo visto tutti. Il video dell'incoronazione di Paolo è tra i piú votati di YouTube. Ha dichiarato l'indipendenza di Casa Vulía.

Il prof aveva la faccia rossa e teneva i pugni cosí stretti che le nocche erano diventate color latte.

– Che sciocchezza! – esclamò. – Non ti puoi svegliare una mattina e dichiarare l'indipendenza del tuo piccolo regno personale, Paolo. Non è cosí che funziona. E... e quali Stati riconoscerebbero la tua esistenza, sentiamo?

Il ragazzo girò le spalle all'insegnante, rivolgendosi alla classe con aria spavalda. Era il momento di mettere a frutto l'intenso studio di quella notte.

– A quanto pare il professor Bambino si rifà alla teoria costitutiva del riconoscimento degli Stati, – spiegò. – È una teoria che risale al diciannovesimo secolo, secondo cui per esistere una nazione deve essere riconosciuta dagli altri Paesi del mondo. Per quanto diffusa, questa visione non è però esente da grossi punti critici: infatti, cosa accade se una nazione viene riconosciuta da alcuni Stati stranieri, ma non da tutti? – Con un gesto teatrale, Paolo tornò a guardare il professore. – Per questo il Libero Regno dei Ragazzi, come molti altri Paesi e micronazioni del mondo, si rifà alla teoria *dichiarativa*. Tale teoria, esposta anche nella convenzione di Montevideo del 1933, dichiara che l'essere riconosciuti da altre nazioni non pregiudica l'esistenza della nazione stessa. Perciò il Libero Regno esiste, a tutti gli effetti, e io ne sono il re.

Bambino era rimasto senza parole.

Timidamente, dal fondo della classe, qualcuno iniziò a battere le mani. Un altro si aggiunse, poi Antonio e Laerte si alzarono in piedi, quindi Elena e Beatrice, infine l'aula rimbombò sotto un applauso scrosciante.

Paolo pensò che quello era il momento piú felice della sua vita.

– Ora siamo davvero nei guai! – commentò Laerte, ridendo. – Bambino ce la farà pagare cara!
Paolo annuí, distratto. Il cortile della ricreazione era pieno all'inverosimile e lui si ritrovava al centro dell'attenzione. Gli altri ragazzi lo indicavano e mormoravano a bassa voce, si scambiavano di nascosto i cellulari su cui scorreva a ripetizione il video di YouTube.
– Chi se ne importa di Bambino, – disse alla fine. – Ieri sera mi sono reso conto che il Libero Regno è davvero una grande idea. Dovreste vedere quanto entusiasmo, su Internet! Sono rimasto per ore a leggere e-mail piene di complimenti, consigli, precisazioni storiche sul brigantaggio e l'unità d'Italia...
Beatrice, che fino a quel momento era rimasta in disparte a parlare con Elena, si intromise nel discorso. – Non dovresti fidarti troppo di Internet. Ti ricordi i gatti bonsai? O il ragazzino che inventò la home page da un milione di dollari? La rete vive di scherzi e mode del momento. Ma dopo qualche giorno finisce tutto nel dimenticatoio.
Paolo tirò su con il naso, offeso. – Se non sbaglio sei stata tu a dire che dovevamo farci pubblicità. E sempre tu hai deciso di caricare il video su Internet e di creare il sito.
Elena gli sorrise. – Beatrice sta cercando di spiegarti che... non vorremmo che... ti montassi la testa.
Paolo allargò le braccia. – Perché dovrei? Il Libero Regno non è mio, l'abbiamo fatto insieme. Oggi pomeriggio, per esempio, potremmo decidere le leggi. E nelle leggi spiegheremo

come si fa a diventare re, cosí magari tra un po' di tempo qualcuno di voi prenderà il mio posto. Mi sembra una buona idea, non trovate?

Paolo stava per aggiungere qualcosa, quando vide tre ragazze che venivano verso di lui. Erano Annalisa, la compagna di classe che era intervenuta a lezione, e due studentesse di terza.

– Possiamo disturbarvi? – domandò Annalisa.

– Certo, ti serviva qualcosa?

La ragazza stringeva tra le mani il telefono cellulare. Le sue due amiche stavano un passo indietro, come se fossero spaventate.

– Ecco, – cominciò, – volevo chiederti... Abbiamo visto Facebook e...

– Nel discorso dell'incoronazione hai detto che il regno è aperto a tutti, – la interruppe una delle ragazze piú grandi, fissando Paolo dritto negli occhi. – Perciò ci chiedevamo se possiamo unirci anche noi al vostro gruppo.

– Ma certo! – rispose subito lui. – Perché no?

– Fantastico. Possiamo portare anche qualche amico? Nella nostra classe ci sono diverse persone che hanno voglia di venire a Casa Vulía.

Elena e Beatrice spiegarono alle ragazze come raggiungere la pajara, poi Paolo le guardò allontanarsi lungo il cortile.

Strizzò l'occhio ad Antonio. – Hai visto? L'idea funziona! Oggi pomeriggio saremo in tantissimi.

7. Le leggi

La Graziella di Antonio sferragliava monotona accanto alla bici piú piccola di Luca.
Il bambino stava sul ciglio della strada mentre lui pedalava al suo fianco, per proteggerlo da eventuali auto di passaggio. Non che la cosa lo divertisse piú di tanto, ma faceva parte dei doveri di un fratello maggiore. Inoltre quel pomeriggio faceva tanto caldo che non aveva voglia di lanciarsi a perdifiato sulla striscia di asfalto e arrivare alla masseria tutto sudato.
– Perché Laerte non è venuto con noi? – domandò Luca con il respiro affannoso.
– Ho telefonato a casa sua prima di partire, ma era già uscito.
«E per forza» aggiunse tra sé, ripensando alla voce della mamma di Laerte. La comare Vata Noma l'aveva tenuto al telefono per mezz'ora, protestando che la scuola non era ancora finita, e anche la sera prima erano tornati tardissimo, e Laerte non doveva sforzarsi troppo o si sarebbe ammalato e allora sí che sarebbero stati grossi guai.
Chissà come faceva l'amico a sopportare tutte quelle chiacchiere petulanti. Forse, se il padre di Laerte fosse stato ancora vivo, per lui le cose sarebbero state piú facili.
– Come hai detto? – chiese al fratello, accorgendosi che Luca stava parlando già da un po'.

– Ho chiesto se ti dispiace fare la strada noi due soli. Io sono piccolo, ti diverti di piú quando c'è anche Laerte...
E da quando quel ragazzino faceva discorsi da persona matura?
– Ma no, figurati, – mormorò Antonio, poco convinto. – Va benissimo.
– Guarda che lo so, che mi porti in giro solo perché te lo chiede il papà. E a volte per te sono una rottura. Però...
Antonio sorrise, tolse le mani dal manubrio e allungò le braccia per spettinare la zazzera di capelli del fratellino. – Davvero, rospetto. Sono contento che ci sia anche tu. Dopotutto siamo fratelli, no?
Il tintinnio alle sue spalle gli impedí di aggiungere qualcos'altro.
Luca si voltò. – Wow, – disse, – quanta gente...
Anche Antonio piegò indietro la testa per guardare. Lungo la strada arrivavano a tutta velocità almeno quindici biciclette, di ogni forma e dimensione, che scampanellavano allegramente. I ciclisti avevano le mani al cielo per salutarlo.
Impiegò qualche istante per riconoscerli: Matteo, Alfonso e Giacomo della sua classe. E c'erano anche Francesca F. e Francesca B., Alessandra e altri ragazzi che non conosceva.
– Ehilà, – li chiamò, mentre guadagnavano rapidamente terreno.
Le bici si aprirono a ventaglio occupando tutta la carreggiata, e Matteo gli si affiancò sorridendo. – Ciao Antonio, lui è il tuo fratellino?
– Sí, Luca.
Il ragazzo era stupito da tanta cordialità, in due anni di scuola lui e Matteo si erano forse salutati tre volte in tutto.

– Dove state andando? – domandò. – Al mare a Marina Serra? Oppure...
– Ma no! Veniamo con te a Casa Vulía!
Antonio per poco non cadde dalla bici per la sorpresa. – Oh, davvero?
– Il regno dei ragazzi! A scuola non si parla d'altro. E siccome avete detto che tutti possono unirsi...
Il gruppo continuò a pedalare lungo la discesa, poi svoltò nel viale di Casa Vulía.
Antonio smontò dalla sella e si diresse in mezzo agli olivi, in direzione della pajara. Si accorse che al muretto erano appoggiate almeno altre quindici bici. – A quanto pare, siamo arrivati in ritardo...
– E siamo in parecchi, – commentò Matteo. – Pazzesco!
Antonio e Luca fecero strada lungo il campo, poi si fermarono a contemplare la scena. Almeno trenta ragazzi si affollavano sotto gli alberi di carrube e le loro grida arrivavano fin lí. Antonio riconobbe Annalisa e qualcuno della sua classe, poi un sacco di ragazzi e ragazze della scuola.
Alcuni erano seduti a terra con fogli e pennarelli, altri stavano passandosi bottiglie di succo di frutta, e altri ancora...
– Ehilà, Antonio! Luca! Siete arrivati! – li chiamò Paolo, sventolando in aria il cappello da brigante. – Aspettavamo voi per cominciare!
Antonio riprese a muoversi e sentí due ragazze che bisbigliavano: – Ma quello chi è?
– È Antonio. Uno dei fondatori del regno, generale e ministro della Guerra!
Il ragazzo appoggiò una mano sulla spalla del fratello. Si ac-

corse che Luca stava ridendo, e anche lui non poté impedirsi di sorridere. Incredibile ma vero: era diventato famoso.

Il sole batteva a picco sulla tenda verde scuro che riparava l'ingresso del negozio di frutta e verdura. Le cassette di pesche spandevano nell'aria il profumo intenso dei frutti maturi.

La signora Maria si asciugò la fronte sudata con un fazzoletto.

– Grazie mille, – disse il signor Pededecornala, portando fuori una cassetta di zucchine che sistemò in bella vista accanto all'entrata. – Tra pochi giorni cominceranno ad arrivare i turisti, il negozio aveva bisogno di un po' di pulizie generali.

Lei sorrise. – Figurati, lo faccio volentieri. Un po' di soldi in piú fanno sempre comodo.

Il signor Pededecornala smise di lavorare e la guardò fisso, tenendo la testa inclinata di lato. – Giovanni non ha ancora trovato un lavoro?

– Macché, – sospirò Maria. – Da quando lo hanno licenziato, si è incaponito con l'idea dell'agriturismo e passa tutto il suo tempo a Casa Vulía.

«Invece di cercare un lavoro vero» pensò tra sé.

Maria era stufa marcia di doversi accontentare del piccolo bagno all'esterno della casa, o di vedere suo figlio Paolo che saliva e scendeva dal secondo piano appeso a una fune.

– Le cose si sistemeranno, vedrai, – la consolò il fruttivendolo.

– D'estate c'è sempre un sacco da fare, se ti va potresti venire due o tre pomeriggi alla settimana a darmi una mano... A proposito, cliente in arrivo. Puoi occupartene tu, mentre io sistemo il retrobottega?

Maria strinse gli occhi nell'afa pomeridiana.
La comare Vata Noma aveva il capo coperto da un foulard svolazzante, mentre il volto era nascosto da un immenso paio di occhiali da sole. La mamma di Laerte indossava come sempre un abito a maniche lunghe, una giacca e stivaletti chiusi. Quel pomeriggio il termometro segnava trenta gradi all'ombra.
– Buongiorno, Vata Noma, – la salutò Maria, cercando di dimostrarsi cordiale. – Posso aiutarti?
– Se vuoi aiutarmi, allora fai sparire questo sole. Sai che l'esposizione può provocare centinaia di malattie? Si va dalle rughe a conseguenze *mortali*!
Maria cercò di soffocare una risatina. – No, intendevo dire... Ti serve qualcosa?
La Vata Noma si riparò sotto la tenda del fruttivendolo e si tolse gli occhiali con un sospiro. – Sí, grazie. Un chilo di mele, due chili di pomodori non troppo maturi, e delle banane.
Maria entrò in negozio, prese dal bancone alcuni sacchetti di carta e iniziò a scegliere con attenzione la frutta e la verdura. Guai se per distrazione avesse preso un pomodoro un po' ammaccato o una mela bacata, la Vata Noma poteva dare il via su due piedi a un comizio.
– Laerte come sta? – domandò Maria per rompere il silenzio.
La Vata Noma sbuffò. – Avresti dovuto chiedermi *dove* sta. A Casa Vulía, come al solito, con tuo figlio Paolo e gli altri amici. Si può sapere che stanno combinando quei ragazzi?
– Perché? – si informò Maria, un po' sorpresa.
– Vuoi dire... – La Vata Noma sembrava cosí scandalizzata

che non riusciva a inspirare aria nei polmoni. – Vuoi dire che non c'è nessun adulto che li sorveglia?
– Be', Giovanni e nonno Biagio ogni tanto vanno a controllare...
– Oh, ma è inammissibile! – sbottò la Vata Noma. – Ieri sera Laerte è tornato tardissimo, aveva le unghie sporche di terra e si era strappato la maglietta con un chiodo arrugginito! Ho dovuto portarlo al pronto soccorso pretendendo che gli facessero l'antitetanica... E oggi pomeriggio è partito per Casa Vulía subito dopo pranzo, anche se gli avevo chiesto di aspettare almeno il tramonto per evitare un'insolazione. Quei ragazzi stanno facendo qualcosa di pericoloso! E finché si trovano alla masseria, mi aspetto che tu e tuo marito siate responsabili di quello che succede!
Maria riuní tutti i sacchetti di carta in una busta, li pesò e fece lo scontrino. – Ecco a te, sono quattro euro.
– Ma hai sentito quello che ho detto? Cos'hai intenzione di fare per fermare questa... questa pazzia?
Maria scosse la testa, sconsolata. – Ti prometto che questa sera parlerò con Paolo. Non preoccuparti.

Beatrice non conosceva neanche la metà delle persone che affollavano i dintorni della pajara. C'era la sua classe quasi al gran completo, e un sacco di altri studenti delle prime o terze medie, o di altre sezioni. C'era Fabrizio, il ragazzo delle superiori che piaceva a Elena e aveva un piccolo anello d'argento al naso. C'erano studentesse piú grandi che in condizioni normali non le avrebbero nemmeno rivolto la parola, etichettandola come «secchiona» al primo sguardo. Adesso

invece stavano con lei, scherzavano con lei, ma soprattutto la ascoltavano.
– Che dici, Bea, va bene cosí?
– Bea, stavo pensando che...
– Bea, potresti venire un attimo?
«Bea». Le piaceva, la faceva sentire una ragazza diversa. In gamba. – Cosa c'è?
A chiamarla era stato un ragazzo di terza media di cui non conosceva il nome, un tipo alto con il naso adunco e i capelli cortissimi. – Abbiamo finito. Mostriamo il risultato a re Paolo?
Il ragazzo reggeva tra le mani un manifesto, disegnato su quattro fogli di carta uniti con il nastro adesivo. Beatrice lo arrotolò e se lo mise sotto il braccio.
Alzò gli occhi verso la pajara: Paolo stava sul tetto, riconoscibile a un chilometro di distanza per via del cappello di feltro e del bastone d'olivo. Con lui c'erano Antonio e Laerte. Si passavano l'un l'altro un binocolo scrutando i dintorni.
Beatrice si arrampicò sulla scaletta che circondava la bassa costruzione di pietra, attenta a non schiacciare troppo il foglio. – Che fate ragazzi? – domandò non appena ebbe messo piede sul tetto. La cima della pajara era un terrazzino di forse un metro e mezzo di diametro, e in quattro là sopra si stava davvero stretti. Sarebbe bastato che Antonio allungasse una mano per farla capitombolare giú fino a terra.
– Scrutiamo il regno, – disse Paolo. – Ti serviva qualcosa?
– Sí. Il gruppo ha finito, abbiamo le leggi –. Beatrice gli consegnò il foglio di carta e aspettò che lui, Antonio e Laerte lo analizzassero.

– Che ne dite?
– Secondo me va benissimo, ora dobbiamo solo leggerlo a tutti.
Paolo le fece un piccolo inchino e le restituí il foglio. – Vuoi pensarci tu?
Alla ragazza per poco non caddero gli occhiali dal naso. – Io? Ma, ehm, il re sei tu...
– Io resterò ad ascoltarti. Ma in quanto ministro delle Leggi, credo che sia compito tuo annunciare al regno le regole che ci siamo dati.
Radunarono in fretta i sudditi, che si accomodarono tra gli alberi proprio davanti all'ingresso del palazzo reale. Qualcuno fece uscire dalla pajara i due troni di Paolo ed Elena, che presero posto l'uno a fianco dell'altra.
Beatrice provò una fitta di dispiacere vedendo l'amica e Paolo cosí vicini... Ma si rincuorò pensando alla chiacchierata della sera prima, e al loro piano. Presto le cose sarebbero cambiate.
Restava il fatto che c'erano almeno quaranta persone, e stavano aspettando che Beatrice, proprio lei, si decidesse a cominciare.
La ragazza si afferrò una ciocca di capelli e cominciò a farla roteare tra le dita, un po' nervosa. Si sentiva come prima di un'interrogazione in classe. Adesso però non si trovava in aula, era tra i suoi amici e altre persone che la stavano osservando con occhi nuovi. In un certo senso, quella era un'occasione.
– Bene, – disse, tanto per farsi coraggio.
– Sto registrando, – la incitò Antonio, indicando la webcam puntata su di lei.

La ragazza prese il foglio di carta e lo srotolò davanti a sé. Elena le fece l'occhiolino invitandola a proseguire.
Beatrice declamò ad alta voce: – Oggi, 4 giugno 2010, re Paolo, il governo e i cittadini del Libero Regno hanno approvato e stabilito le seguenti sette leggi.
– Prima: Tutti i cittadini sono uguali davanti alla legge e hanno gli stessi diritti e doveri, indipendentemente dai loro compiti, dall'età e dal sesso.
Alla parola «sesso» partí un coro di risatine, e anche Beatrice si concesse di sorridere prima di continuare.
– Seconda: Tutti i cittadini hanno diritto al rispetto. Ognuno può esprimere la propria opinione. Se qualcuno, per esempio un adulto, dà un ordine a un cittadino, ha il dovere di spiegare le ragioni e i motivi dell'ordine.
– Terza: Nessuno dovrà offendere, o fare del male, o arrecare danno a un altro cittadino.
– Quarta: Anche se ogni cittadino avrà compiti diversi, tutti si impegneranno a fare del loro meglio per aiutare il regno e gli altri.
– Quinta: Chi non è cittadino del regno può chiedere di diventarlo, e il re e il governo decideranno se accettarlo nel gruppo. Le porte del regno sono aperte a chiunque, purché si impegni a rispettare le leggi.
Questo era stato un punto su cui avevano discusso molto. Parecchi ragazzi avevano proposto di diventare cittadini senza bisogno di domande e decisioni, ma Paolo si era opposto: rischiava di saltar fuori una grande confusione.
Dopo un'attenta riflessione, Beatrice si era dichiarata d'accordo con lui.

– Sesta: In onore del nostro fondatore, il cappello del brigante Giovanni costituisce la corona del regno e il simbolo del comando. Il re è colui che indossa la corona. Il re è a capo del regno e ha il diritto di assegnare compiti a se stesso e agli altri cittadini.
Beatrice si accorse che nella platea c'erano alcuni sguardi perplessi, perciò si affrettò ad aggiungere: – Insomma, è quello che comanda.
– Ah, okay! – sospirò subito una ragazzina con le trecce, sollevata.
– Settima: se un cittadino viola le leggi, e viene giudicato colpevole da un'apposita commissione, allora perderà il diritto di cittadinanza e dovrà lasciare il regno e non farvi piú ritorno.
Anche questo era stato un argomento delicato. Paolo, Antonio e Laerte volevano a tutti i costi essere loro i giudici, dicendo che nei film era sempre il re a decidere chi finiva in prigione.
Ma Beatrice aveva studiato a fondo la questione e aveva scoperto l'inghippo: se il re stabiliva le leggi e allo stesso tempo le faceva rispettare, il suo potere non aveva limiti e lui rischiava di trasformarsi in un sovrano assoluto.
Alla parola «assoluto», Paolo era diventato pallido ed era subito battuto in ritirata, pensando al professor Bambino.
Beatrice, che ormai aveva finito di leggere, ripiegò il foglio e concluse: – Le sette leggi del regno saranno appese nel palazzo reale, cioè nella pajara, cosí tutti potranno sempre averle sott'occhio. Ho finito, grazie.

Paolo superò di corsa l'ultimo tratto di strada, si nascose dietro la casupola di mattoni che costituiva il bagno esterno e sporse fuori la testa per controllare la masseria. Sotto il grande portico, intravedeva la porta della cucina spalancata e la luce spenta.

Significava che sua madre non era ancora tornata dal lavoro. Nessuna traccia del nonno o di suo padre. Via libera.

Il ragazzo si spostò il ciuffo dalla fronte nascondendolo sotto il cappello da brigante. Scattò dal bagno fino al portico, attraversando lo spiazzo in terra battuta che sembrava andare a fuoco nella luce rossastra del tramonto, quindi si intrufolò in cucina.

Aprí lo sportello della credenza e, sentendosi l'acquolina in bocca, afferrò un grosso sacco di frise. Quelle pagnottelle non lievitate e dure come pietre erano uno dei piatti preferiti di Paolo. A sgranocchiarle a secco si rischiava sempre di perdere un paio di denti. Ma bastava immergere le frise nell'acqua e condirle con un po' d'olio, sale e pomodoro crudo, per trasformarle nello spuntino piú buono del mondo.

Il ragazzo prese dalla credenza una pentola abbastanza grande che riempí a metà dal rubinetto. Trovò sotto il lavandino una tanica di olio da due litri ancora sigillata.

A quel punto era carico come un mulo, tra frise, condimenti e pentolone. Ora doveva uscire dalla cucina senza far cadere tutto.

– Fermo lí, – intimò la mamma.

Paolo sobbalzò. Le frise gli sfuggirono di mano e solo per miracolo riuscí a impedire alla tanica d'olio di sfracellarsi sul pavimento.

– Mamma...

La signora Maria lo guardava serissima. Indossava ancora il grembiule verde e giallo con la scritta *Frutta e Verdura*. – Dove stai portando quelle frise?
– Alla pajara... I miei amici hanno fame.
– E come mai sei vestito in modo cosí... pittoresco? Dove hai trovato quel gilet? Siediti, voglio parlarti.
Il sesto senso di Paolo gli diceva che la mamma era nervosa, perciò decise di lanciarsi in una giustificazione preventiva:
– Non ho fatto niente.
– A me risulta il contrario, – rispose lei. – Ieri sei rimasto alla pajara fino a notte fonda. Cosa stavi facendo? Prima in negozio ho incontrato la Vata Noma, e le ho promesso che vi avrei tenuto d'occhio.
– Oh, la mamma di Laerte è sempre la solita apprensiva.
Per la prima volta, la signora Maria sembrò tentennare. – Be', forse hai ragione, – ammise. – Ma resta il fatto che voglio sapere cosa combini.
– E voglio saperlo anch'io! – strillò suo padre, entrando in quel momento nella stanza.

«Ottimo» pensò Paolo. Ora sí che era nei guai.
– Ha combinato qualcosa? – domandò la mamma.
– Altroché. Un'ora fa ha telefonato il professor Bambino. Dice che nostro figlio gli ha mancato di rispetto davanti a tutta la classe! E ieri è stato assente durante le prime ore di lezione! – Il papà finí quella tirata senza mai riprendere fiato. Al termine si accorse finalmente di com'era vestito suo figlio ed esclamò: – Si può sapere perché hai addosso quel gilet e quel buffo cappello? Che stai combinando?

– Non ho fatto niente di male! – si difese Paolo. – È vero, ieri ho fatto un po' tardi a scuola... Ma poi ci sono andato, e sono anche stato interrogato da Bambino, e lui mi ha preso in giro davanti a tutti. Allora oggi sono riuscito a fargliela pagare, ma senza offenderlo né niente, l'ho solo battuto sul suo stesso terreno.

La mamma si sedette con aria stanca. – Perché non ci racconti tutto dall'inizio?

– Ed è meglio che sia una storia convincente, – aggiunse il signor Giovanni.

Paolo si rese conto che non aveva alternative. Inspirò a fondo e poi cominciò a spiattellare ai genitori tutta la verità... piú o meno. Raccontò che era arrivato a scuola in ritardo, e descrisse con dovizia di particolari l'umiliazione che gli aveva inflitto Bambino con la sua pallina. Poi spiegò tutto il resto: la lettera del brigante, la fondazione del regno, il successo che aveva avuto la sua idea.

– E cosí adesso sei diventato re Paolo, eh? – commentò il papà alla fine.

– Sí. E siamo in tantissimi, e altre persone fanno il tifo per noi su Internet, e...

Il signor Giovanni scosse la testa. – Tu non capisci, Paolo. Per la nostra famiglia questo è un momento di difficoltà. Tua sorella Elisa si impegna al massimo per non pesare su di noi, ma ha comunque bisogno di un aiuto economico. Io non ho un lavoro, e tua madre deve sgobbare dal signor Pededecornala per portare un po' di soldi a casa. La ristrutturazione della masseria è complicata, mi servirebbe una mano, e quest'anno non avremo turisti che vengono a stare qui visto che è tutto sotto

sopra. Insomma, abbiamo bisogno di te. Ormai sei grande e puoi fare la tua parte. Invece perdi tempo a giocare.
– Non è un gioco! – protestò Paolo. – È importante!
– Non voglio sentire altro. Ora, per favore, va' dai tuoi amici e digli che il vostro regno dei ragazzi è giunto alla fine. Manda tutti a casa e da domani cerca di comportarti come si deve. E scusati con il professore, capito?
Paolo si sentiva ribollire di rabbia. Aveva voglia di gridare, di opporsi, ma sapeva che in quel momento era inutile. Quando suo padre attaccava a parlare di soldi e di masseria, non c'era modo di farlo ragionare.
In silenzio, il ragazzo si alzò e uscí dalla cucina. Ovviamente non aveva nessuna intenzione di rinunciare al regno senza combattere, che sovrano sarebbe stato altrimenti? Però per quella sera era meglio lasciar perdere. Poi, domani, forse...
– Paolo, aspetta, – lo chiamò sua madre. La signora Maria era uscita dalla cucina e teneva tra le mani un vassoio pieno di taralli, patatine fritte e olive verdi. – Mi aiuti? Non vorrei che mi cascasse tutto, comincia a fare buio.
Paolo si affrettò a darle una mano, e insieme si avviarono verso la pajara.
– Devi capire che papà è molto preoccupato, – gli spiegò sua madre. – Sai che sta pensando di vendere la masseria al signor Palamà?
– Vendere Casa Vulía? – esclamò Paolo. – Ma non è possibile!
– Lui non vuole, e nemmeno il nonno. E se è per questo neanch'io. Lo dicevo per farti capire che in effetti ci aspettano tempi difficili, e anche tu in un modo o nell'altro ne sarai coinvolto.

Attraversarono a piedi il campo di olivi, le ombre dei rami disegnavano arabeschi sulla terra rossastra. Scavalcarono il muricciolo che delimitava il terreno della pajara.

– Ma... cos'è tutta questa confusione?

– Sono i miei amici, mamma. Ti ho detto che eravamo in tanti.

– Santo cielo –. La signora Maria restò a guardare la quarantina di ragazzi che rideva e faceva chiasso sotto ai carrubi.

– Credo... credo che dovrò portare delle altre patatine.

8. La battaglia dei gavettoni (sabato 5 giugno 2010)

Il nonno fermò la vecchia Renault 5 a un centinaio di metri dalla scuola, salendo con due ruote sul marciapiede. Lo scossone fece affondare Paolo nella gommapiuma logora del sedile, con la cintura di sicurezza che gli segava il collo.
Nell'auto c'era odore di polvere. Sul cruscotto erano allineati con il nastro adesivo alcuni biglietti da visita, oltre ai santini spiegazzati di San Cristoforo protettore degli automobilisti e, ovviamente, di San Biagio.
– Forse è meglio se scendi qui, – disse il nonno con la sua voce raschiante. – Non vorrai farti vedere dai tuoi amici insieme a me.
Paolo fece un sorriso triste. – I miei compagni ti adorano... – bofonchiò. – Il problema sono mamma e papà. Non capiscono che per me il regno è importante! Ieri a Casa Vulía sono venute un sacco di persone... E su Internet erano molte di piú! Soltanto ieri Beatrice ha contato seicentoventi e-mail, nonno. È un numero pazzesco.
– Ci credo...
– E adesso dovrei rinunciare, solo perché il professor Bambino si è offeso?
Il nonno tirò fuori di tasca il pacchetto di sigarette mezzo schiacciato. Non fumava mai in macchina, però iniziò a far roteare fra le dita la scatoletta di cartone.

– So che Maria ti ha parlato di Palamà.
– Oh! – Paolo sbuffò. – Papà non venderà mai la masseria.
– Me lo auguro anch'io, però devi capire che invece è una cosa *possibile*. I tuoi genitori stanno pensando al futuro. Elisa studia a Bologna, con tutte le spese che ne derivano. Poi ci sei tu, stai diventando grande...
– Io voglio solo restare a Casa Vulía.
Il nonno annuí. – Adesso dici cosí, ma un domani cambierai idea. È la vita, Paolo.
Esasperato, il ragazzo tirò la maniglia e scese dalla vecchia automobile.
– Aspetta, dimentichi qualcosa! – lo fermò il nonno, allungandogli lo zaino oltre la portiera.
– È leggero, – osservò poi.
– Non ho molti libri, – rispose Paolo. – In fondo è l'ultimo sabato prima delle vacanze.

Quel giorno i ragazzi arrivavano a scuola in infradito, pantaloni corti e ampie t-shirt scolorite. Prima di varcare il cancello, ognuno si fermava furtivamente all'edicola del signor Cridamai e comprava due o tre confezioni di palloncini colorati, che poi infilava in fretta nelle tasche.
Anche Antonio si era rassegnato alla divisa di ordinanza. Aveva jeans che gli arrivavano al ginocchio, un paio di ciabatte di plastica e ben tre magliette infilate una sull'altra.
Si sentiva un po' ridicolo, ma non aveva scelta. L'ultimo sabato di scuola era una giornata speciale: alla fine delle lezioni l'intera scuola sarebbe diventata un campo di battaglia fatto di gavettoni che scoppiavano, spruzzi e grida furibonde dei professori.

Ovviamente partecipavano allo scontro anche le ragazze, le stesse che il giorno prima avevano sorriso ad Antonio e scherzato con lui.
Tra poche ore invece l'avrebbero visto inzuppato da capo a piedi, con la maglietta bagnata appiccicata addosso come una seconda pelle e l'aria triste di un ciccione fradicio.
Antonio cercò di scrollarsi dalla testa quei pensieri cupi. Laerte lo stava aspettando acquattato dietro un albero. Era vestito con un'ampia mantella impermeabile, uno di quei teli di plastica trasparenti che gli ambulanti vendono per strada, fuori dalle stazioni ferroviarie.
– Come ti sei conciato? – esclamò Antonio.
– Senti chi parla. Sotto la maglia blu ne hai messa un'altra... rossa.
– Dici che sto male?
Laerte allargò le braccia e la mantella si aprí attorno a lui come ali di pipistrello. – Sicuramente meglio di me. Ma la mamma non ha voluto sentire ragioni: dopo la gavettonata dell'anno scorso mi è venuta la febbre... perciò quest'anno ha pensato bene di premunirsi.
Antonio sogghignò: – Già è un miracolo che ti abbia lasciato venire a scuola.
Per un attimo, fu tentato di abbracciare l'amico. Ogni volta che si sentiva giú di corda e gli sembrava che le cose non potessero andare peggio di cosí, ecco che arrivava Laerte. Con il suo sorriso un po' malinconico, i capelli scuri e la pelle pallidissima. Insieme facevano proprio una bella coppia: i due casi disperati della scuola.
– Andiamo, forza, – lo incitò. – La campanella suona tra poco.

Antonio oltrepassò il cancello e, prima che potesse rendersi conto di cosa stava succedendo, si ritrovò circondato. Erano in sei, e stringevano lui e Laerte in una morsa minacciosa. Erano... ragazze.
– Antonio, posso disturbarti un secondo? – iniziò la prima del gruppetto. Era Annalisa, la ragazza con le trecce della loro classe.
Il ragazzo sperò che Laerte venisse in suo aiuto, ma l'amico era occupato a contorcersi come un serpente nel tentativo di levarsi di dosso quell'orribile impermeabile.
Perciò toccava a lui. – Ti serviva qualcosa? – indagò circospetto.
Le ragazze ridacchiarono, e Annalisa le fulminò con lo sguardo. Quel semplice gesto fece sentire Antonio molto meglio. Forse non volevano prenderlo in giro, dopotutto.
– È per la battaglia di gavettoni di oggi, – spiegò la ragazza. – Noi pensavamo... Di solito lo scontro riguarda le diverse classi, giusto? Ma ieri tutti i miei amici della seconda B sono venuti a Casa Vulía, e adesso non possono certo combattere contro di noi. E allora pensavamo: perché non diamo vita a un nostro esercito? L'esercito del Libero Regno dei Ragazzi?
Un'idea fantastica. E stavano chiedendo a lui cosa ne pensava.
Antonio afferrò Laerte per una spalla. – Sentito? – domandò. – Oggi il Libero Regno dovrà affrontare l'intera scuola. E in quanto ministri della Difesa, io e te dobbiamo comandare l'armata ed essere in prima linea!

Antonio passò l'intera mattina a scarabocchiare piani di battaglia sul suo quaderno. Ormai aveva deciso la strategia di massima: l'esercito del Libero Regno dei Ragazzi avrebbe iniziato un'offensiva in grande stile allo squillare della campanella di fine giornata.

Dovevano attaccare subito, all'improvviso, senza dare al nemico il tempo di organizzarsi. E soprattutto, dovevano preparare le munizioni con largo anticipo: la preside aveva promesso di sospendere gli alunni sorpresi con i gavettoni all'interno della scuola, ma nel cortile non c'erano fontanelle d'acqua da usare come rifornimento.

Perciò bisognava darsi da fare. Mancavano cinque minuti all'inizio della ricreazione.

Antonio passò a Laerte un foglio di carta coperto di scritte.

– Sono gli schemi d'attacco, – sussurrò. – Ne parleremo in cortile, quando distribuirò a tutti le armi approfittando della ricreazione.

– Ricevuto, – rispose l'altro.

La professoressa Magli stava scrivendo qualcosa alla lavagna nella sua calligrafia incomprensibile. Aveva i capelli spettinati e di tanto in tanto si portava alla bocca le unghie sporche di gesso, mentre rifletteva furiosamente.

Antonio approfittò di quell'attimo di distrazione per prendere dallo zaino tre buste sigillate di gavettoni e un capace sacchetto di plastica. Con fare indifferente infilò tutto nelle tasche dei jeans, poi alzò la mano. La prof era di spalle e non lo vide, cosí Antonio esclamò: – Scusi, posso andare in bagno?

La Magli si voltò, strizzando le palpebre come per mettere a fuoco l'alunno da dietro le lenti spesse degli occhiali.

– Manca poco all'intervallo! Non puoi aspettare?

– Ehm, no, – rispose Antonio.

Qualcuno cominciò a ridere, ma la maggior parte degli alunni si scambiò uno sguardo d'intesa e una strizzata d'occhio.

Fuori dalla classe, il corridoio era deserto e il pavimento di marmo rimbombava sotto la suola piatta delle ciabatte. Ad Antonio sembrava di trovarsi nello stomaco di un'immensa creatura addormentata.

Corse fino ai bagni dei maschi e iniziò a riempire i gavettoni sotto il rubinetto. Nel bagno faceva fresco e c'era odore di disinfettante e sapone da poco prezzo.

Antonio annodò i gavettoni gonfi e li infilò nel sacchetto di plastica, cominciò a prepararne altri. Ancora due minuti alla ricreazione.

Afferrò la borsa, adesso pesava come se fosse piena di sassi. L'acqua fredda colava sulla plastica e sgocciolava poi sul pavimento.

Mise la testa fuori dalla porta del bagno, sbirciando nel corridoio: ancora nessuno. Tornò di corsa in direzione della classe, il suono di ogni passo punteggiato dal *ploc ploc ploc* dello stillicidio che filtrava dal sacchetto.

La campanella cancellò di colpo ogni rumore, trillando cosí forte che i vetri del corridoio vibrarono per un istante. «Oh no», Antonio si era attardato troppo. Se si faceva trovare dai prof con tutti quei gavettoni, l'espulsione da scuola era assicurata.

Il ragazzo si precipitò a raggiungere l'aula, cercò di frenare ma le ciabattine scivolarono sul pavimento liscio e gli fecero perdere l'equilibrio.

La porta della classe si aprí.
– Paolo, dammi una ma... – Cercò di fermarsi e provò nello stesso tempo ad aprire la borsa di plastica, per consegnare all'amico i gavettoni.
Terrorizzato, Antonio vide Ciccio Presti uscire per primo dall'aula. Era accompagnato da due Tristi, che indossavano occhiali scuri e polo colorate con il colletto rialzato.
«Oh no» pensò il ragazzo. Per la sorpresa si sbilanciò e cadde definitivamente all'indietro. Il sacchetto gli sfuggí dalle mani e i gavettoni schizzarono verso l'alto in una pioggia di palloncini colorati.
– Che succede...? – farfugliò Ciccio, ma le parole gli morirono in gola. Prima che Antonio potesse fare qualcosa, i gavettoni colpirono il ragazzo e i suoi compari. Una serie di scoppi multipli, e in men che non si dica ci fu acqua dappertutto.
Si scatenò un parapiglia. Uscirono di corsa Paolo e Laerte, che aiutarono Antonio a rimettersi in piedi. Dall'interno della classe la prof iniziò a strillare, e le fece eco una cascata di risate da parte degli altri alunni.
Ciccio e i suoi amici erano rimasti immobili, con i capelli appiccicati sulla fronte in un pastrocchio di gel e acqua ghiacciata, le maglie ormai fradice.
Il capo dei Tristi sibilò: – Adesso me la paghi.
Ma la sua voce venne soffocata dal trambusto degli studenti che uscivano dalle classi e si trovavano davanti quel disastro.
Poi qualcuno urlò: – Gavettoni! Gavettoni!
E tutti iniziarono a correre verso i bagni per andare a rifornirsi di munizioni.

– NON PENSATECI NEMMENO! – gridò la professoressa Magli. – SARETE TUTTI SOSPESI!
Paolo afferrò Antonio per una spalla: – Via di qui, – sussurrò. – Non facciamoci beccare.
Il ragazzo non se lo fece ripetere due volte.

Le melanzane erano state tagliate a fettine sottili e lasciate a sgocciolare per piú di un'ora nello scolapasta, insieme a una bella manciata di sale grosso.
Sul fornello acceso, la padella d'olio cominciava a scaldarsi riempiendo la cucina di un profumino appetitoso.
La signora Maria aprí il vecchio rubinetto d'acciaio e sciacquò per bene le melanzane. Quindi cominciò a immergere ogni fetta nella farina, nell'uovo sbattuto e di nuovo nella farina, per poi lasciarla scivolare nell'olio caldo.
Le melanzane iniziarono subito a gonfiarsi di bolle dorate e croccanti.
– Uhm... – esclamò il signor Giovanni entrando in cucina. – Che cucini di buono?
Maria si voltò verso il marito senza interrompere il lavoro. Giovanni era coperto di polvere e aveva macchie di vernice sui vestiti.
– Attento a non sporcare tutto, – lo ammoní.
Con un sorriso, Giovanni si avvicinò a lei stampandole un bacio alla base del collo. – Fammi indovinare: queste sono le tue famose melanzane alla parmigiana!
La signora Maria annuí ridacchiando. – Mi hai smascherata, – ammise. – Ho pensato di preparare qualcosa di buono per Paolo. Ieri, quando gli abbiamo detto che doveva smetterla

con il suo regno dei ragazzi, mi è sembrato davvero triste. Volevo tirargli su il morale.
– Prima o poi capirà, – la consolò suo marito. – Ormai è grande, è giusto che cominci a pensare anche ai problemi della famiglia, e non solo a se stesso.
Il telefono si mise a suonare con trilli acuti e insistenti. Giovanni si affrettò in salotto, e Maria lo sentí rispondere interrompendo lo squillo fastidioso della suoneria.
Nel frattempo la donna continuò a friggere, togliendo dal fuoco le fette di melanzana già cotte e immergendone altre nell'olio. Le mani si muovevano senza pensare seguendo una loro danza segreta: prendi / infarina / friggi / gira / rigira. Erano gesti semplici che per un po' le toglievano dalla testa la masseria, i soldi e l'offerta generosa del sindaco Palamà. Ci sarebbe voluto un miracolo per risolvere quella situazione.
– Maria, – la chiamò suo marito, fermandosi sulla soglia della cucina.
L'uomo aveva gli occhi sbarrati, il mento che tremava. Per un momento Maria temette che al telefono gli avessero annunciato una disgrazia.
– Era l'agenzia, – annunciò invece.
– L'agenzia dei fratelli Paradiso?
– Sí.
I fratelli Paradiso si occupavano di affittare per l'estate gli appartamenti liberi di Casa Vulía. Ma quell'anno la masseria non era agibile per via dei lavori, e in primavera suo marito aveva avvertito che non potevano ospitare turisti.
– Non ci crederai mai, – continuò il signor Giovanni. Aveva un'aria sconvolta, sembrava che lui stesso non riuscisse a ca-

pacitarsi di quello che gli era appena successo. – L'agenzia dice che solo stamattina sono arrivate quattro telefonate. Una famiglia di Roma, due di Milano e una di Ancona. Vogliono venire in vacanza qui da noi. A Casa Vulía.
Per poco Maria non lasciò cadere a terra la padella di olio caldo. – Mi prendi in giro? Non avevi detto ai Paradiso che quest'anno ci sono i lavori?
– Sí, e gliel'ho ripetuto anche adesso. Ma loro sostengono che i turisti sono disposti a venire con le tende. Vogliono accamparsi tra gli olivi... E pagheranno bene.
Doveva esserci un errore. Forse Maria aveva capito male. – Cioè, la masseria diventerebbe un campeggio? Ma perché? Ci sono tante villette libere, molto piú vicine al mare...
– È questa la cosa incredibile, – spiegò il signor Giovanni. – I Paradiso sono stati contattati da famiglie che hanno figli piú o meno dell'età di Paolo. Hanno saputo del Libero Regno dei Ragazzi... E vogliono partecipare.

Antonio aveva perso il senso del tempo. Gli sembrava che la battaglia infuriasse da ore, e il cortile della scuola era diventato una trincea di fango, erba e acqua.
Nascosto dietro un albero, il ragazzo aspettava l'occasione giusta per colpire. Ma gli restavano solo due bombe d'acqua, una rossa e una azzurra, che teneva strette in pugno preparandosi a lanciare.
Il generale del Libero Regno era isolato dagli altri del suo gruppo.
Pochi minuti dopo l'inizio della battaglia, Paolo era stato agguantato dal professor Bambino che l'aveva portato subito

dalla preside, convinto che la battaglia di gavettoni fosse iniziata a causa sua.
Beatrice ed Elena comandavano un plotone di ragazze che si era asserragliato dietro i cestini della spazzatura, dalla parte opposta del cortile, e rispondevano agli attacchi a colpi di bacinelle di acqua saponata.
Laerte era bloccato dietro un muretto, con la mantella di plastica ormai fradicia e senza piú munizioni da sparare.
Antonio era solo. – E va bene, – mormorò. – Almeno vendiamo cara la pelle.
Si sporse da dietro il tronco dell'albero e ritirò subito la testa quando un gavettone colpí la corteccia, esplodendo e rovesciandogli addosso una brodaglia disgustosa fatta di acqua e colori a tempera.
La Banda dei Tristi lo aveva trovato e adesso stava cercando di accerchiarlo. Ciccio guidava una manovra a tenaglia, e oltre ai palloncini aveva armato i suoi di sassi e pietre. Doveva aver deciso che era il momento di smetterla con quelle stupide bombe d'acqua, per passare a qualcosa di piú consistente.
– Antonioooo, – lo chiamò. – È inutile che ti nascondi, sto venendo a prenderti.
Con la coda dell'occhio, vide che uno dei Tristi era scattato dalla sua posizione per correre verso il rifugio di Laerte. Antonio prese la mira e lanciò il suo gavettone rosso, che si schiantò contro il muretto senza colpire il bersaglio. Il Tristo raggiunse Laerte e lo scostò con uno spintone, preparandosi ad attaccare.
– Antonioooo, – lo chiamò ancora Ciccio. – Vieni fuori e facciamola finita.

– Ho un altro gavettone! – provò a rispondere lui.
– Mi hai già fatto arrabbiare abbastanza. Vieni fuori di lí... e togliti la maglietta! È il tuo momento preferito: schiaffeggiami-la-pancia!
– Schiaffeggiami la pancia! Schiaffeggiami la pancia! – scandirono in coro gli altri Tristi.
– Scordatelo, – rispose lui.
Una pietra volò a filo del tronco d'albero, scompigliandogli i capelli e sfiorandogli l'orecchio. Il cuore di Antonio aveva preso a martellare cosí forte da fargli male, non riusciva a pensare a niente. Era finita. Ciccio lo avrebbe preso e umiliato davanti a tutti, forse lo avrebbe picchiato, e lui non poteva farci niente.
– È la tua ultima occasione. Vieni fuori.
Antonio uscí allo scoperto, con l'ultimo gavettone ancora in mano. Vide un sorriso storto disegnarsi lentamente sul volto di Ciccio. Il capo dei Tristi era tutto bagnato, con le lenti degli occhiali da sole coperte di minuscole gocce d'acqua.
– Bravo, cosí. Ora lascia cadere il gavettone a terra. E levati la maglia.
Il cortile della scuola cominciava a tornare alla calma. I professori stavano recuperando i ragazzi a furia di strilli e di minacce, e li riportavano dentro la scuola con la forza. In quel momento stavano sequestrando a un gruppetto di terza media un'intera borsa di gavettoni. Non badavano ad Antonio e non l'avrebbero aiutato.
Attorno a lui, Ciccio e gli altri si era creato il vuoto.
– Allora? – lo incitò il suo avversario.
Antonio pensò di inventare qualche scusa. In fondo non aveva

fatto apposta a inzuppare Ciccio con i gavettoni, era stato un errore... Ma no, non poteva arrendersi cosí. Dopotutto lui era il generale del regno.
– Hai deciso di fare il duro, eh? – lo apostrofò il capo dei Tristi.
E Antonio si rese conto che una volta tanto non era terrorizzato, sentiva invece un certo calore, una sensazione piacevole che gli inondava il torace. Sicurezza. Orgoglio.
– Vieni a prendermi, – lo invitò.
Ciccio Presti fece un passo in avanti, spalleggiato dai suoi amici Tristi, ma una voce lo bloccò: – Non ci provare.
Antonio si girò piroettando sui talloni. Annalisa e Matteo avevano aggirato la scuola passando dal retro e si erano sistemati alle sue spalle. Accanto a loro, a ventaglio, si apriva una pattuglia di ragazzi e ragazze di terza. Erano tutti armati fino ai denti di gavettoni, bottiglie d'acqua e bacinelle piene fino all'orlo.
Sentí Ciccio che cominciava a sghignazzare: – Che c'è Antonio, ora ti fai proteggere da una femmina?
– E tu ti fai proteggere dai Tristi? – lo sfidò Antonio di rimando, tornando a guardarlo negli occhi. – Hai il tuo esercito, e io il mio. Solo che, a quanto pare, noi siamo di piú.
Ciccio era stato colto in contropiede e ora esitava. I suoi compagni si erano stretti nelle spalle e avevano fatto un piccolo passo indietro, lasciandolo solo.
Annalisa e Matteo si avvicinarono sistemandosi al fianco di Antonio, accompagnati da tutti gli altri.
Matteo scattò sull'attenti. – Generale, apriamo il fuoco contro il nemico?

Antonio sogghignò e scosse la testa. – Lascia perdere. Credo che il nemico abbia deciso di arrendersi.
Vide Annalisa che cominciava a ridere di gusto, e non poté fare a meno di ridere anche lui.
Ce l'aveva fatta. Aveva sconfitto Ciccio Presti e la sua banda.

9. Posto di frontiera

Paolo si aspettava di vedere il macinino color senape di nonno Biagio parcheggiato di traverso fra gli alberi. Invece il nonno non era venuto a prenderlo.
– Dovevi vedere la faccia di Ciccio! – esclamò Antonio mentre trotterellavano insieme attraverso il cortile. – È battuto in ritirata come un codardo, e allora io...
– Lo so, lo so, – tagliò corto Paolo. – Me l'hai già raccontato tre volte.
– Dovevi proprio esserci! È stato fantastico!
– Invece sono rimasto chiuso nell'ufficio della preside con Bambino che mi guardava in cagnesco. Per fortuna non ero nemmeno un po' bagnato e non avevo gavettoni nello zaino, cosí non hanno potuto sospendermi!
Paolo aveva aspettato con impazienza la battaglia dei gavettoni di fine anno. Invece il prof era riuscito a rovinargli il divertimento, e come se non bastasse ora doveva tornare a casa e sorbirsi gli sguardi severi dei genitori.
– Allora, che si fa? – gli domandò l'amico. – Annalisa mi ha chiesto se ci troviamo a Casa Vulía nel pomeriggio...
– Non so, – rispose Paolo. – I miei genitori non sono tanto contenti. Ti chiamo piú tardi.
Il viso rotondo di Antonio era diventato serio e quasi adulto.
– Mi raccomando. Non possiamo rinunciare adesso, il regno

è troppo importante. Hai visto cosa sta succedendo a scuola? Un sacco di ragazzi vogliono unirsi a noi, la battaglia è stata un successone. Ho addirittura sconfitto Ciccio Presti!
– Non ho detto che voglio rinunciare, – mormorò Paolo. – Ma devo anche evitare di finire in punizione. Davvero, ti telefono. Promesso.
Si allontanò a passo svelto. Il sole era cosí luminoso che Paolo doveva tenere gli occhi socchiusi. Notò un'auto blu che accostava davanti al cancello, sembrava proprio la Fiesta del papà.
– Paolo! – lo chiamò qualcuno sporgendosi dal finestrino della macchina.
Era davvero papà. Il signor Giovanni sorrideva e agitava la mano verso di lui come se fosse molto contento di vederlo. E questo era davvero... insolito.
Il ragazzo si avvicinò all'auto, salí a bordo e venne investito dall'odore di finta-menta dell'Arbre Magique appeso allo specchietto retrovisore.
Il papà gli batté affettuosamente la mano sul ginocchio.
– Tutto bene? Come mai i tuoi compagni hanno i vestiti bagnati?
– Oh, oggi era l'ultimo sabato di scuola. Abbiamo fatto la battaglia dei gavettoni.
– Ah sí, sí.
La Fiesta si lanciò nel traffico dell'ora di pranzo. Il signor Giovanni sorrideva, sembrava davvero molto felice.
– È capitato qualcosa? – chiese Paolo. – Perché non è venuto il nonno a prendermi?
– Ho pensato di farti una sorpresa. E a casa ne troverai altre

due. Tanto per cominciare, la mamma ha preparato un sacco di cose buone da mangiare. Poi, Elisa è tornata da Bologna. Non ci ha detto niente e ha preso la vetturina da Lecce, si è presentata a Casa Vulía solo un'ora fa.
– È per questo che sei contento?
Suo padre ridacchiò e scosse la testa. – No... Cioè sí, sono contento che oggi ci sia anche tua sorella, ma...
– Che ne diresti di spiegarmi? – lo incalzò Paolo, che cominciava a stancarsi di tutti quei discorsi.
Il papà si voltò verso di lui e gli fece l'occhiolino. – Ti ricordi il discorso di ieri sera? Quando ti ho chiesto di lasciar perdere il regno dei ragazzi e darmi una mano a casa?
– Sí...
– Bene, dimentica quello che ho detto. Ci stavi aiutando eccome, solo che io ero cosí occupato a preoccuparmi che non me ne sono accorto. Grazie figliolo, davvero.
Paolo si mise a guardare fuori dal finestrino. Certe volte gli adulti erano davvero strani.

Elena abitava in un palazzotto con un grande cortile interno e tendine di pizzo alle finestre. Beatrice vi arrivò subito dopo pranzo. Per tutta la strada aveva continuato a guardarsi intorno, con la paura di essere vista da qualcuno.
Beatrice andava molto spesso a casa dell'amica, ma quel giorno era diverso. Si sentiva come la dottoressa Carli quando doveva contattare Jimmy Ranzana, il boss della malavita bello e dannato che ogni tanto le passava qualche informazione.
Il campanello della porta di Elena emise un debole *dlin dlon*,

e dopo un istante l'amica venne ad aprirle. Indossava solo un paio di pantaloncini e una maglia con il collo largo, eppure era splendida come sempre.

– Sssh, – intimò a Beatrice, mettendosi un dito davanti alla bocca. – Vieni di sopra, in camera mia. Non facciamoci sentire.

Le rispose con un sorriso: allora erano davvero in missione.

La stanza di Elena non era molto ampia ma graziosa, con una finestra che dava sul cortile e una bella scrivania bianca, decine di poster di cantanti famosi, alcuni libri su una mensola e un letto alto e morbido.

Appena le due ragazze furono entrate, Elena chiuse a chiave la porta e aprí l'armadio, rivelando file di vestiti appesi alle grucce e un alto specchio senza cornice.

– Allora, – disse a Beatrice, – sei pronta per la grande trasformazione?

– Non proprio, – rispose lei. – Sai, mi sembra di essere in uno di quei film stupidi che ogni tanto fanno vedere in tivú, quando la ragazza bruttina si toglie gli occhiali e l'apparecchio per i denti, e di colpo diventa bellissima...

Elena le posò con delicatezza una mano sulla spalla: – Noi non faremo niente di tutto questo, – annunciò. – Primo: non sei affatto una ragazza brutta. Secondo: non voglio toglierti gli occhiali, altrimenti non vedresti a un palmo di naso. E lasciamo pure l'apparecchio.

Beatrice la guardò confusa. – Qual è il tuo piano?

– Vedi, – le spiegò l'amica, – in realtà è tutta una questione di atteggiamento. Devi essere piú sicura di te, piú disinvolta. Ogni volta che ti ritrovi davanti a Paolo, sembra che sia com-

parso all'improvviso un fantasma. Invece è solo un ragazzino di tredici anni!
– Ma lui è...
– Lui è, e tu sei. Fidati di me.
Elena cominciò a frugare tra i suoi vestiti, iniziando a scegliere tra una serie infinita di gonne, magliette e pantaloni leggeri. – Questo no, questo nemmeno...
– Che vuoi fare?
– Ti presterò qualche abito, ti acconcerò i capelli, ti metterò un filo di ombretto... E ti insegnerò tutti i trucchi che conosco per far girare la testa ai ragazzi.
– E io, in cambio...?
Elena sorrise. – Tu mi insegnerai a diventare un ministro come si deve.

La sorella di Paolo era una giovane donna di ventidue anni che aveva ereditato gli occhi chiari di papà Giovanni e i lineamenti delicati della mamma. Se ne stava sotto al portico di Casa Vulía con un bicchiere di vino bianco e l'aria soddisfatta. Paolo la vide dal finestrino dell'auto, sorrise e agitò la mano per salutarla.
A causa della grande differenza di età, non aveva giocato molto insieme a Elisa e lei non aveva partecipato ai suoi progetti fantasiosi. Però, forse proprio per questo, loro due non avevano mai litigato ed Elisa era sempre pronta a prendere le sue difese quando ce n'era bisogno.
Paolo balzò giú non appena suo padre ebbe spento il motore, e vide la sorella che allargava le braccia per stringerlo forte. Lui si avvicinò piano e la salutò con un bacio sulle guance, come si fa tra adulti.

– Perché non ci hai detto che saresti tornata oggi? – domandò.
– Volevo farvi una sorpresa. Per questa sessione non ho esami, e ho deciso di venire subito a salutare il re dei briganti.
Paolo la sbirciò di sottecchi. – I genitori ti hanno già detto tutto?
Elisa scoppiò in una risata allegra. – A dire la verità, non sono stati loro. Qualche giorno fa un mio compagno di corso mi ha mostrato una pagina di Facebook che ha un grande successo su Internet... E ho riconosciuto subito Casa Vulía.
– Intendi dire... – Paolo non credeva alle sue orecchie. – Il sito del Libero Regno? Viene letto anche dagli universitari?
– Altroché! – rise lei. – E ad agosto verranno a trovarmi alcuni amici che vogliono conoscerti.
La sorella gli tirò il ciuffo, un gesto che faceva sempre quando voleva prenderlo in giro. – Dovrai comportarti bene, perché ci saranno diverse ragazze grandi che vogliono incontrare il mio fratellino.
C'era una cosa che Paolo continuava a non capire. L'insolita allegria di suo padre, l'entusiasmo di Elisa, il fantastico profumo di melanzane alla parmigiana che proveniva dalla cucina. Perché la sua famiglia si comportava cosí, dopo il discorso che gli avevano fatto il giorno prima? – È successo qualcosa che ancora non so?
Elisa bevve un sorso di vino, poi si avvicinò per sussurrargli all'orecchio. – Oggi papà è stato chiamato dall'agenzia dei fratelli Paradiso. A quanto pare, un mucchio di turisti vuole venire in campeggio qui a Casa Vulía. E sai perché?
– Non ne ho idea, – rispose Paolo.

– Hanno visto le foto sul tuo sito Internet, e i loro figli vogliono unirsi al regno.

Beatrice fissò lo specchio e una ragazza graziosa la fissò di rimando.
– Che te ne pare? – domandò Elena.
La sua amica aveva compiuto un piccolo miracolo. Gli zigomi erano piú alti e marcati, sottolineati da un po' di fard, e le sopracciglia sottili facevano risaltare lo sguardo dietro le lenti degli occhiali. Le labbra erano messe in evidenza da un tocco leggero di rossetto chiaro, e nonostante l'apparecchio per i denti Beatrice constatò di avere davvero un bel sorriso.
E i capelli! Non sembravano piú un triste paglericcio appeso alla testa, ma scendevano morbidi sulle spalle con dolci riflessi dorati. Per un'incredibile coincidenza, Elena aveva scelto di acconciarla proprio con la pettinatura della dottoressa Carli. E le stava benissimo.
– Grazie, – balbettò Beatrice, voltandosi verso Elena e abbracciandola di slancio. – Mi sembra di essere un'altra persona.
– Non dire cosí. Ma forse con questi piccoli effetti speciali riuscirai a essere piú serena e fiduciosa nei tuoi mezzi. Sei davvero carina, Beatrice. Ma ti serve un po' di sicurezza.
Era cosí felice che si sarebbe messa a ballare sul posto, ma cercò di ritrovare un po' di contegno. – Io intanto ho pensato al tuo problema, – annunciò. – Per uscire dal ruolo della principessina inutile, devi cominciare a fare delle proposte per migliorare il regno.
Elena si mordicchiò il labbro. – Per esempio?

– Stavo pensando alla convenzione di Montevideo. Per essere una vera micronazione servono quattro caratteristiche: una popolazione, un governo, un territorio definito e la capacità...
– ... di intrattenere relazioni con gli altri Stati, – completò Elena. – E allora?
– Noi abbiamo una popolazione e abbiamo un governo. Ma manca ancora qualcosa, – le suggerí Beatrice.
– Il territorio ben definito! – osservò Elena, schioccando le dita nell'aria.
– Esatto. Non abbiamo una frontiera che delimiti il regno dal resto del mondo. E dovremo provvedere al piú presto.
– Oggi lo proporrò agli altri, – decise Elena, entusiasta.
– Forza, andiamo a mangiare qualcosa. Poi correremo a Casa Vulía.

Quando la mamma si metteva ai fornelli era davvero insuperabile. Aveva preparato un ricco antipasto di friselline, giardiniera di verdure sott'olio, mozzarelle e peperoni fritti. Poi due primi, le orecchiette alle cime di rapa e quelle con il sugo di polpette, e ancora arrosto, melanzane alla parmigiana, persino il dolce.
Paolo negli anni aveva imparato che l'unico modo per resistere a pranzi di quella portata era assaggiare tutto in dosi piccolissime, anche se poi non riuscí a resistere e domandò il bis di parmigiana.
Gli sembrava di essere stato catapultato in una pubblicità delle merendine. Suo padre e sua madre sorridevano e si scambiavano gentilezze, Elisa raccontava della sua vita a Bologna

e il nonno parlava di come sistemare il terreno dietro la masseria per far posto ai turisti.
Era da un sacco di tempo che Paolo non vedeva tanta felicità allo stesso tavolo.
Alla fine del dolce, il papà si esibí addirittura in un piccolo applauso per fare i complimenti alla cuoca, poi si mise a preparare il caffè e a lavare i piatti.
– Io posso andare? – implorò Paolo.
– Certo, – rispose sua madre, – non appena avrai aiutato a sparecchiare la tavola.
Elisa sorrise. – Lascia stare, per oggi vai pure. Ci penso io.
Paolo si precipitò verso la porta della cucina, ma la sorella lo fermò. – Vai al Libero Regno? Mi piacerebbe darci un'occhiata piú tardi.
– Mi trovi alla pajara! – esclamò lui.
Salí nella sua stanza e prese il computer, il cappello e il gilet. Poi mandò un messaggio ad Antonio dicendogli di avvertire tutti e di venire alla masseria al piú presto.
Infine corse fuori, tra le cicale che cantavano la loro ballata lenta e ossessiva.
Quando arrivò alla pajara, si accorse che Elena e un'altra ragazza erano già arrivate e stavano sedute per terra, con la schiena appoggiata ai grossi sassi squadrati della costruzione. Paolo salutò con un cenno la sconosciuta che Elena aveva portato con sé, e si accorse che non era un'estranea. Era Beatrice.
– Che... cos'hai combinato?
– Niente, – rispose lei con un sorriso. – Siamo venute perché ti dobbiamo parlare di una cosa importante.
– Sí...

Paolo non riusciva a toglierle gli occhi di dosso. Cos'era successo alla ragazzina tranquilla e un po' secchiona che gli passava i compiti sottobanco?
– Ehi, mi ascolti? – lo incalzò Elena.
Con un sospiro, lui si sedette per terra davanti a loro. – Dimmi tutto.
– Qual è il territorio del Libero Regno?
Era una domanda inaspettata, e Paolo fu preso in contropiede. Alzò un braccio per indicare la pajara e il campo circostante. – Qui...
Elena annuí. – Ma dove, di preciso? La pajara, anche gli alberi, tutte le terre di Casa Vulía? Ricordi le regole sull'indipendenza degli Stati? Per essere davvero un regno ci servono dei confini ben precisi. E i cittadini avranno bisogno di documenti, un passaporto o roba simile. E dovremo organizzare una guardia di frontiera.
Finalmente Paolo riuscí a concentrarsi sul problema. Era come se quel pomeriggio le due amiche si fossero scambiate i soliti ruoli, e questo aveva delle conseguenze inaspettate. In effetti l'osservazione di Elena aveva colto nel segno: che regno era senza una frontiera?
– Come possiamo fare? – domandò.
– Ho giusto pensato a una soluzione, – esclamò lei.
Elena e Beatrice si lanciarono uno sguardo indecifrabile, e Paolo si rassegnò ad ascoltarle e a fare a modo loro.

La mamma di Laerte aveva insistito per accompagnarlo fino a Casa Vulía in auto e per tutto il tempo non aveva fatto altro che parlare.

Laerte aveva cercato di stare attento per un po', ma presto aveva cominciato a guardare fuori dal finestrino ed era rimasto ipnotizzato dallo scorrere degli alberi e dalle nuvolette di sabbia che il vento secco sollevava da terra, dando vita a decine di mulinelli come uragani in miniatura.
«Da quando papà se n'è andato...» «Se ti succedesse qualcosa rimarrei sola...» «Sai come sono le malattie... Basta un niente e poi...»
Laerte aveva sentito quei discorsi mille volte, e non ne poteva piú. La mamma credeva di essere l'unica a non sopportare l'idea della morte di papà? Si era ammalato, un giorno era in forma smagliante e quello dopo era finito all'ospedale, e da lí a una settimana non c'era piú.
Leucemia.
Era passato un anno e mezzo da allora, ma quando era soprappensiero Laerte continuava a rigirarsi quelle sillabe sulla lingua e sentiva una gran rabbia montargli dentro, un calore che gli faceva scottare le orecchie e vibrare i muscoli. Almeno, durante gli ultimi giorni del papà, sua madre era rimasta accanto a lui, notte e giorno in ospedale. Lui no, lo avevano spedito da una zia, inventandosi mille scuse. Gli avevano permesso di andarlo a trovare solo l'ultimo giorno, quando ormai era troppo tardi, e Laerte ricordava solo la puzza del disinfettante e i camici dei dottori, e una stanza buia e il ticchettio delle apparecchiature mediche.
– Mamma... – mormorò.
Il flusso delle chiacchiere si interruppe di colpo. – Sí, caro?
– Devi svoltare qui, siamo arrivati.
Laerte non ricordava il volto di suo padre quel giorno. Ogni

tanto ci pensava, cercava di mettere a fuoco la sagoma sfocata sul lettino dell'ospedale, ma non c'era verso. La sua mente aveva cancellato tutto.

L'automobile entrò nel vialetto di Casa Vulía, poi la comare Vata Noma pigiò sui freni disegnando solchi profondi nella ghiaia. Tre ragazzi si erano sistemati davanti alla macchina con una paletta in mano. Indossavano fazzoletti gialli legati al collo ed erano armati di bastone. Laerte non li aveva mai visti prima, nemmeno a scuola.

– Identificazione, – intimò il primo ragazzo quando la mamma di Laerte si decise a tirar giú il finestrino.

– Posto di blocco.

– Frontiera.

La Vata Noma era incredula. – Co... come sarebbe a dire?

– State entrando nel Libero Regno dei Ragazzi, esibite i documenti di riconoscimento.

Poi uno dei tre indicò Laerte. – Ehi, ma quello lo riconosco, è il cavalier Laerte.

– Ci scusi, generale. Non sapevamo che fosse la sua auto.

– Potete passare, alla masseria vi verranno forniti i documenti di riconoscimento.

– Tanti saluti.

L'automobile riprese a muoversi in direzione di Casa Vulía, senza che Laerte né la madre spiccicassero una sola parola. Il ragazzo non riusciva a spiegarsi cosa stava succedendo. Una frontiera? Chi erano quei tre?

– Guarda che roba, – sussurrò sua madre rapita, sbirciando sopra il volante.

Davanti a Casa Vulía erano parcheggiati almeno dieci auto e alcuni furgoni. Il nonno di Paolo si trovava sul tetto del piccolo bagno esterno e c'erano uomini a torso nudo che trasportavano carriole, il padre di Paolo arrampicato su una scala, la sorella Elisa (era tornata da Bologna? e quando?) che si dava da fare con zappa e piccone.
Non appena la mamma di Laerte si decise a fermarsi, il padre di Paolo li salutò calorosamente: – Benvenuti! Laerte, i ragazzi ti aspettano alla pajara. Comare Vata, si accomodi, mia moglie sta preparando del tè freddo per tutti.
– Ma... ma...
Il signor Giovanni si asciugò il sudore dalla fronte con un fazzoletto. – Visto quanta gente? Sono soprattutto genitori dei ragazzi, hanno saputo del Libero Regno e sono venuti a darmi una mano a sistemare la masseria, mentre i nostri figli si divertono.

Antonio vide Laerte che risaliva faticosamente il campo verso la pajara, con la felpa a maniche lunghe legata attorno alla vita e il fazzoletto di riconoscimento al collo.
Gli andò incontro a lunghi passi. – Grandi novità, eh?
Laerte annuí. – Ti va di spiegarmi?
– Be', i fazzoletti li ha portati Antonio Marianna, il figlio della sarta Marianna. Ha detto che serviva un segno di riconoscimento per l'esercito del regno. Poi Paolo... anzi, a dir la verità Elena ha deciso che era il momento di stabilire una frontiera, cosí stiamo organizzando le pattuglie.
– Frontiera? – ripeté Laerte, incredulo.
– Sí. Serve qualcuno che fermi le auto, impedisca ai non auto-

rizzati di passare eccetera. Elena sta preparando al computer dei passaporti, piú tardi ti farà una foto e ti consegnerà il tuo.
Laerte scoppiò in una risata secca. – Elena? La stessa che conosco io? Forse vuoi dire Beatrice!
Antonio si avvicinò all'amico e si sistemò una mano davanti alla bocca come per sussurrargli un segreto. – A dire la verità, oggi non si capisce niente. Elena sembra un tornado, è piena di idee, fa cento cose contemporaneamente... E Beatrice si trova sul tetto della pajara a chiacchierare con Paolo.
Il ragazzo indicò la bassa costruzione. Il re e il ministro degli Interni stavano seduti lassú, con le gambe a penzoloni. Sembrava che Beatrice si fosse trasformata per magia in una ragazza piú grande... ed era decisamente carina. In tanti anni di amicizia, Antonio non l'aveva mai considerata davvero una ragazza, quanto piuttosto un maschio con i capelli lunghi. Caspita, Beatrice sapeva tutto di armi da fuoco e procedure delle polizia, non erano mica cose da donne! Ma adesso cominciava a capire di essersi sbagliato di grosso.
– Noi che facciamo? – gli chiese Laerte, riscuotendolo dai suoi pensieri.
– Andiamo a prendere mio fratello Luca, sta giocando da qualche parte qui intorno, e poi andiamo in pattuglia per proteggere i confini di Casa Vulía.
Laerte teneva la testa girata di lato, sembrava concentrato su alcuni ragazzi che camminavano di buon passo verso di loro.
– Ma ascolti? – protestò Antonio. – Guarda che parlo con te.
– Sí, sí, – annuí l'amico senza prestargli davvero attenzione.
– Però dimmi, quelli lí non ti sembrano Ciccio Presti e la Banda dei Tristi?

Antonio restò con la bocca aperta e le parole gli si incastrarono da qualche parte nella gola. Laerte aveva ragione: erano davvero Ciccio e i suoi amici, si avvicinavano insieme a due ragazzi con il fazzoletto giallo al collo.
– Io me ne vado... – sussurrò. – Vorranno farmela pagare per stamattina a scuola.
Laerte lo afferrò per la maglia. – Ma cosa dici? Io e te siamo cavalieri del regno, è nostro dovere controllare di persona. Poi ricorda, questo è il territorio che abbiamo giurato di difendere. Finché siamo qui, siamo noi i piú forti.

Tutti i ragazzi si strinsero intorno ad Antonio e Laerte. Alcuni frequentavano la loro stessa classe, altri venivano da scuole diverse. Si tenevano a un passo di distanza da lui, rispettosamente, e al collo o al braccio portavano un fazzoletto giallo.

Paolo scese in fretta dalla pajara per accorrere verso di loro, si sistemò accanto ad Antonio e si levò il cappello da brigante.

– Cosa ci fa Ciccio, qui?

– Non ne abbiamo idea... – mormorò Laerte.

– Me ne occupo io, – si offrí subito Antonio. – Questa è la mia battaglia.

Il ragazzo si morse il labbro, maledicendo la sua impulsività. Paolo era il re, che se la vedesse lui con i Tristi. Ma no: Antonio li aveva sconfitti nella guerra dei gavettoni, e ora li avrebbe ascoltati. Era il momento di regolare i conti con quei bulli.

Suo fratello Luca si fece largo per raggiungerlo, ma lui lo fermò con un gesto. – Non preoccuparti, – disse, – è tutto sotto controllo.

Da solo, si allontanò dal gruppo e andò incontro a Ciccio e agli altri. I Tristi erano in quattro, con i soliti occhiali da sole e le scarpe firmate. Sembravano a disagio, comunicavano tra loro con movimenti nervosi e piccoli colpi di gomito. Solo Ciccio sorrideva e pareva sicuro di sé come sempre.

Antonio per il momento decise di ignorarlo e si concentrò sui ragazzi con il fazzoletto che avevano scortato i Tristi.

– A rapporto, – ordinò.

– Sissignore, – mormorò una delle guardie, tenendo gli occhi bassi come se si vergognasse. – Durante un giro di pattuglia li abbiamo pescati mentre cercavano di intrufolarsi entro i confini, sul lato sud-est della masseria. Gli abbiamo chiesto di andarsene, ma loro... be', ecco. Si sono appellati alla quinta legge.

– Quinta legge? – farfugliò Antonio, senza capire.

Ciccio si fece avanti gonfiando il petto. – Proprio cosí. «Chi non è cittadino del regno può chiedere di diventarlo», – recitò. – Prima di venire qui ci siamo informati sulle vostre... usanze.

Antonio sospirò. – Dovresti anche sapere che il governo e il re decideranno se accettarvi.

– E chi sarebbe il governo, tu? – Ciccio si era tolto gli occhiali e nello sguardo brillava una luce di sfida.

Ma Antonio adesso non aveva piú paura, si sentiva solo un po' stanco, come se qualcuno gli avesse scaricato sulle spalle una gigantesca responsabilità. – Proprio cosí, – confermò. – Ora scusatemi un istante –. Si voltò verso la guardia che aveva scortato i Tristi fin lí. – Teneteli d'occhio, – ordinò.

I ragazzi scattarono e Antonio voltò loro le spalle. Ora si sentiva davvero un comandante... ma non era sicuro che gli piacesse poi tanto.

Si riunirono nella pajara. Paolo avrebbe dovuto sedersi sul trono, con tutti gli amici intorno, ma si sentiva a disagio cosí in alto rispetto agli altri. Perciò si accoccolò sul pavimento con il bastone d'olivo tra le gambe, e lasciò a Beatrice ed Elena le uniche sedie.

– Eccoci qui, – iniziò quando si furono sistemati. – Proposte su cosa fare?

– Io dico di mandarli via, – cominciò Laerte. – Ciccio e i Tristi sanno solo menare le mani e rovinare tutto. Se hanno deciso di entrare nel regno è perché hanno qualcosa di losco in mente.

Paolo annuí. Probabilmente Laerte aveva ragione: Ciccio e i suoi amici erano il loro incubo fin dalle scuole elementari, non se li immaginava proprio con il fazzoletto al collo, pronti a impegnarsi per aiutare il regno. Dovevano avere un piano. Ma quale? E perché?

– Posso dire una cosa? – intervenne Elena. – Cosa penseranno gli altri se rifiutiamo la cittadinanza ai Tristi?

Il ragazzo aggrottò le sopracciglia. Quel pomeriggio Elena era davvero una fucina di osservazioni azzeccate.

– Tutti sanno che i Tristi ci perseguitano da una vita, – continuò lei, – e a scuola hanno visto gli scherzi che ci hanno combinato. Se ora li mandiamo via, sarà come annunciare che il Libero Regno dei Ragazzi in realtà è riservato ai nostri amici, e chi ci sta antipatico non ha il diritto di entrare.

– Credo che Elena abbia ragione, – le fece eco Antonio, che fino a quel momento era rimasto in silenzio e con gli occhi bassi. – Io dico di accettarli nel regno.

Paolo annuí. – E va bene, mettiamola ai voti: alzi la mano chi vuole che Ciccio e i Tristi diventino dei nostri.

Quattro mani alzate e una sola abbassata. Il governo aveva deciso.

Laerte camminava in equilibrio sul muretto di pietre bianche che delimitava il confine occidentale del regno. La masseria era lontana, una costruzione squadrata che spuntava appena oltre le cime degli olivi. Eppure anche da lí si sentiva il rumore di uomini al lavoro, auto in movimento, carriole e sacchi e pale e mattoni.

Da quelle parti doveva esserci anche sua mamma: Laerte era pronto a scommettere che in quel momento stava facendo una testa come un cocomero ai genitori di Paolo.

Dietro Laerte, distanziati di qualche passo, camminavano Matteo e Giacomo: erano tutti nella stessa classe ed erano allegri e ciarlieri, ma Laerte quel pomeriggio non aveva voglia di scherzare.

Ora Ciccio e i Tristi facevano parte del regno, ed erano già stati assegnati a un'altra pattuglia che in quel momento stava perlustrando i confini dalla parte opposta rispetto a loro. Laerte non si fidava. Ciccio aveva un secondo fine, stava pensando a qualcosa di perfido. E lui... lui non aveva idea di cosa fosse, né di come fare per mettergli i bastoni tra le ruote.

– Generale, – bisbigliò Matteo. – Intrusi a ore dodici.

Giacomo fece un gesto nell'aria come per indicare le lancette di un orologio, poi puntò una mano dritto davanti a sé per dire: lí davanti.

A un centinaio di metri, nascosti dietro una macchia di fichi d'India spinosissimi, c'erano due uomini. Il primo era anziano, quasi calvo, con un abito grigio tutto sporco di polvere.

Il secondo era molto piú giovane e grasso, indossava una camicia con le maniche arrotolate sugli avambracci e stringeva una cartellina.
Davanti ai due intrusi c'era un treppiedi giallo su cui era montato uno strano strumento quadrato. L'uomo grasso continuava a guardare l'apparecchio e premere pulsanti, poi scriveva qualcosa sulla sua cartellina e di tanto in tanto biascicava un commento rivolto all'anziano.
– Quello vecchio lo conosco, – sussurrò Giacomo. – È il ragionier Fantini.
– Fantini dei serramenti?
– Proprio lui. Il proprietario della fabbrica... ha licenziato mio zio l'anno scorso.
Laerte annuí. – Ha cacciato anche il papà di Paolo –. Saltò giú dal muretto e insieme ai suoi due soci si acquattò a terra. – Si trovano all'interno dei confini del regno, – osservò. – Non vedo nessuno dei familiari di Paolo, perciò secondo me non sono autorizzati.
– Che facciamo, generale?
– Avete il cellulare?
I due ragazzi si guardarono fra loro, poi scossero la testa.
– L'abbiamo lasciato alla pajara.
Laerte si morse il labbro, cercando di esaminare tutte le possibilità. Potevano fare finta di niente e andarsene via, oppure chiedere gentilmente a quei due signori di uscire dalla proprietà della famiglia Rizzo. Ma quegli adulti non avrebbero mai dato retta a dei ragazzini. Avrebbero inventato una scusa, o si sarebbero offesi minacciando di avvertire i loro genitori. Non poteva funzionare. Allora?

– Seguitemi, – ordinò Laerte, parlando cosí piano che quasi non riusciva a sentire la sua stessa voce. – Avviciniamoci, voglio sentire cosa stanno dicendo.

Il ragionier Fantini cercò di sbirciare i dati del distanziometro sul treppiede e ancora una volta imprecò fra sé. Aveva dimenticato a casa gli occhiali da vista, e faticava a distinguere il rettangolo grigio scuro dello schermo... figurarsi leggere i numeri che c'erano scritti sopra.
Si voltò verso il geometra che sudava e sbuffava come un ippopotamo sovrappeso. – A che punto siamo?
Quello tirò fuori di tasca un enorme fazzoletto rosso a pallini e se lo strofinò sul collo per asciugare il sudore. – Un po' di pazienza. La celerimensura è un'arte delicata, richiede pazienza e attenzione.
– Macché celerimensura! Le ho solo chiesto di misurare le dimensioni di un terreno!
– Appunto, «celerimensura» significa proprio questo.
Nella parte superiore il distanziometro terminava in una specie di corto cannocchiale puntato verso Casa Vulía. Il geometra appoggiò l'occhio sullo strumento, premette un paio di pulsanti, scrisse altre cifre sulla cartellina.
– Sarebbe stato piú semplice rivolgerci al catasto...
Fantini inspirò tra i denti l'aria bollente del pomeriggio. Per un attimo immaginò di dare una spinta al grasso geometra e mandarlo a finire a testa in giú tra le spine acuminate dei fichi d'India.
– Crede che non ci abbia pensato? – sbottò, infilando un dito ossuto nel petto flaccido dell'uomo. – Ma non mi fido degli

uffici, e del comune... Come quel Palamà. «Non si preoccupi, entri in società con me, penserò a tutto io»... Certamente, ma intanto il tempo passa e io rischio i miei soldi.
Il geometra stava fissando Fantini con il suo sguardo ottuso, il fazzoletto a pallini ancora stretto in pugno. – Palamà? Che c'entra il sindaco, adesso?
Il ragionier Fantini scosse la testa. – Niente, parlavo tra me e me. Lei pensi solo al suo distanziocoso.
Il geometra annuí e tornò a concentrarsi sullo strumento. Appoggiò l'occhio al visore, poi disse: – Ohi!
– Come, «ohi»?
– Mi ha colpito qualcosa, proprio qui, sulla fronte.
– Ahia! – gli fece subito eco Fantini.
Era un sasso, non molto grande, ma l'aveva preso a un gomito e gli aveva fatto male.
Volò un terzo sasso, che centrò una delle gambe del treppiede facendolo oscillare pericolosamente. Fantini, con uno scatto insospettabile per la sua età, si piegò in avanti e riuscí ad afferrare il distanziometro prima che cadesse a terra.
– Aaaaah! – gridò di nuovo il geometra, questa volta con tutto il fiato che aveva in gola. – Un altro sasso.
– Qualcuno ci ha visto, – sussurrò Fantini. – Presto, filiamocela da qui.

– Stanno scappando! – esclamò trionfante Matteo.
– Ah ah, li abbiamo messi in fuga!
Laerte non disse niente. Aveva lanciato due sassi in direzione degli uomini con lo strumento che chiamavano «distanziometro», non era riuscito nemmeno ad avvicinarsi al bersaglio

e i suoi tiri erano finiti da qualche parte tra i sassi e i fichi d'India. Ma non era questo che lo preoccupava, il ragazzo sapeva bene che la sua mira era pessima. – È molto strano, – osservò alla fine.
– Perché, generale?
Laerte si voltò verso i suoi compagni. – Se la sono data a gambe, ma non è stato merito nostro. Sembravano *spaventati* all'idea che qualcuno li avesse scoperti. E facevano discorsi strani sul catasto, e sul sindaco Palamà.
– Se non sbaglio, – disse Giacomo, – oggi alla pajara è venuto anche Enzino, il figlio del sindaco.
– Pensi che c'entri qualcosa? – domandò Matteo.
– Non lo so, forse.
– Che facciamo adesso?
I ragazzi si guardarono un po' imbarazzati e alla fine si rivolsero a Laerte. – Sei tu il generale.
Giusto: generale, cavaliere del regno e brigante della pizza eccetera eccetera. La decisione spettava a lui.
– Il papà di Paolo, – mormorò. – Devo raccontargli cos'è successo.
– Ne sei sicuro? Il signor Giovanni non è mica il re...
– Ma Casa Vulía è sua, – sentenziò il ragazzo. – E noi abbiamo appena scacciato dai suoi terreni l'uomo che l'ha licenziato. Io vado a parlarci, voi invece tornate alla pajara e avvertite Paolo.
Matteo e Giacomo fecero il saluto militare e si affrettarono nella direzione da cui erano venuti.
Laerte saltò giú dal muretto e cominciò a camminare verso la masseria. Man mano che si avvicinava alla grande casa, comin-

ciò a incrociare gli adulti al lavoro. Il signor Pededecornala, il pizzaiolo Vito Carrozzella e compare Totiri stavano scavando una specie di fossato sul retro della masseria, mentre il nonno di Paolo con altri due trafficava con i mattoni.
Stavano faticando sotto il sole cocente, eppure ridevano e commentavano i risultati delle partite, e il fatto che l'anno prossimo il Lecce sarebbe tornato in serie A.
«Anche loro hanno creato un libero regno» pensò Laerte. Erano adulti, alcuni addirittura anziani come il signor Biagio, eppure sembravano divertirsi come bambini. Stavano cominciando a capire che le leggi dei ragazzi indicavano un buon modo di vivere anche per i grandi.

Accanto al portico di Casa Vulía, sulla sinistra, c'era un pergolato. I tralci sottili si intrecciavano al fil di ferro della struttura portante, e da quei rami di legno tenero spuntavano pampini verde chiaro e grappoli d'uva ancora acerbi.
Qualcuno aveva sistemato all'ombra un tavolo e alcune sedie. La signora Maria versava tè freddo da una grande caraffa di vetro e la mamma di Laerte beveva da un bicchiere a piccoli sorsi.
Il ragazzo si diresse da quella parte, infilandosi la felpa di cotone pesante che fino a quel momento aveva portato legata in vita. Non appena si accorse di lui, la Vata Noma balzò in piedi rischiando di rovesciare il tavolino, il tè e tutto quanto.
– Laerte! – strillò. – Ma cos'hai combinato?
– Niente, mamma, – mormorò lui.
Il ragazzo sorrise alla signora Maria. – Signora, dovrei parlare un secondo a lei e suo mari...

Non riuscí a finire la frase. La mamma lo aveva afferrato per le spalle, sembrava che i suoi occhi stessero per riempirsi di lacrime. – Che ti è successo, piccolo mio? Sei tutto sporco di polvere, hai i jeans strappati e, santo cielo, perdi *sangue*!
Il ragazzo si guardò i vestiti. In effetti il giro di pattuglia non aveva contribuito alla sua eleganza: la felpa era lurida di polvere e i pantaloni erano strisciati d'erba e costellati di spine e rametti. Erano rotti all'altezza del ginocchio e sotto si vedeva una sbucciatura da niente. Forse se l'era fatta accovacciandosi sulle pietre dure del muretto, mentre prendeva di mira il ragionier Fantini e il geometra.
– Lascia stare, – rispose dopo un po', – devo parlare con i genitori di Paolo e...
La Vata Noma tirò su con il naso, poi l'espressione triste si trasformò nella maschera di pietra che Laerte conosceva cosí bene. – Non se ne parla nemmeno! – esclamò. – Ora torniamo subito a casa, ti disinfetto e casomai ti porto in ospedale...
Laerte si divincolò, superò sua madre e tornò a rivolgersi alla signora Maria, ma prima che potesse dire una sola parola la Vata Noma lo afferrò per una spalla.
– Non fare cosí con me! – gridò, con la voce piú alta di due ottave. – Sono tua madre e devi starmi a sentire!
Il ragazzo si girò di nuovo verso di lei. Sentiva il viso che gli andava a fuoco, e aveva una gran voglia di scappare via.
Ma non poteva farlo: ormai non era piú un bambino. Era il momento di farlo capire anche a sua madre.
Con gesti lenti e controllati, Laerte si tolse la felpa e la lasciò cadere a terra. Poi aprí il colletto della maglia e si arrotolò le

maniche fin sopra il gomito. Finalmente ricominciò a respirare. A bassa voce, disse: – Mamma, guardati intorno. Vedi tutte queste persone? Quante di loro sono vestite come me, con questo caldo?
– Tu sei fragile, sei delicato, e...
Laerte scosse la testa. – Non è vero. Sei tu che mi vedi cosí, perché hai paura che mi possa accadere qualcosa di terribile –. Il ragazzo prese fiato e aggiunse: – Come è successo a papà.
La comare Vata Noma aveva il viso impietrito dallo stupore.
Laerte si sentiva una leggera vertigine, cosí, in piedi sotto il sole a picco, con la felpa posata a terra ormai inutile.
– La malattia di papà... non è stato facile nemmeno per me, sai? Avevo una paura terribile e per mesi non sono riuscito a dormire. Eravamo rimasti soli, io e te, e ho giurato che ti sarei stato vicino e avrei cercato di proteggerti e insieme saremmo stati di nuovo una famiglia. Però adesso basta.
– Laerte...
– Io credo che papà abbia avuto una bella vita. Ti ricordi cosa diceva sempre quando tornava a casa dal lavoro, anche se era stanco morto o gli era successo qualcosa di brutto? «Però anche oggi c'era il sole». Credo che sia stato felice. Io invece sto buttando via i giorni. Non andiamo piú da nessuna parte, nessuno viene piú a trovarci. Viviamo nel terrore, e questo vuol dire che non viviamo affatto.
La mamma gli posò un dito all'angolo della bocca, come per invitarlo a fare silenzio, ma Laerte piegò la testa di lato.
– Adesso ho trovato qualcosa di importante. Il regno, i miei amici, quello che vogliamo costruire insieme. Le persone che sono venute qui oggi l'hanno capito, sia gli adulti alla mas-

seria che noi ragazzi alla pajara. Ci stiamo impegnando, e io faccio parte di questo gruppo, e mi piacerebbe che anche tu capissi. Per favore, mamma, cerca di capire.
Laerte guardò la donna negli occhi, e vi lesse una sola frase, *cosa stai dicendo*, e un grande punto interrogativo disegnato dalle rughe sulla fronte.
Allora il ragazzo si accorse che la signora Maria veniva verso di loro e apriva le braccia per stringere forte sua madre, e gli altri che avevano assistito alla scena giravano gli occhi imbarazzati, perché nessuno sapeva cosa dire.
Laerte girò i tacchi e cominciò ad allontanarsi, con le mani calcate nelle tasche. Si sentiva molto triste, aveva fatto male a sua madre e l'aveva fatto apposta, convinto che per poter costruire un nuovo rapporto, lui e la mamma dovessero prima distruggere il muro che era cresciuto tra loro.
Forse era questo che significava diventare adulti, quella specie di malinconia che gli forava il petto come uno spillo incandescente, le spalle un po' curve per il peso di quello che aveva fatto e quello che sarebbe capitato dopo.
Dietro di lui, la felpa rimase a terra. Come una coperta che aveva cercato di soffocarlo per troppo tempo e finalmente non gli serviva piú.

11. Le monete del regno (domenica 6 giugno 2010)

Cinque minuti prima che suonasse la sveglia, Beatrice allungò il dito e disattivò l'allarme. Non era riuscita a dormire nemmeno dieci minuti, e adesso gli occhi erano cerchiati di nero. I capelli, che il giorno prima Elena aveva pettinato e acconciato con tanta cura, erano tornati al solito groviglio ingovernabile.

Afferrò dal comodino il telefono cellulare e rilesse, per la millesima volta, il messaggio che Paolo le aveva spedito la sera prima. *I turisti arrivano alle 9. Ti va di venire?*

Beatrice non gli aveva risposto. O meglio, ci aveva provato per ore: risposte complicatissime, romantiche, incerte. Aveva provato a rifiutare per fare un po' la preziosa e aveva scritto messaggi in cui praticamente si gettava ai suoi piedi, ma qualcosa le aveva sempre impedito di premere il pulsante di invio.

Finalmente aveva trovato la risposta perfetta: un semplice «sí». Peccato che si fossero fatte le quattro di mattina.

Beatrice si era girata e rigirata nel letto, e adesso era pronta all'azione. Tolse da sotto il cuscino la trousse di trucchi che le aveva prestato Elena. All'interno c'era un biglietto ripiegato otto volte e fitto di appunti: prendi la matita, passa con delicatezza il contorno occhi e cosí via.

La ragazza si rifugiò nel bagno e seguí con calma le istruzioni dell'amica, impiastricciandosi la faccia con il fard, ricorrendo al glitter e all'eyeliner, al mascara e ad altre meraviglie che fino al pomeriggio precedente non aveva mai sentito nominare.

Alla fine si guardò allo specchio. Il risultato non era proprio perfetto, ma Beatrice aveva ripreso a sembrare la sua sorella maggiore.

Sorrise guardandosi allo specchio. – Paolo, sono cosí bella che non avrai scampo!

«Ah ah ah» pensò.

Poi restò lí, con il rossetto stretto in pugno, a fissare quella ragazza matura e affascinante che sbatteva le lunghissime ciglia. Certo, era davvero bella, e Paolo non avrebbe saputo resistere al suo fascino. In realtà aveva già ceduto, a giudicare dal messaggio che le aveva spedito la sera prima. Ma ammesso che quello si potesse chiamare «amore», di chi si era innamorato il ragazzo? Di lei, Beatrice, o di quella strana ragazza piú bella che appariva allo specchio?

La mamma ripeteva sempre che per truccarsi Beatrice avrebbe dovuto aspettare almeno i quattordici anni, che non bisognava avere fretta di crescere. Lei non le aveva mai dato molta retta: primo, perché si sentiva già grande, e secondo, perché l'idea di mettersi l'ombretto non le era mai passata per la testa.

Ora però capiva qualcosa di piú. Aveva visto l'effetto notevole su Paolo e sui suoi amici, e adesso si ritrovava in bagno, all'alba di domenica mattina, pronta a uscire di casa conciata in quel modo.

– Devi scegliere, – mormorò a se stessa. – Lascia che Paolo si innamori della sorella finta di Beatrice, oppure torna in te e rinuncia a lui.

Le tornò in mente una scena di *Squadra Scientifica Tiger*. La dottoressa Carli aveva litigato con il fidanzato, e lui l'aveva lasciata. La donna, in lacrime, aveva deciso di andare avanti con la sua vita: perché...
– L'importante è sempre essere se stessi, – sussurrò Beatrice. Sí, in tivú la sua eroina aveva detto cosí.
Ma Beatrice cominciava a capire che c'era una differenza abissale tra il suo telefilm preferito e la realtà. Quando era se stessa, la Carli era decisa e super-affascinante. E soprattutto non rischiava di commettere un errore e perdere Paolo per sempre. – Però io e lui resteremo comunque amici, e sarà amico *mio*, non di quell'altra che nemmeno esiste.
– Ehi, ma che fai? – strillò sua madre, che aspettava fuori dalla porta del bagno. – Parli da sola?
– Sí, scusa... Ho quasi fatto, esco subito.
La ragazza aveva preso la sua decisione. Aprí il rubinetto. L'acqua cominciò a scorrere rovesciandole fra le dita migliaia di perle d'argento.

Paolo sedeva sul ciglio della strada, all'ombra di un olivo dal tronco ritorto. Indossava il gilet di panno e il solito cappello da brigante.
Beatrice iniziò la discesa, continuando a pedalare per acquistare velocità, e staccò le mani dal manubrio per sventolarle in aria in segno di saluto. I capelli le ondeggiavano dietro la testa, carezzati da un vento profumato di mare.
– Eccomi! – gridò. – Scusa il ritardo.
Fermò la bici a pochi passi da lui, incerta se scendere dalla sella. Paolo sembrava molto serio. Forse era... deluso?

Poi vide che gli angoli della bocca si piegavano all'insú, e si sentí sollevata, e cominciò a ridere.
– Hai le guance rosse, – notò lui.
– Ho corso fin qui. Allora, sono già arrivati i turisti?
– Vengono da Milano, progettavano di viaggiare tutta la notte. Si saranno fermati in qualche autogrill.
– Li aspetteremo.
Anche Beatrice sedette all'ombra. Il sole batteva cosí forte da far male, disegnava contrasti violenti di luci e ombre, pietre ed erba.
– Sai, – disse Paolo. – Sono contento che tu sia tornata... quella di sempre. Non come ieri, cioè. Mi sentivo... ero un po' in imbarazzo.
Beatrice sorrise. – Perché? Per un po' di trucco?
– Intendiamoci, stavi... però... oh, Bea, scusami. Non so proprio come si fa... lasciamo stare, okay?
– D'accordo.
Il discorso di Paolo era piuttosto difficile da decifrare, ma in qualche modo Beatrice si sentiva sollevata.
– E c'è anche un'altra cosa, – riprese il ragazzo. – Credo di aver capito perché il giorno dell'incoronazione hai insistito tanto per andare subito a casa, e sembravi arrabbiata e offesa. Anzi, sarei dovuto arrivarci molto tempo prima, ma...
– Ho capito, sei uno scemo.
Paolo arrossí, voltò la testa e strappò da terra un lungo filo d'erba che cominciò ad arrotolare intorno alle dita.
– Sí, – ammise alla fine. – Nel gruppo siete solo due ragazze. Avrei dovuto chiedere a entrambe di fare la principessa, oppure a nessuna. Hai avuto ragione a prendertela.

In effetti, Beatrice ci era rimasta male. Ma adesso si accorse che era facile ridere di quella sciocchezza.

– Figurati, – rispose. – Sono io che, a volte, reagisco in modo un po' esagerato.

– Tu ed Elena siete nel gruppo, okay? Anche se siete femmine.

– Oh, molte grazie per essertene accorto.

Paolo scosse la testa. – Ed è stata una pessima idea. Elena sembra scocciata di fare la principessa, e da ieri ce la sta mettendo tutta per diventare ministro di Ogni Cosa. E tu...

– Posso rivelarti un segreto?

– Spara.

– Il fatto che siamo femmine, o che voi siate maschi, in fondo non è cosí importante. Siamo amici. Elena è una ragazza in gamba, dovresti essertene accorto già da un pezzo. E io non sono solo la secchiona antipatica che alza la mano in classe.

Paolo lasciò cadere a terra il filo d'erba e la guardò. Aveva occhi scuri, quasi neri, con una calda sfumatura nocciola. Sembrava che un lampo estivo fosse stato imprigionato nell'iride.

– Be', – sussurrò il ragazzo, – io questo l'ho sempre saputo.

E Beatrice rispose: – Grazie.

Don Ernesto era uno di quei preti di campagna massicci, con gli avambracci muscolosi che sembravano scolpiti nella pietra e la pelle brunita di chi passa piú tempo all'aria aperta che dentro una canonica.

Quando entrò nonno Biagio, il parroco si stava spogliando dei paramenti sacri. L'unico sopracciglio grigio che attraversava

da un lato all'altro la fronte del prete si aggrottò severamente.
– Biagio, non sei venuto a messa, – lo rimproverò.
Il nonno sorrise, mostrando la bottiglia di vino che fino a quel momento aveva tenuto nascosta sotto la camicia. – Però ti ho portato questa.
– Non è un po' presto per un goccetto?
– Oggi no. Devo parlarti e chiederti un favore.
Il parroco annuí, quello sembrava a entrambi gli uomini un ottimo motivo.
Don Ernesto e nonno Biagio erano quasi coetanei. Erano nati a Pagliarano ai tempi della seconda guerra mondiale e avevano fatto le scuole elementari negli stessi anni. Subito dopo, Biagio aveva iniziato a lavorare nelle campagne di Casa Vulía, mentre Ernesto era partito per il seminario ed era tornato in paese solo molto tempo piú tardi.
Da piccoli avevano giocato insieme, e anche se ormai non si incontravano spesso, ogni volta che si incrociavano negli occhi di entrambi sprizzava una scintilla, la consapevolezza che loro due conoscevano il passato del paese e ne erano la memoria vivente.
Il parroco finí di togliersi i paramenti e li ripose con cura, poi si voltò verso nonno Biagio: – Qui dentro c'è puzza di chiuso. Mi accompagni fuori?
– Volentieri.
I due uomini uscirono dalla chiesa. Don Ernesto faceva strada camminando di buon passo, con l'orlo della tonaca che strisciava nella polvere della strada. Attraversarono la piazza del paese e raggiunsero la canonica, una casetta di due piani che aveva urgente bisogno di essere sistemata. Protetto da un

muro di mattoni grigi c'erano un orto e un giardinetto curato, con un tavolo di pietra sistemato sotto le fronde di un albero di pere.
Nonno Biagio si sedette lí, sbirciando le piante di pomodoro e i fiori che la perpetua di don Ernesto coltivava con cura quasi maniacale.
Il prete ritornò dopo qualche minuto reggendo due bicchieri di vetro con un'unica mano callosa.
Sempre in silenzio, nonno Biagio stappò la bottiglia di vino sul bordo scheggiato del tavolo, versò una dose abbondante a entrambi e per buona misura si accese una delle sue sigarette.
Don Ernesto alzò il bicchiere verso di lui e bevve un lungo sorso. – È buono, – disse.
– Certo che è buono, – rispose Biagio, offeso. – Lo faccio io.
Il vino era di un rosso cosí scuro da sembrare nero, e aveva già macchiato l'orlo del bicchiere. Era forte come un liquore, si sentiva che l'uva era nata in una terra di sole e calura.
– Di cosa volevi parlarmi?
Nonno Biagio spense la sigaretta strizzandola con l'unghia del pollice. – Mio nipote Paolo.
– Ah, sí. Il regno dei ragazzi.
Per poco, il nonno non rovesciò il suo bicchiere per la sorpresa. – Te ne ha parlato qualcuno in paese?
Il parroco sogghignò. – No, ma esiste Internet. Il sito di tuo nipote è uno dei grandi successi della rete, e mi aveva incuriosito.
Il nonno tirò fuori dalla tasca un foglietto spiegazzato. Era una fotocopia della lettera del brigante Giovanni: Paolo non

aveva voluto saperne di affidargli l'originale, ma quel foglio era perfettamente leggibile.
Il pezzo di carta venne allungato al centro del tavolo, don Ernesto inforcò un paio di occhiali spessi e lesse con attenzione.
– Vuoi sapere se la lettera è autentica?
– Il brigante Giovanni è sempre stato una leggenda di famiglia, – rispose Biagio. – Quando ero bambino, mio nonno mi raccontava le sue gesta. Nelle storie il brigante era un uomo che si era ribellato alle ingiustizie e aveva garantito un futuro alla famiglia, grazie ai terreni di Casa Vulía.
– Capisco...
– Nessuno ha mai parlato di un regno. E questa lettera, perché si trova qui? Forse non è mai stata spedita al governatore. Forse c'è qualcosa sotto... un mistero.
Don Ernesto incrociò le mani sotto il mento. – Secondo me dovresti rivolgerti all'università. Contattare qualche professore esperto di storia salentina.
– O magari basterà l'archivio di don Michele.
Entrambi gli uomini sorrisero contemporaneamente. Don Michele era il parroco che aveva preceduto don Ernesto a Pagliarano, il prete di quando loro erano ragazzi. Un tipo serio, che aveva fatto la guerra, magro come un chiodo e maniaco della precisione.
– Non buttava via neanche uno scontrino, – osservò Ernesto.
– Sul serio: c'è ancora una scatola con tutte le ricevute raccolte nel corso di una vita.
– Appunto.
– E va bene –. Don Ernesto prese la bottiglia di vino e riempí di nuovo i bicchieri. – Finiamo questi e poi andiamo.

Verso le dieci del mattino arrivarono due grosse monovolume targate Milano con il parabrezza incrostato di moscerini. Le auto rallentarono e si fermarono accanto a Paolo e Beatrice.
A bordo c'erano papà con gli occhi pesti di stanchezza e la barba non fatta, mamme sepolte dalle cartine geografiche, ragazzi con l'aria acciaccata di chi ha dormito rannicchiato sui sedili posteriori.
La prima monovolume abbassò il finestrino e Paolo sentí lo sbuffo gelido dell'aria condizionata all'interno.
– Scusate, – domandò la signora. Parlava con un buffo accento del nord. – Sapete indicarci dove si trova... casavúlia?
– Intende dire Casa Vulía, – rispose Paolo con un sorriso. – È proprio qui, vi stavamo aspettando.
Uno dei ragazzi si sporse dal sedile posteriore. – Mamma, – esclamò, – lui è re Paolo. Ti ho mostrato le foto.
Doveva avere piú o meno l'età di Luca, il fratellino di Antonio. Accanto a lui c'era una ragazza piú grande, con le cuffie nelle orecchie.
Paolo fece un cenno a Beatrice e lei tolse di tasca una serie di cartoncini colorati.
La signora sul sedile del passeggero li afferrò con aria incerta.
– Sono i visti d'ingresso, – spiegò Paolo. – Il vialetto segna il confine del Libero Regno dei Ragazzi. Piú tardi vi scatteremo una foto e prepareremo i passaporti.
La ragazza con le cuffie spense il suo iPod e guardò la scena, poi fissò Paolo. Aveva un bel sorriso. – Fate sul serio allora. Mentre leggevo il vostro sito Internet, avevo sempre paura che fosse solo uno scherzo.

– Nessuno scherzo. Anzi, se voi due volete scendere dall'auto e seguirci, vi mostriamo subito la «reggia». Non aspettatevi niente di epico però: è solo una pajara.
In men che non si dica, dalle auto scesero cinque ragazzi. La tipa con le cuffie si chiamava Nadia, suo fratello Simone. Poi c'erano Andrea, Filippo e Caterina. Parlavano tutti come se stessero cantando, con le vocali aperte e un po' strascicate.
Paolo li guidò attraverso i campi, mostrando gli alberi e raccontando loro del regno. Nadia gli sembrava una ragazza a posto, non gli aveva nemmeno chiesto quanto erano lontani dalla spiaggia, e non aveva tirato su con il naso quando lui aveva spiegato che da quelle parti potevano dimenticarsi la sabbia, al massimo c'erano vento e scogli e fondali da esplorare.
Paolo si sentiva emozionato e un po' nervoso. Era stato facile chiamare a raccolta i compagni di scuola e gli altri ragazzi del paese, ed era stato ancora piú facile organizzare il sito Internet: bastava aprire le e-mail e cliccare su qualche pulsante.
Ogni sera passava ore a leggere tutti i messaggi che gli arrivavano, e gli facevano piacere, ma erano solo lettere su uno schermo. Non c'erano facce, labbra che si socchiudevano, sopracciglia che si alzavano, toni di voce e sorrisi e sguardi.
I turisti erano le prime persone vere che volevano partecipare al regno solo perché ne avevano sentito parlare, ma non conoscevano Casa Vulía e non conoscevano lui, e magari si erano fatti un'idea completamente sbagliata.
Paolo aveva paura di deluderli. Era il re, ma si sarebbe dimostrato all'altezza?
– Come mai siete arrivati cosí presto? – esordí, tanto per rom-

pere il ghiaccio. – Cioè, in Lombardia le scuole sono già finite? Noi dobbiamo aspettare ancora un po'...
– Quest'anno i nostri genitori dovranno lavorare tutta l'estate, – rispose la ragazza. – Potevano prendere le ferie solo adesso. Cosí hanno convinto il preside a lasciarci saltare gli ultimi giorni di scuola.
– Guarda, – la interruppe Beatrice, protendendo un dito.
– Alla pajara c'è già qualcuno. Sembra Elena.
– Lei è una nostra amica... – cominciò a raccontare Paolo a beneficio di Nadia, ma la ragazza lo bloccò subito.
– La principessa, certo, ho visto la sua foto. Andiamo a conoscerla.

Elena aveva con sé un borsone da spiaggia di tela grossa. Paolo le presentò i nuovi arrivati, la ragazza strinse le mani a tutti e per un po' restarono a chiacchierare all'ombra dei carrubi. Discussero di come si trascorrevano i pomeriggi a Milano e in Salento, decisero che i genitori erano sempre troppo severi per motivi imperscrutabili, Paolo mostrò ai turisti l'interno della pajara e il manifesto con le leggi che campeggiava su una parete.
– Wow! – esclamò Nadia alla fine. – Avete messo su una bella struttura.
– In realtà manca ancora una cosa... – rispose Elena con un sorriso.
Afferrò il borsone che aveva lasciato all'ingresso della pajara e finalmente lo aprí.
Paolo allungò la testa per sbirciare, ma vide solo una serie di dischetti chiari.

– Riflettete, – disse lei, sedendosi a gambe incrociate sull'erba. – Cosa succede quando andate in un altro Stato?

– Oltrepassiamo il confine... – mormorò Paolo.

– E una guardia ci controlla i documenti, – osservò Beatrice.

– Altro?

Nadia schioccò le dita. – Se non siamo in Europa, bisogna cambiare gli euro con qualche altro tipo di moneta.

– Esatto! – confermò Elena, soddisfatta. – Ogni Stato ha le sue monete, e io ho pensato a quelle del Libero Regno.

Cominciò a frugare nella borsa e ne tirò fuori una manciata di dischetti che distribuí in giro.

Paolo li osservò con attenzione. Erano duri e leggeri, color grigio chiaro, e occupavano quasi tutto il palmo della mano. Su un lato, in rilievo, c'era l'immagine stilizzata di una pajara e un albero d'olivo. Sull'altro lato c'era un cappello da brigante e la scritta, tutt'intorno: *LIBERO REGNO DEI RAGAZZI 2010*.

Paolo era sbigottito. – Elena, non sapevo che fossi un'artista!

– È davvero una moneta stupenda, – commentò Beatrice. – Come ci sei riuscita?

La ragazza arrossí e si strinse nelle spalle. – In realtà ho fatto diversi tentativi. All'inizio volevo fondere del metallo, ma dopo qualche ricerca mi sono resa conto che era troppo complicato. Allora ho pensato di fare delle monete di cioccolata.

Simone, il fratellino di Nadia, a quelle parole fece un sorriso a quaranta denti.

– Ma con questo caldo la cioccolata si scioglie subito. Cosí ho deciso di provare con qualcosa di piú semplice. Argilla.

Beatrice si grattò la punta del naso. – Se non sbaglio, bisogna cuocerla...

– Infatti ho scelto di usare la creta sintetica, che si secca all'aria senza bisogno di calore.
Paolo vide che l'entusiasmo di Elena cresceva sempre piú, mentre raccontava agli altri il procedimento per coniare le monete. La ragazza aveva creato un calco incidendo su due forme di creta la sagoma circolare, i disegni e le scritte. Quando l'argilla si era seccata, aveva rivestito il tutto con della pellicola trasparente e poi aveva iniziato a *punzonare* le monete inserendo dei dischetti di creta nel calco, premendoli bene e lasciandoli asciugare.
Mentre parlava, Elena aveva tolto dalla borsa tutto il suo armamentario, compresa della nuova creta da plasmare.
– Fantastico! – esclamò Nadia alla fine. – Mi faresti provare?
– Certo, – rispose Elena. – Speravo proprio che me lo chiedessi, perché dobbiamo prepararne parecchie. Poi potremo organizzare un banchetto di cambio davanti alla masseria: ogni moneta avrà il valore di un euro. Quando qualcuno lascerà il regno, potrà restituirci la nostra valuta e noi gli ridaremo i suoi soldi.
– Grande idea! – disse Beatrice.
Paolo invece restò in silenzio. Non aveva mai sospettato che Elena fosse un vero genio.

Prometteva di essere una giornata lunghissima. Casa Vulía iniziò a riempirsi, e per la signora Maria non ci fu piú un attimo libero.
I turisti scaricarono i bagagli e montarono le tende nello spiazzo sul retro della masseria. Poi arrivò la gente del paese,

ragazzi e genitori che volevano dare una mano. L'area-campeggio di Casa Vulía era in realtà piuttosto spoglia, occorreva preparare dei bagni di fortuna e c'era bisogno di predisporre la rete elettrica e l'acqua corrente e un sacco di altre cose. Tutti quei ragazzi con i fazzoletti gialli erano pieni di entusiasmo, e la signora Maria si rese conto che la loro grinta era contagiosa.

Anche lei si lasciò trasportare dal vortice: preparò spremuta e panini per chi lavorava, si mise a trafficare con i cavi elettrici e i tubi dell'acqua, portò le due famiglie arrivate da Milano a visitare i dintorni.

Ormai esausta, iniziò ad approntare un pergolato provvisorio che avrebbe riparato le tende dei turisti dal feroce caldo estivo.

– Scusateci... – ripeté Maria per l'ennesima volta verso una delle signore milanesi. – Come vi abbiamo detto per telefono, in questo periodo casa nostra è un po' sottosopra...

– Ma si figuri, l'agenzia ce ne aveva parlato. Il tempo di picchettare la tenda e l'aiutiamo anche noi.

Durante l'estate a Casa Vulía c'erano sempre stati turisti, venuti per trascorrere qualche settimana al mare. Maria però non aveva mai visto delle persone cosí allegre e piene di entusiasmo, nonostante i piccoli contrattempi. Si domandò se anche quello non fosse uno dei miracoli del Libero Regno.

Sentí il rumore di un motore che si fermava dal lato opposto della casa, e udí lo stridio dei freni.

– Dev'essere mio marito, – spiegò. – È andato in paese con il furgoncino... – Doveva avvertire subito Giovanni di sistemare l'impianto idraulico, e controllare che la doccia esterna

funzionasse, e magari portare fuori dei tavoli e delle sedie per gli ospiti.
Arrivata davanti al portico, la signora Maria si fermò. Il rumore che aveva sentito non era quello del furgone, ma quello della Mercedes nuova fiammante del sindaco Leo Palamà.
Dall'auto spuntò fuori Enzino, il figlio, che la salutò e corse via in direzione della pajara.
Poi scese il padre con la solita smorfia da politico consumato.
– Buongiorno, signora. C'è suo marito?

Il sindaco detestava la cucina di Casa Vulía, cosí piccola e angusta. Era stato lí solo venerdí e si sarebbe risparmiato volentieri un'altra visita, ma Enzo aveva insistito per andare a giocare con i compagni, e Leo Palamà aveva bisogno di tornare alla masseria.
La sera precedente era rimasto al telefono per un'ora con il ragionier Fantini, che era furibondo per essere stato preso a sassate da un gruppo di ragazzini invisibili. Quello sciocco: come gli era saltato in mente di portare il geometra per fare le rilevazioni senza chiedere il permesso ai padroni di casa? Era un miracolo che nessuno gli avesse sparato una fucilata.
– Grazie mille, – disse il sindaco, prendendo il bicchiere d'acqua che gli porgeva la signora Maria. Ne bevve un sorso emettendo un grosso sospiro di soddisfazione e accavallò le gambe cercando una posizione comoda sullo sgabello. – Quando tornerà Giovanni?
– Piú tardi. Ma può dire a me, se vuole.
Ovvio che Palamà non aveva nessuna intenzione di parlare con lei. Le donne erano le persone meno adatte del mondo

per trattare di affari. Ti guardavano con quei loro occhi femminili, e quel loro atteggiamento femminile indagatore e curioso, e a Palamà si bloccavano le parole. Come sua moglie Annuccia, sempre pronta a criticare e mettergli i bastoni tra le ruote. Il sindaco aveva dovuto aspettare che se ne andasse nel Mar Rosso con le amiche, per poter agire indisturbato.
– Non è niente di importante...
– Per caso riguarda l'offerta che ci ha fatto per comprare Casa Vulía?
Leo Palamà si alzò in piedi e fece un sorriso untuoso. In fondo era venuto alla masseria per un motivo preciso: incontrare il papà di Paolo e assestargli un duro colpo. Non gli restava che sferrare il suo attacco alla moglie, e sperare che in quel modo facesse ancora piú male.
– No, non proprio –. Si voltò verso la porta della cucina. Il portico e il cortile brulicavano di persone al lavoro e di ragazzi che correvano da una parte all'altra. – C'è parecchia gente da queste parti, ultimamente.
– Compreso suo figlio Enzo, – rispose Maria, per niente intimidita.
– Già. Mi ha raccontato una strana storia... Dice che Casa Vulía è un territorio indipendente, un regno e cose simili. Fantasie di ragazzi, certo. Però queste fandonie hanno attirato numerose persone, e persino dei turisti.
Maria non disse niente e Leo Palamà restò immobile, un po' perplesso. Si era aspettato a quel punto che la donna ribattesse preoccupata che sí, certo, erano solo fantasie. La signora Maria avrebbe dovuto confermargli che Casa Vulía non era uno Stato separato e autonomo (quindi rientrava nel muni-

cipio di Pagliarano, di cui lui era il sindaco e il padrone assoluto). Invece quella donnetta non arretrava d'un passo e lo guardava con aria di sfida.
– Parecchi turisti, – continuò Palamà. – L'agenzia dei fratelli Paradiso mi ha detto che a luglio verrà qui una ventina di famiglie, da tutt'Italia. Un bel risultato, vero?
Maria si sistemò i gomiti contro i fianchi e inclinò la testa. – Cosa intende dire, sindaco? Abbiamo sempre pagato le tasse e siamo in regola.
– Potete affittare gli appartamenti per l'estate, – confermò il sindaco. – Ma non avete i permessi per aprire un agriturismo, e nemmeno... un campeggio.
All'interno della cucina calò un bel silenzio compatto e imbarazzato. Il tipo di silenzio che Leo Palamà preferiva, quando andava a suo vantaggio.
– Dipende, – ribatté Maria. – Come lei ha detto prima, Casa Vulía è un territorio indipendente. Una nazione autonoma. Perciò non ci servono i permessi... che tra l'altro da anni lei si rifiuta di darci.
Leo Palamà diventò serio. Era il momento di mostrare un po' di muscoli. – Pensa che sia tutto uno scherzo, signora? Lei dovrebbe saper distinguere i giochi dei nostri figli dalla realtà. Non basta svegliarsi una mattina per diventare re. Siete soggetti alle leggi, e io sono il vostro sindaco. Vi lascio tempo fino a domattina per spostare i turisti da un'altra parte e mandar via tutta la gente che gironzola da queste parti.
– Co... come?
– Altrimenti dovrò agire. Qui avete messo su un campeggio abusivo, e forse addirittura un centro ricreativo abusivo,

visto che ci sono molti minorenni lasciati a se stessi, senza la sorveglianza di educatori specializzati. Domani tornerò e non sarò da solo. Vi conviene sgomberare e accettare la mia generosa offerta di acquisto di Casa Vulía, altrimenti sarà peggio per voi!

Il sindaco si calcò in testa il cappello e se ne andò senza voltarsi.

Beatrice uscí dalla pajara e aspettò che gli occhi si abituassero alla luce del giorno, dopo la penombra perenne che regnava all'interno della costruzione di pietra.

Antonio e Laerte si trovavano al centro dello spiazzo di terra battuta: provavano esercitazioni militari, marciavano avanti e indietro e simulavano combattimenti con i bastoni. Nel gruppetto c'erano persino Ciccio e i Tristi.

Sotto gli alberi invece si era radunata la Zecca del Libero Regno, vale a dire Elena, Nadia e gli altri turisti. Stavano seduti in cerchio e si passavano di mano in mano l'argilla, i calchi, i coltellini. Davanti a loro avevano steso una coperta di stoffa che si riempiva sempre piú di monete. Se ognuno di quei dischetti valeva un euro, lí c'era davvero un sacco di soldi.

Beatrice si sedette accanto all'amica e la guardò mentre le sue mani lavoravano svelte la creta. – Se qualcuno rubasse queste monete e poi venisse a chiederci di cambiarle in euro, finiremmo rovinati.

Elena sorrise. – Ho già parlato con Paolo e con sua sorella Elisa. Prepareremo soldi per un massimo di cinquecento euro, e abbiamo i fondi per coprire il cambio.

– E i falsari? Se qualcuno trova il modo di produrre nuove monete identiche alle nostre?

– Non ci riuscirà –. Elena prese dalla tasca un mucchietto di

pagliuzze sottilissime che sembravano d'oro. – Le ho trovate in casa, – disse. – Credo che servissero per decorare il presepe o qualcosa di simile. All'interno di ogni moneta è inserita una pagliuzza, e questo è un segreto che conosciamo solo noi della Zecca e il governo. Se ci viene il dubbio che una moneta sia falsa basterà spezzarla, controllare e casomai crearne una nuova. La banca del regno verrà custodita nella cantina della masseria, dove non va mai nessuno. Mentre gli euro corrispondenti saranno gestiti dalla sorella di Paolo, Elisa.
– Ma... hai pensato proprio a tutto!
Le due ragazze si allontanarono dagli altri e si arrampicarono sui gradini scoscesi della pajara, salendo fino al tetto. Lassú faceva caldo e i sassi erano bollenti, però tirava un bel vento di scirocco, si sentiva odore di sale e di estate.
Elena si sedette in modo che la luce forte le colpisse gli occhi chiusi. – Non ti sei truccata, oggi, – disse dopo un po'.
Beatrice fece un sorriso timido. – Stamattina mi sono svegliata presto e sono corsa in bagno per mettere in pratica i tuoi suggerimenti di ieri... Ma mentre mi guardavo allo specchio, ho capito che non poteva funzionare. Stavo cercando di imitare te, e il risultato era una ragazza che non era Elena, non era Beatrice, non era nessuno... – Si bloccò, con il timore di aver detto qualcosa di molto stupido.
– Paolo come l'ha presa?
– Abbiamo parlato un po', è stato gentile. Sai, non credo che ci sia speranza per me... Ma in fondo, forse, non è cosí importante.
Elena guardò Beatrice fisso negli occhi. – Per me è stato lo stesso. Mi hai dato quelle dritte sulla convenzione di Monte-

video e la frontiera. Erano idee geniali, ma erano le *tue* idee, e gli altri mi guardavano come fossi impazzita. Cosí, ieri sera sono tornata a casa e ho pensato a qualcosa che potevo fare *io*. Ho iniziato a disegnare, e mi sono venute in mente le monete.

Beatrice allungò la mano, protendendo solo il dito mignolo. Elena lo agganciò con il suo.

– Siamo forti, noi due.

– Puoi giurarci.

Il papà di Paolo affondò nella sedia. Sua moglie e la figlia Elisa lo fissavano un po' preoccupate. – E adesso, come facciamo?

Si trovavano sotto il portico di Casa Vulía. Davanti a loro c'era il furgone bianco che gli aveva prestato compare Totiri, il muratore del paese.

Il signor Giovanni aveva iniziato a scaricare scatoloni di piastrelle e tubature che aveva dovuto comprare in fretta e furia. Finché non aveva visto Maria, e lei gli aveva comunicato la notizia. Palamà voleva costringerli a chiudere tutto.

– Non possiamo darla vinta a quel farabutto del sindaco, – commentò sua moglie. – Ma non abbiamo scelta. Ti immagini cosa succederebbe se davvero domani venissero i vigili?

– Il figlio del comandante ieri è stato qui, giocava con i ragazzi. E c'era anche Enzino Palamà.

Il viso di Maria era bello come il giorno in cui Giovanni l'aveva sposata, con gli occhi di un verde scintillante. Ma la fronte era corrucciata, attorno alla bocca era comparso un reticolo di rughe profonde.

– Dovremo parlare con i turisti, – decise il signor Giovanni. – Li aiuterò a trovare un albergo. Oppure possono spostarsi al campeggio di Santa Maria di Leuca, credo che ci sia posto. Gli restituirò tutti i soldi...

Elisa scrollò il capo, agitando nell'aria i lunghi capelli castani. – Non avete proprio nessuna fiducia in Paolo. Avete pensato che, magari, Casa Vulía è davvero uno Stato indipendente? Questa mattina il nonno è andato da don Ernesto per indagare, e...

– Glielo spieghi tu, ai vigili? Oppure vuoi dichiarare guerra all'Italia?

– Non intendevo questo. Ma voi adulti avete accettato le leggi del Libero Regno perché vi sembravano valide. E la seconda legge obbliga gli adulti a spiegare le ragioni dei loro comportamenti. Perciò, secondo me è nostro dovere parlare del problema anche con Paolo e i suoi amici.

Giovanni si passò le mani tra i capelli radi. – Domani è lunedí. I ragazzi saranno tutti a scuola, lontani dai vigili e da Palamà. Nel pomeriggio, quando verranno alla masseria, spiegheremo loro cos'è successo. Se vogliono, potranno continuare con il loro regno, ma dovranno sapere che si tratta solo di un gioco.

Elisa non sembrava disposta a cedere tanto facilmente. – Però eri contento, vedendo che il regno richiamava i turisti! E sei stato felice che metà del paese si fosse trasferita qui per lavorare con te e ristrutturare la masseria.

– Io...

La signora Maria gli si avvicinò, sforzandosi di sorridere. – Elisa ha ragione. Anch'io credo che dovremo avvertire i

turisti e arrenderci a Palamà... Però prima dobbiamo parlarne con Paolo. Organizzeremo una riunione comune, adulti e ragazzi, e discuteremo la faccenda.
– Cosí gli dai corda... – provò a opporsi il signor Giovanni.
– Gli abbiamo dato corda tutti, e nostro figlio ha dimostrato di meritare fiducia.
– Quando? – domandò Giovanni. Accorgendosi che poteva essere frainteso, aggiunse subito: – Quando gliene parliamo?
– A pranzo. Organizzeremo una bella festa con tutti quanti, adulti e non, e discuteremo insieme.

Essere un capo era molto piú faticoso del previsto. Ogni volta che si girava, Paolo trovava qualcuno che aveva bisogno di lui, doveva chiedergli qualcosa o comunicargli una grande idea.
Il ragazzo era andato a prendere i turisti, aveva aiutato Elena a organizzare la Zecca, e insieme ai generali Laerte e Antonio aveva passato in rassegna l'esercito del regno. Poi aveva dovuto aiutare Luca a radunare i bambini piú piccoli per farli giocare insieme, e Paolo aveva accettato di stare con loro e affidare a ognuno dei semplici compiti.
Infine si era spostato alla masseria, nella zona degli adulti, per cambiare loro un po' di soldi con le monete del regno. Aveva visto i suoi genitori ed Elisa che parlavano sotto al porticato, ma prima di riuscire ad avvicinarsi era stato preso da un ragazzo che non conosceva e che l'aveva trascinato da un'altra parte (il computer portatile si era bloccato e la stampante sputava solo fogli bianchi invece degli eleganti passaporti. Per forza, era finito l'inchiostro!).

Poi c'era stato il sito Internet da controllare, una caterva di e-mail a cui rispondere, una telefonata da parte dell'agenzia dei fratelli Paradiso e un'altra telefonata, di un giornalista di Porto Tricase che voleva intervistare lui e i suoi genitori.
Pazzesco. Tutto in un solo giorno. E non erano ancora le dodici!
Finalmente solo, Paolo si allontanò tra gli olivi dirigendosi verso la pajara. Era una giornata splendida e calda, l'aria portava con sé il profumo di basilico e lavanda dall'orto. Il ragazzo aveva voglia di prendere la bici e andare di corsa fino al mare, fare un tuffo e magari un'immersione con la maschera, nuotando fino a una grotta scavata nella scogliera che conosceva solo lui, perché l'imboccatura era appena nascosta sotto il pelo dell'acqua. Ma come poteva lasciar lí i suoi amici, con tutto quello che c'era da fare?
Il ragazzo arrivò alla pajara e sbirciò dentro, alla ricerca di Antonio e Laerte. Trovò invece Ciccio e i suoi amici Tristi che stavano chiacchierando seduti al fresco.
Ciccio e i Tristi. Paolo d'istinto si appiattí contro le pietre per ascoltare i loro discorsi, ma non era stato abbastanza veloce: sentí Ciccio tossicchiare, poi il ragazzo lo invitò a entrare.
Paolo obbedí, riluttante, togliendosi il cappello per evitare che sbattesse contro l'arcata bassa dell'ingresso. – Che fate? – domandò.
Con un sorriso, Ciccio indicò il cartellone appeso alla parete irregolare della pajara. – Studiavamo le leggi del regno, – rispose.
Per una volta era senza occhiali da sole, e Paolo poteva vedere i suoi occhietti scuri e gelidi. Anche se il figlio del macellaio

Presti era entrato a far parte del regno, ciò non significava che Paolo si fidasse di lui.
Anzi, tutto il contrario.
– Sono davvero delle buone leggi, – continuò Ciccio. – Mi piace soprattutto questa: «Nessuno dovrà offendere, o fare del male, o arrecare danno a un altro cittadino»...
Paolo soffocò una risatina stridula. Era proprio la regola piú adatta per un prepotente come lui.
– Oppure questa: «Il re è colui che indossa la corona». La corona sarebbe quel cappello che tieni in mano, vero? Apparteneva a quel tuo antenato brigante?
Paolo si rigirò il copricapo di feltro fra le mani. Si sentiva a disagio, non gli piaceva la piega che stava prendendo il discorso.
– Perché non me lo fai vedere? – lo invitò Ciccio.
Paolo si irrigidí e Ciccio sogghignò: – Non avrai mica paura che te lo rubi, vero?
– No, certo, solo che... – Aveva bisogno di una scusa, subito. – Mi chiamano, devo andare.
– Io non ho sentito niente.
– Invece sí, da fuori.
C'era sul serio qualcuno che lo stava chiamando. Dalla voce sembrava sua sorella.
Paolo girò i tacchi e sgattaiolò fuori dalla pajara. Gli dispiaceva comportarsi in quel modo, quasi da vigliacco, ma non gli era venuto in mente niente di meglio da fare.
Si sistemò di nuovo il cappello sulla testa, recuperò il bastone d'olivo che aveva appoggiato a terra e s'incamminò a passo svelto verso Elisa.

La cantina della casa canonica era in realtà un gigantesco archivio. Non c'erano finestre, e l'unica luce veniva dalle lampadine che pendevano con lunghi cavi elettrici dal soffitto. Non si vedevano le pareti, letteralmente ricoperte da decine e decine di scaffali: di metallo, di legno, di formica, alti, bassi, lunghi, stretti, larghi, tozzi. I ripiani scricchiolavano sotto il peso di libri, riviste, enciclopedie, faldoni, scatole piene di documenti, fogli arrotolati o tenuti insieme da un elastico. Altre scartoffie erano ammucchiate a terra, tenute sollevate dal pavimento grazie a solidi bancali di legno.

La polvere ricopriva tutto come una mano di vernice, l'aria puzzava di chiuso al punto da essere irrespirabile.

– Che disordine, – commentò nonno Biagio, sistemandosi un fazzoletto davanti al naso.

– Vorrai scherzare, – lo contraddisse subito don Ernesto. – Ogni documento è ordinato in base all'anno e all'alfabeto, don Michele non avrebbe lasciato una sola carta fuori posto.

Il parroco indicò una piccola scrivania sistemata in un angolo, accanto a una sedia di paglia malmessa. A quel tavolino, sul ripiano illuminato da un vecchio abat-jour, don Michele aveva trascorso quasi quarant'anni della sua vita, catalogando documenti, mettendo ordine tra libri e certificati, e compilando l'archivio con la sua grafia minuta ed elegante.

– Qui dentro c'è la storia di Pagliarano a partire dagli inizi dell'Ottocento. Si parla del Risorgimento, delle due guerre mondiali, di matrimoni, battesimi e funerali, – mormorò don Ernesto con un tono venato di rispetto.

– La lettera del brigante Giovanni è datata 1861, – osservò Biagio. – L'anno dell'unità d'Italia.

– Sono sicuro che troveremo altri documenti di quel periodo. Diamoci da fare.
Don Ernesto si sedette alla scrivania e accese la lampada, mentre nonno Biagio si tuffava tra gli scaffali alla ricerca di qualcosa di interessante.
– Prendi quel volume lí, no, quell'altro...
Ben presto il nonno perse il senso del tempo. Le mani gli si coprirono di polvere, i vestiti di ragnatele. Nella cantina si sentivano solo colpi di tosse e il rumore di fogli girati uno dopo l'altro.
Biagio sollevava fascicoli e li consegnava a don Ernesto, rimetteva a posto quelli consultati, rovistava tra montagne di carta.
– Forse ci siamo, – esclamò a un tratto don Ernesto, rompendo il silenzio. Il parroco sollevò un taccuino, un semplice quadernetto con la copertina di pelle rossa.
– Sembra un diario, – commentò nonno Biagio.
– Proprio cosí. Sono le memorie di don Tarcisio, il sacerdote che adottò il brigante Giovanni e lo crebbe come un figlio.
– Finché non venne ucciso...
– Nel 1858. A ucciderlo era stato un certo Mimmo Prospero, proprietario terriero che possedeva un latifondo fuori Pagliarano.
– È tutto scritto lí?
Don Ernesto annuí, continuando a sfogliare le pagine del diario. – Dopo la morte di don Tarcisio, la parrocchia venne affidata a un certo don Biasi, che continuò a scrivere su questo quaderno le sue osservazioni. Secondo la giustizia dell'epoca, ad assassinare don Tarcisio era stato il brigante Giovanni, ma

don Biasi aveva ascoltato in confessione i peccati del vero killer, Mimmo Prospero, e dunque conosceva la verità.
Il nonno Biagio si batté una manata contro la coscia. – Se questo don Biasi sapeva, perché non ha avvertito i carabinieri?
Don Ernesto lo guardò severamente. – Dimentichi che era un sacerdote, perciò era vincolato dal segreto della confessione. Non dev'essere stato facile, per lui, mantenere il silenzio. Era lacerato dai sensi di colpa. Finché... – Don Ernesto continuò a leggere con frenesia febbrile. – Il brigante Giovanni aveva radunato attorno a sé una banda di criminali che seminava il terrore tra i ricchi salentini. Diceva di voler difendere l'onore del re Francesco II di Borbone, e per questo riceveva finanziamenti dai simpatizzanti dell'antica monarchia, che erano contrari all'unità d'Italia. Ormai il governatore d'Otranto era disposto a tutto per catturare Giovanni, e sulla testa del brigante era stata messa una ricca taglia. Cosí, una notte...
Nonno Biagio sentí il rumore scrocchiante delle pagine che venivano girate.
– Una notte il brigante si presentò da don Biasi. Era insieme a due compari e chiese al reverendo protezione e riparo fino all'alba. Giovanni e il parroco si ritrovarono a bere e a parlare, e ovviamente il discorso cadde su don Tarcisio. «Sai che non sono stato io a ucciderlo, l'amavo come un padre» disse. Don Biasi scrive che forse si era ubriacato, o forse gli scrupoli di coscienza erano stati soffocati per troppo tempo in fondo al suo cuore. Fatto sta che il parroco violò il segreto e rivelò a Giovanni quello che sapeva. E cioè il nome dell'assassino.
– Mimmo Prospero.
– Già, – confermò don Ernesto.

– Poi cosa accadde?
– Il brigante andò su tutte le furie –. Don Ernesto riprese a sfogliare il quaderno, a cui ormai mancavano solo poche pagine.
Nonno Biagio si accorse che le rughe sulla sua fronte si facevano piú profonde. Alla luce della lampada, la pelle del parroco era diventata pallida, quasi giallastra.
– Ecco, – proseguí don Ernesto con un filo di voce, – qui vengono descritti i giorni successivi, e c'è persino un riferimento alla lettera che il brigante Giovanni spedí al governatore. È tutto vero: il tuo trisnonno dichiarò l'indipendenza del regno di Casa Vulía. Sai perché lo fece?
Nonno Biagio scosse la testa, e il parroco gli passò il diario con la copertina rossa.
– Forse dovresti leggerlo con i tuoi occhi.

Nello spiazzo davanti alla masseria, si stava preparando il pranzo.
Paolo perse quasi un'ora a contare i presenti. Armato di taccuino, batté Casa Vulía in lungo e in largo, segnando il nome di tutti, chiedendo ai suoi amici se volevano invitare anche i genitori. La maggior parte accettò con entusiasmo, compresa la mamma di Laerte, e alla fine Paolo arrivò in cucina annunciando che a pranzo ci sarebbero state settantadue persone tra turisti, gente del paese, figli e amici.
Settantadue persone! La mamma di Paolo sbiancò in volto, ma Elisa la rincuorò: – Ci daranno una mano gli altri, vedrai che sarà piú semplice del previsto.
Il signor Giovanni prese il furgone di compare Totiri e se

ne andò a Pagliarano per chiedere in prestito tavoli e sedie. Elena, Antonio e numerosi aiutanti bagnarono e condirono una montagna di frise, mentre la figlia del fornaio Pignata si fece portare interi sacchi di tarallini e pane fresco.
Il signor Pignata era un ometto grassissimo con le guance lisce e rosse. Arrivò con il suo camioncino e si grattò il mento grosso come una patata, commentando: – Quanta bella gente, a questo punto mi fermerò anch'io con mia moglie.
Cosí i partecipanti diventarono settantaquattro. Anzi settantasette, perché dopo un po' arrivarono la signora Marianna del negozio di vestiti e i fratelli Paradiso dell'agenzia.
Intanto compare Duelire, il padrone del supermercato, venne a prendere i suoi nipotini. Annusò nell'aria il profumo di festa e decise di mettere a disposizione un mezzo camioncino di mozzarelle e burrate che stava portando in negozio. Già che c'era passò a chiamare il suo amico Vito Carrozzella, il pizzaiolo, che si presentò con lunghi cartoni di pizza fredda, calzoni e rustici di pastasfoglia con pomodoro e besciamella.
– Duelire, Carrozzella, Pignata... – commentò Nadia, che stava aiutando Paolo nell'organizzazione del pranzo. – Certo che da queste parti avete dei cognomi parecchio strani.
Paolo scoppiò in una risata: – Ma quelli non sono mica i cognomi! Gli adulti si chiamano tra loro con il soprannome di famiglia: a Pagliarano ci saranno duemila «Biagio» e tremila «Antonio», e anche i cognomi alla fine sono sempre gli stessi. Cosí, per non confondersi il fornaio diventa Antonio Pignata, e il padrone del supermarket è Antonio Duelire.
– E i ragazzi?
– All'inizio non ce l'hanno. Bisogna aspettare per capire se,

crescendo, assomiglieranno di piú alla madre o al padre e quindi quale soprannome sarà il piú azzeccato per loro. Per esempio, la mamma di Laerte si chiama Annunziata, cioè Vata, ed è figlia della Noma, quindi Vata Noma. Laerte però secondo me diventerà Pospararo, che era il soprannome di suo padre.

– Uh-uhm, – disse Nadia.

– Invece, considerando la sua stazza, sono sicuro che il mio amico Antonio diventerà un Culitunni, prendendo il soprannome di sua mamma.

Nadia annuí, con l'espressione incerta di chi non era sicuro di aver proprio capito del tutto la spiegazione.

Paolo stava cercando qualche altro esempio quando arrivò il macellaio Presti, il padre di Ciccio, con una tonnellata di costolette, spiedini e salamelle. La signora Maria insisté per contribuire al costo di tutta quella roba, e ovviamente Elena si offrí subito di cambiare un po' di euro con le monete del regno, che vennero adottate con entusiasmo anche dai turisti.

Il papà di Paolo tornò con il furgone e i ragazzi lo aiutarono a scaricare e sistemare tutto davanti al portico di Casa Vulía. C'erano sei tavoli uno diverso dall'altro, e poi sedie pieghevoli, di legno, di ferro, traforate o rivestite di velluto.

Laerte arrivò insieme ai soldati del suo esercito, e finalmente la gente cominciò a dar l'assalto ai vassoi schierati sulla tavola.

Il macellaio Presti stava davanti al camino ad arrostire la carne, mentre il signor Pededecornala parlava con la Vata Noma bevendo un bicchiere di vino all'ombra degli olivi.

Dappertutto si vedevano persone allegre che ridevano e chiacchieravano.
Paolo però non riusciva ad appassionarsi alla festa. Se ne stava seduto in un angolo, all'ombra, rosicchiandosi le unghie già cortissime. Sentiva che qualcosa non andava.
Invece di mangiare, sua sorella Elisa era al telefono da piú di un'ora con un amico di Bologna che faceva l'avvocato. Sua madre correva dentro e fuori dalla cucina, senza lasciare mai che i suoi occhi si posassero su Paolo, e il signor Giovanni stava seduto a capotavola, perso nei suoi pensieri.
Cosa stava succedendo? Paolo non ne aveva idea, ma era intenzionato a scoprirlo.

13. Il consiglio di guerra

Paolo non era mai stato bravo a parlare con suo padre. Il signor Giovanni era un tipo schivo e solitario. Dalla bocca gli uscivano poche parole che sembravano indovinelli, frasi sbocconcellate che andavano incastrate fra loro e rimesse insieme come i pezzi di un rompicapo. Paolo aveva un padre-puzzle. Invece lui assomigliava di piú a sua madre Maria, e gli venivano un sacco di idee, e gli piaceva parlarne finché si seccava la lingua. Un ragazzo-fiume. Con il tempo, Paolo aveva imparato che puzzle e fiumi non andavano molto d'accordo.
Cosí, anche in quel momento non trovò di meglio che raggiungere il papà e allungargli un piatto di plastica su cui stavano in bilico due salsicce scure, profumate e sfrigolanti.
– Non hai mangiato quasi niente, – osservò. Poi aggiunse:
– Mi vuoi spiegare che succede?
Il signor Giovanni prese il piatto, afferrò la forchetta e tagliò in due la salsiccia piú grossa. Se la mise in bocca e cominciò a masticare con calma. – Non è il momento di parlarne, – rispose.
– Come al solito, – sbuffò Paolo. – Perché invece di fare il misterioso non mi racconti tutto? Poi ti sentirai meglio. E magari potrò darti una mano... Hai visto quanta gente è venuta qui, grazie a me? Hai visto che ci sono dei volontari per ristrutturare la masseria?

Il papà si alzò da tavola e sparí sotto il portico, ignorandolo, come se di colpo Paolo fosse diventato trasparente.
– Non lo sopporto quando fa cosí, – mormorò lui a denti stretti.
Delle dita gli sfiorarono il collo, facendolo sussultare. Era sua sorella Elisa. – Non prendertela...
– Oh, hai finito di parlare al telefono? Qualcuno vuole dirmi perché qui intorno si stanno divertendo tutti... mentre sembra che la mia famiglia sia fatta di zombi depressi?
Elisa fece un sorrisetto imbarazzato, teneva ancora il cellulare stretto in pugno. Poi fece un cenno con il capo: papà e mamma erano usciti dalla cucina e stavano raggiungendo la tavolata.
Il signor Giovanni fissò Paolo con uno sguardo colpevole, e la mamma alzò le mani e disse: – Scusateci signori, un attimo di silenzio. Vorremmo parlare a tutti voi... e chiedere, se possibile, il vostro aiuto.
Ci volle qualche minuto, e l'intervento di Paolo ed Elisa, per far sí che gli ospiti smettessero di chiacchierare e si concentrassero sulla figura minuta della signora Maria.
Quando ebbe ottenuto l'attenzione generale, la mamma di Paolo sorrise. – Vi ringrazio di essere qui. Sia voi del paese, che i nuovi arrivati da Milano. In questi giorni ci siete stati vicini e ne siamo felici. Ora, purtroppo, ci troviamo ad affrontare un problema molto serio.
Paolo restò ad ascoltare il racconto della mamma: le minacce di Palamà, l'obbligo di sgombrare altrimenti sarebbe venuta la polizia.
D'istinto si voltò verso l'altro capo del tavolo, dove si trovava

proprio il figlio del sindaco: Enzino era un ragazzetto con le orecchie a sventola e i denti tutti storti. Paolo non era il solo che lo stava fissando, e il ragazzo era diventato rosso fuoco e teneva gli occhi bassi.

– Adesso, – concluse sua madre, – non sappiamo cosa fare.

Paolo guardò Elena, Beatrice, Antonio e Laerte. In fondo erano passati solo pochi giorni da quando lui e i suoi amici avevano trovato la lettera del brigante Giovanni, eppure in un certo senso gli sembrava che fossero trascorsi cento anni. Erano cambiati, e non solo perché all'improvviso erano diventati i ragazzi piú popolari di Pagliarano e di Internet. C'era dell'altro: Laerte aveva finalmente trovato il coraggio di affrontare la Vata Noma, Antonio ormai non aveva piú paura di Ciccio e dei Tristi, Beatrice era diventata una ragazza affascinante anche con gli occhiali. Ed Elena aveva dimostrato quanto valeva, era diventata una capogruppo in gamba che piaceva a tutti.

Non potevano arrendersi proprio adesso. Non era giusto.

– Io e mio marito avevamo pensato di decidere per conto nostro, – continuò la signora Maria. – Dopotutto, Casa Vulía è il luogo dove abitiamo. Poi abbiamo capito che ormai il problema non riguardava solo noi, ma tutti quanti. E le leggi del regno ci obbligano a spiegare ai ragazzi le difficoltà, e a cercare insieme una soluzione.

Paolo sorrise. Si preparò a prendere la parola, ma venne anticipato dal padre di Nadia, un signore tranquillo che sembrava il ritratto del perfetto impiegato di banca.

– Scusate, – disse l'uomo. – Mi rendo conto che siamo arrivati qui solo da poche ore... Ma io non mi ero mai divertito tanto

in una vacanza. È splendido stare qui e abbiamo già fatto amicizia con un sacco di persone. Perciò, per quanto mi riguarda, non ho nessuna intenzione di andarmene in albergo.
– Ben detto, pà! – gli fece subito eco il piccolo Simone.
– E io dico che nessuno può obbligarci a sgomberare, – esclamò il macellaio Presti con il suo vocione. – Se mio figlio vuole stare qui con i suoi amici... allora ci sono pure io! – Il macellaio brandiva un forchettone per girare la carne sulla brace, agitandolo nell'aria come una spada.
Attorno al tavolo si scatenò una baraonda. Cominciarono a parlare tutti insieme, elaborando piani, facendo proposte, scartando idee irrealizzabili.
Paolo, che fino a quel momento non era ancora riuscito a prendere la parola, sentí bisbigliare alle sue spalle: – Ehi, Sua Maestà.
Era Laerte. Il ragazzo si era rintanato dietro il bagno di mattoni, e insieme a lui c'era Enzo Palamà, il figlio del sindaco.
– Che succede? – domandò Paolo. – Non vedi che sono impegnato? Dobbiamo decidere...
– Prima vieni con me, – sussurrò Laerte.

Si allontanarono tra gli alberi, finché il vociare non si trasformò in un ronzio indistinguibile dall'onnipresente frinire delle cicale.
Due rastrelli erano appoggiati al tronco di un grande olivo, e accanto c'erano alcuni secchi rovesciati abbandonati lí da chissà quanto tempo.
I ragazzi si sedettero, e Paolo si accorse che Laerte era molto nervoso, mentre Enzino pareva quasi sull'orlo delle lacrime.

Le sue orecchie sporgenti sembravano muoversi alla brezza, pronte a captare il minimo rumore.

– C'è qualcosa che non ti ho detto, – iniziò Laerte. – Ti giuro che ieri volevo farlo, ma poi sono tornato a Casa Vulía e lí ho trovato mia madre, e c'era un certo discorso che aspettava da troppo tempo per essere rimandato ancora. Alla fine ero cosí teso, e preoccupato, che mi sono dimenticato di parlartene.

Paolo cominciava a spazientirsi. – Ti vuoi spiegare?

Il ragazzo cominciò a raccontare, dapprima un po' incerto e poi infervorandosi via via. Gli descrisse il suo giro di pattuglia insieme a Matteo e Giacomo, e l'incontro con il ragionier Fantini che misurava i campi di Casa Vulía con uno strano attrezzo. – Mentre parlava, ha fatto il nome di Palamà, – concluse.

– Il sindaco ha proposto ai miei genitori di comprare la masseria, – esclamò Paolo, riflettendo intensamente. – Ma non capisco che c'entra il ragioniere. Perché l'uomo che ha licenziato mio padre dovrebbe interessarsi a noi?

Enzino finora era rimasto in silenzio, con l'aria di chi vorrebbe sparire nel nulla. – Io... forse io lo so, – disse.

Paolo e Laerte si rivolsero al ragazzo con un'espressione minacciosa, e il figlio del sindaco alzò le mani davanti alla faccia come per proteggersi. – No, no, per favore...

– Non ti facciamo niente, – cercò di rassicurarlo Paolo, sforzandosi per controllare il tono di voce. – Però vuota il sacco. Potrebbe essere molto importante.

– Papà non racconta mai quello che gli succede al lavoro, – sussurrò Enzo. – Ma a volte... Era circa un anno e mezzo fa. Ero andato a nuoto, mamma dice sempre che mi fa bene ma in realtà sono una schiappa... Sono tornato a casa e ho trovato i miei genitori che litigavano in salotto. La mamma gridava a mio padre che non poteva fare una cosa simile, che avrebbe gettato sul lastrico intere famiglie, che era una persona spregevole. A un certo punto ha preso un foglio e ha cominciato a sventolarlo nell'aria, e il papà gliel'ha strappato di mano e l'ha chiuso in tutta fretta in un cassetto.

Sembrava che la storia del ragazzino non c'entrasse niente con il loro problema, e Paolo aveva voglia di prenderlo per le spalle e scuoterlo fino a fargli cadere di bocca le parole come olive mature. Ma Laerte lo fermò: dovevano lasciare che si spiegasse con i suoi tempi.

– Ricordo bene quella discussione. I miei genitori non si sono parlati per quasi un mese, papà entrava e usciva di casa scuro in volto e la mamma per qualche giorno se ne andò addirittura a Bari dalla nonna, perché non voleva vederselo intorno. Comunque, io ero curioso di sapere qual era la ragione di tutto quel trambusto. Cosí, un pomeriggio che ero a casa da solo, ho aperto il famoso cassetto. Il foglio che avevo visto in mano a mio padre era un elenco.

– Un elenco? – domandò Paolo. – E cosa c'era scritto?

– Dei nomi, – rispose Enzino stringendosi nelle spalle. – Un lungo elenco di persone. Alcuni nomi erano cerchiati: c'era quello di tuo papà, Giovanni Rizzo, e poi Biagio Stoppani, il signor Ciospola, il Campana...

– Erano tutti colleghi di mio padre, lavoravano con lui alla fabbrica di serramenti, – notò Paolo.

Laerte schioccò le dita. – Non solo. Se non sbaglio abitano tutti qui intorno: Campana ha quel villino quasi sulla costa,

e Stoppani è il proprietario del vigneto che confina con Casa Vulía.
– E anche Ciospola... – Paolo finalmente si illuminò. – Aspettate! Non erano solo colleghi di papà. Sono anche stati licenziati insieme a lui!
I ragazzi restarono per un po' a rimuginare sul problema. Paolo cominciava a intravedere uno schema, un ricamo di ricatti e affari sporchi con Leo Palamà e Fantini nel ruolo di abilissimi sarti. Il ragioniere aveva licenziato dalla fabbrica alcuni operai, che vivevano tutti nella zona. Sapeva che in quel modo li avrebbe gettati sul lastrico, e infatti poco dopo spuntava Palamà e si offriva di aiutarli comprando le loro proprietà. Ma cosa avevano in mente il sindaco e il ragioniere?
– Dobbiamo scoprire qual è il loro piano, e ci servono delle prove, – decise alla fine.
Enzo Palamà saltò in piedi. – Ehi, io ho cercato di aiutarvi... Ma adesso non vorrete mica... Insomma, è mio padre! Non voglio che...
– Enzo, stai tranquillo.
– Ho sbagliato, non avrei dovuto dirvi niente! Sapevo che non c'era da fidarsi, aveva ragione papà. E adesso scusatemi, ma devo tornare a casa –. Prima che potessero fermarlo, il figlio del sindaco iniziò a correre a gran velocità tra gli alberi.
Paolo e Laerte si guardarono perplessi. – Che facciamo, proviamo a inseguirlo?
– Io dico di no. Non ora, almeno. Andiamo a prendere Antonio, riuniamo il governo e gli altri amici. Dobbiamo studiare un piano.

Gli adulti restarono seduti attorno a un tavolo fino a metà pomeriggio, facendo discorsi noiosissimi per decidere come affrontare il sindaco Palamà.
Paolo rimase in un angolo, con il suo gilet e il cappello in testa, senza che nessuno chiedesse la sua opinione. La mamma lo guardò solo una volta, per annunciare brevemente che il giorno dopo era lunedí e dunque lui sarebbe andato a scuola come al solito.
A scuola.
Il regno era in pericolo, eppure Paolo e i suoi amici avrebbero dovuto stare chiusi in classe fino all'una. E nel frattempo, una delegazione di adulti, fra cui i suoi genitori, la Vata Noma, il signor Pededecornala e il signor Pignata, sarebbe andata in comune per parlamentare con Palamà. Avrebbe provato a convincerlo a ritirare le sue minacce e lasciare in pace la masseria.
Paolo per poco non scoppiò a ridere: se davvero il sindaco era d'accordo con il ragionier Fantini, se da piú di un anno quei due avevano progettato di comprare i terreni intorno a Casa Vulía, allora una semplice delegazione non sarebbe servita a niente. Non solo: in quel modo, la masseria sarebbe stata deserta per un sacco di ore. E se nel frattempo fosse arrivata la polizia?
Come potevano gli adulti non capire che il loro piano faceva acqua da tutte le parti? Il ragazzo roteò gli occhi, sospirando. Poi si voltò a guardare gli amici. Laerte era seduto accanto a sua madre e sbuffava, Antonio teneva un braccio sulle spalle del fratellino Luca e sembrava sul punto di addormentarsi. Beatrice ed Elena parlavano fitto tra loro e ogni tanto scuotevano la testa.

Paolo si alzò dal suo posto, una scomodissima sedia pieghevole. Le teste di molti ragazzi si girarono verso di lui, ma nessuno degli adulti sembrò accorgersi di nulla. Come al solito, erano troppo impegnati con i loro problemi.
– Che ne pensate? – sussurrò Paolo, accovacciandosi davanti alle due amiche.
– Sono solo sciocchezze, – esclamò subito Elena. – Pensano di convincere Palamà a starsene buono? È solo una perdita di tempo... E succederà tutto mentre noi saremo a scuola e non potremo fare niente.
Paolo sorrise. – A meno che non decidiamo di restare qui e combattere.
Beatrice si tolse gli occhiali. – Vuoi saltare le lezioni?
La ragazza cominciò a pulirsi le lenti spesse con un angolo della maglietta. Paolo pensò che era sempre la solita brava ragazza, educata e studiosa e ligia alle regole.
Lei si sistemò di nuovo gli occhiali sulla punta del naso. – Io ci sto, – disse.
Paolo le appoggiò una mano sul ginocchio, sorridendo, poi si fermò. Era stato distratto da un rumore gracchiante e familiare. Sul piazzale si era affacciata la Renault 5 del nonno.
L'auto si fermò davanti alle tavolate ancora imbandite, inondando tutti di fumo nero e puzzolente. Nonno Biagio scese dalla macchina stringendo un quaderno rosso dall'aria consumata.
Paolo gli corse incontro, e l'anziano sorrise.
– Sono stato da don Ernesto a cercare informazioni sulla lettera del brigante Giovanni, e ho importanti novità.
– Dimmi tutto! – implorò il ragazzo, curioso.

Il nonno trovò una sedia libera e si versò un bicchiere di vino. Paolo e i suoi amici gli si sistemarono accanto, impazienti di sapere cos'avrebbe raccontato.
– Centocinquant'anni fa, – iniziò il nonno, – il brigante Giovanni scrisse davvero al governatore per annunciargli l'indipendenza di Casa Vulía. In tutto vennero preparate tre lettere: una copia la conservò il brigante, una fu indirizzata agli uffici del governatore a Otranto, e la terza era destinata al parroco del paese dell'epoca, che si chiamava don Biasi. Il governatore non rispose mai al brigante, però smise di dargli la caccia e lasciò che si stabilisse qui a Casa Vulía. Giovanni rinunciò alle armi e si dedicò cosí all'agricoltura, fondando la nostra famiglia. Ormai è passato parecchio tempo, e...
In quel momento intervenne la sorella di Paolo, concludendo:
– ... Il nonno mi ha anticipato tutto per telefono, e io ne ho approfittato per contattare un amico avvocato. Il mio amico dice che non ha mai sentito una richiesta cosí strana in tutta la sua vita. Ma se davvero abbiamo le prove che da queste parti c'era un regno già ai tempi dell'unità d'Italia, allora forse possiamo sostenere la nostra posizione davanti alle autorità.
Alcuni dei ragazzi iniziarono a sorridere e applaudire.
Paolo invece si allungò verso Beatrice ed Elena. Sussurrò:
– Cercando di non farvi notare, passate parola a Laerte, Antonio e Luca. Ci troviamo alla pajara fra un quarto d'ora. È il momento di riunire il governo e prepararci alla battaglia.

Le luci di Natale che pendevano dal soffitto erano spente. Lo schermo del computer portatile disegnava un alone azzurro e impalpabile sulla superficie liscia del tavolino.

I ragazzi si sedettero a terra, uno accanto all'altro. C'era il governo del Libero Regno con alcune partecipazioni straordinarie: Annalisa, Matteo e Giacomo della loro classe, e Nadia come rappresentante dei turisti.
Per iniziare, Paolo chiese a Laerte di ripetere quello che aveva scoperto il giorno precedente, e il ragazzo insieme a Matteo e Giacomo raccontò da capo del loro scontro con il ragionier Fantini, e poi le rivelazioni di Enzino Palamà.
La storia venne conclusa da un coro di esclamazioni indignate.
– Ma sono dei truffatori!
– Dei ladri!
– Dobbiamo farlo sapere a tutti!
Paolo riportò la calma a grandi gesti. – Sono d'accordo con voi, – disse. – Se Fantini ha licenziato apposta alcuni operai per comprare le loro case, e se Palamà l'ha aiutato... allora dobbiamo farlo sapere agli abitanti del paese. Ma prima di lanciare un'accusa cosí grave, servono prove concrete. Non possiamo commettere errori.
– Cos'hai in mente? – chiese Elena.
– Enzo Palamà ha parlato di un elenco di nomi, conservato in un cassetto della villa. È probabile che tra le carte del sindaco ci sia anche qualche altro documento scottante. Dobbiamo impadronircene.
– E nel frattempo? – domandò Antonio. – Chi penserà a proteggere la masseria?
La risposta era una sola. – Noi.
Beatrice sistemò il computer sulle ginocchia e cominciò a scrivere una lista di cose da fare. Poi preparò un elenco di persone e di compiti.

– Ci divideremo in squadre, – propose Paolo. – Antonio, tu sarai a capo della prima linea di difesa, insieme a Elena e Matteo.
– Mitico! – esclamò il ragazzo, sfregandosi le mani.
– Nadia, Giacomo: voi vi occuperete della logistica. Preparare le armi, rifornire i combattenti di munizioni, organizzare un sistema di staffette per trasmetterci messaggi.
– E io? – domandò Laerte.
– Tu e Beatrice avrete una missione molto particolare: domattina, approfittando del caos che si creerà da queste parti, vi infiltrerete nella villa del sindaco e prenderete le carte che dimostrano la sua colpevolezza.
I due ragazzi lo fissarono come se fosse impazzito, ma Paolo sorrise. – Non preoccupatevi, ho un'idea infallibile su come fare, sarà meno difficile di quanto sembri. Io mi occuperò della seconda linea di difesa e del coordinamento generale, mentre tu, Luca... insieme ad Annalisa, avrai forse il compito piú importante di tutti.
Il viso del ragazzino si illuminò di gioia.
– Adesso mettiamoci al lavoro.

14. Prima della battaglia

Verso le sei della sera gli adulti avevano la gola arsa per il troppo parlare e cominciarono ad abbandonare il campo. I genitori spedirono SMS ai loro figli che si erano rintanati alla pajara, e gli altri iniziarono a sparecchiare le tavolate e lavare i piatti. Nonno Biagio tirò fuori le bottiglie d'amaro e cominciò a versare digestivi in bicchieri delle dimensioni di un pollice, mentre nel cielo il sole diventava sempre piú grande e rosso.

Per tutto il pomeriggio, Paolo era passato vicino al portico di Casa Vulía con una finta aria di tranquillità. Gli adulti non si accorgevano nemmeno della sua presenza, e non appena svoltava l'angolo il ragazzo riprendeva a correre, a organizzare, a controllare la situazione.

Avevano poco tempo: presto i ragazzi se ne sarebbero dovuti tornare a casa, e il giorno dopo c'era scuola... o almeno era quello che pensavano i grandi.

Paolo si incontrò con Laerte sul retro della masseria, davanti all'orto di nonno Biagio. Non appena lo vide, l'amico gli sorrise e scattò sull'attenti: – Signore, siamo pronti per la rassegna finale.

– Molto bene, – rispose Paolo, cercando di restare serio. – Da dove cominciamo?

– Dal deposito munizioni.

– Cioè dalle cantine.
I due ragazzi si spostarono insieme sul lato della grande casa. Non dovevano passare davanti al portico, dove c'era troppa gente per i loro gusti, e nemmeno dalla cucina, per non farsi notare dai genitori di Paolo.
Per fortuna si poteva accedere alle cantine anche da uno degli appartamenti in ristrutturazione. I ragazzi seguirono il perimetro di Casa Vulía fino a raggiungere la scalinata che portava alla camera di Paolo. La scala tagliava in due la parete, in diagonale, e i gradini formavano una tettoia sporgente sotto la quale spuntava la finestra senza infissi né vetri che i ragazzi usavano per darsi lo slancio quando scendevano con la corda.
Paolo e Laerte si guardarono rapidamente intorno e vi saltarono dentro. Dall'altra parte c'era un salone senza mobili. Ovunque polvere, sacchi di calce, cazzuole e scalpelli. Laerte starnutí forte.
– Scusa il disordine, – si giustificò Paolo. – È tutto un disastro, finché non saranno finiti i lavori.
I due superarono la sala e percorsero un corridoio buio che terminava con una porta di ferro scrostato. Da lí si scendeva per pochi gradini fino alla cantina, che in realtà era una semplice stanza quadrata e senza finestre.
C'erano due librerie di metallo con i ripiani pieni di vasetti di conserva, capperi sott'olio e altre delizie. Sul pavimento invece si trovavano numerose taniche di metallo verdi, con un ramo d'olivo disegnato in giallo sul fianco.
Giacomo, Nadia e altri cinque tra ragazzi e ragazze stavano accovacciati sul pavimento, con i pantaloni sporchi di polvere e le dita unte.

Una persona prendeva da un sacchetto alcuni palloncini di plastica vuoti e infilava un imbuto nella stretta apertura. Un altro ragazzo si occupava di riempire il palloncino versandoci dentro l'olio delle taniche. Poi il gavettone pieno veniva legato stretto e accumulato in un angolo insieme agli altri.
Laerte esclamò: – Rapporto sullo stato delle operazioni!
– Sissignor generale! – rispose subito Nadia. – Abbiamo preparato un mucchio di gavettoni. Quelli verdi sono pieni di olio, quelli rossi di acqua saponata, quelli piú piccoli di acqua e farina.
– Acqua e farina? – domandò Paolo, incuriosito.
Sghignazzando, Giacomo indicò il fratellino di Nadia, che in quel momento stava ordinando in base al colore i palloncini vuoti. Il piccolo aveva i capelli impiastricciati di lunghi filamenti biancastri e grumosi.
– Quelli sono gli effetti, signore. Il giovane Simone si è offerto di fare da cavia.
Anche Simone scattò sull'attenti, e Paolo non poté trattenere una grossa risata. – Molto bene, – approvò. – Mi raccomando, ancora una mezz'ora e poi basta.
– Chiudo la porta a chiave, d'accordo? – lo avvertí Nadia. – Qui nella cantina sono custodite le scorte di monete... Se dovessero sparire sarebbe un bel problema.
– Ottima idea, – approvò Paolo.

Antonio si trovava all'imboccatura del viale. Osservava attentamente i ragazzi che si allenavano tra gli alberi, marciando avanti e indietro o provando feroci tecniche di combattimento corpo a corpo.

Ogni soldato indossava un fazzoletto giallo legato al collo.
– Non so... – sussurrò Paolo a Laerte mentre si avvicinavano. – Domani qui potrebbero esserci poliziotti veri. E se qualcuno si facesse male?
L'amico gli strizzò l'occhio. – Fidati di noi. Ti garantisco che andrà tutto bene. Sarà una battaglia a modo nostro.
– Cioè? – domandò Paolo.
– Attaccheremo, ci nasconderemo e attaccheremo di nuovo. Hai visto i gavettoni in cantina: gli agenti non vorranno certo farsi bersagliare da bombe alle uova e farina. Sono certo che batteranno subito in ritirata.
– Oppure si arrabbieranno, – commentò Paolo sottovoce. Poi si voltò verso Laerte e gli posò le mani sulle spalle. – Mi raccomando, – disse. – Domani tu e Beatrice avete il compito di smascherare Palamà. Se trovate le prove dei suoi loschi affari, non ci sarà bisogno di combattere e sarà tanto meglio per tutti.
– Prometto che farò il possibile.
I due amici raggiunsero Antonio e passarono in rassegna il plotone di prima linea. Erano per lo piú ragazzi di terza media o di prima superiore, alti una spanna piú di Paolo, con le spalle massicce.
Antonio organizzò una rapida dimostrazione della loro efficienza, e i ragazzi cominciarono a saltare qua e là, nascondendosi dietro gli olivi, spuntando all'improvviso dai muretti, affrontandosi in allegre zuffe.
Al termine, Paolo e Laerte salutarono tutti e si avviarono verso la pajara. Il sole stava calando: Paolo aveva smesso di sudare e per la prima volta dall'inizio della giornata riusciva

a respirare a pieni polmoni. – Sai, – confidò a Laerte mentre camminavano. – Domani vorrei venire anch'io a casa del sindaco. Sono sicuro che sarei utile, parlerei con...
– Tu sei il re e devi stare qui. Potrebbero esserci un sacco di complicazioni e servirà il tuo intervento. Io e Beatrice ce la caveremo, vedrai.

Beatrice si muoveva freneticamente da una parte all'altra, cercando di non lasciare al suo cervello il tempo di riflettere. La pajara era stata trasformata in un'armeria. C'erano un sacco di ragazzi, e ognuno era impegnato a lavorare con temperini affilati, bastoni di legno e altra roba ancora.
Stavano costruendo delle armi, pensò la ragazza. Costruivano armi, e si preparavano a saltare la scuola il giorno successivo e a dare battaglia. Erano forse impazziti tutti?
Beatrice aveva una gran paura. Lei voleva diventare una poliziotta, e aveva sempre creduto che per riuscirci fosse importante adottare un comportamento ineccepibile. Adesso invece... No, non voleva pensarci, non era il momento. Da qualche parte, dentro di lei, sentiva che stava facendo la cosa giusta.
Tutti i suoi amici si stavano mettendo in gioco per salvare il regno, e anche lei doveva fare la sua parte.
– Che stanno combinando? – domandò Paolo, superando la bassa arcata d'ingresso.
– Te lo dirà lei, – rispose Laerte indicandola. – È il capo di questo settore.
Beatrice sorrise, ma si rese conto che doveva avere un aspetto orribile. Le lenti degli occhiali erano tutte sporche di polvere.
– Stiamo costruendo le armi, – spiegò. – I progetti sono stati

disegnati da Elena, che adesso sta dando ai ragazzi alcune lezioni di tiro. Io cerco di far proseguire il lavoro finché non torna.
– Che armi sono? – chiese Paolo.
Invece di rispondere, Beatrice si chinò verso uno spilungone dai capelli biondi e si fece consegnare l'oggetto su cui stava lavorando.
Era formato da un ramo robusto fatto a «Y». Attorno al manico era arrotolato un pezzo di stoffa spessa, mentre un elastico nero e dall'aria resistente era stato agganciato alle estremità dei due rebbi.
Era una fionda. Paolo provò a tendere l'arma, e Beatrice notò con soddisfazione che dovette sbuffare per riuscirci. – E questo dove l'avete trovato?
– È una camera d'aria di bicicletta, – disse. – Matteo è corso a Pagliarano apposta... Aveva bucato una gomma proprio pochi giorni fa, e cosí abbiamo trovato il materiale.
Beatrice restituí la fionda al biondino, poi sussurrò a Paolo: – Ci sarebbe piaciuto costruire anche un arco, ma non avevamo il legno giusto ed era troppo difficile.
Paolo cercò di consolarla con un sorriso. – Non preoccuparti, – disse, – sono sicuro che le fionde andranno benissimo.
– Perché non lo verifichi di persona? – propose Beatrice.

I bersagli erano stati sistemati in bilico sopra un muretto a secco: erano lattine di bibite vuote, rotoli di carta igienica, bottiglie di plastica e altra robaccia raccattata in giro.
A una ventina di passi di distanza, di fronte ai barattoli, era schierata una lunga fila di ragazzi armati di fionda, con un sacchetto pieno di sassi alla cintura.

Elena camminava davanti a loro, studiando il comportamento di ciascuno e offrendo suggerimenti per migliorare la mira. Paolo la raggiunse, accompagnato dall'amico.

– Ti ho assegnato il comando della prima linea insieme ad Antonio, – commentò prendendola un po' in giro. – Ma non pensavo di vederti combattere come un maschio.

– Ah ah, – commentò lei sarcastica. – Molto divertente. Ora ti faccio vedere quello che so fare.

La ragazza si fece prestare una fionda e scelse un sasso piccolo e rotondo. Si allontanò di qualche passo. Poi con un movimento fluido e rapidissimo sistemò il proiettile, tirò l'elastico della fionda portandolo ben oltre l'orecchio e lasciò partire il colpo. Ci fu un sibilo che tagliò in due l'aria, poi una delle lattine sul muretto si accartocciò e piombò a terra.

Tutti i ragazzi interruppero l'esercitazione per un piccolo applauso.

– Brava, – si complimentò Laerte, ammirato. – Dove hai imparato a tirare cosí?

– Da nessuna parte, – rispose Elena con fierezza. – Non per vantarmi, ma credo di essere un talento naturale. Comunque anche gli altri ragazzi sono in gamba, li ho selezionati di persona. Riescono a fare centro una volta su due, da una distanza di venticinque passi.

– Eh... uhm... Fantastico, – commentò Paolo. Stava per aggiungere qualcosa, quando venne interrotto da una voce preoccupata.

– Sua Maestà! – Antonio correva verso di loro, ansimando faticosamente.

– È successo qualcosa?

– Dobbiamo... dobbiamo andarcene. Gli adulti vogliono tornare a casa, e hanno chiamato i figli a raccolta.
In effetti erano le sette passate. Il tempo non bastava mai, avrebbero avuto bisogno di altri giorni di lavoro per essere davvero pronti.
Paolo guardò Laerte. – Hai capito bene cosa devi fare, domani?
– Io e Beatrice ci incontreremo alle otto meno un quarto. Nessun problema.
– Antonio?
Il ragazzo sorrise. – I miei sono pronti, quelli di Elena e Matteo pure, Nadia e Giacomo confermano che abbiamo munizioni in quantità.
Paolo assentí con il volto serio. – E tuo fratello, Luca?
– Domattina lui e Annalisa si incontreranno sulla via di scuola e penseranno a tutto. Vedrai, ce la faremo.
La via di scuola. Se il giorno dopo fosse stato un normale lunedí, Paolo avrebbe avuto lezione con il professor Bambino, poi due ore di ginnastica e due di matematica. Invece non si sarebbe presentato nessuno, quasi tutte le classi avrebbero fatto registrare un'assenza. La preside sarebbe diventata una furia, e cosí i loro genitori... Ma quello per cui lottavano era troppo importante.
– Bene ragazzi, – esclamò. – Ci vediamo domattina. Per quelli che saranno impegnati in missioni al di fuori della masseria: stanotte caricate i cellulari, li useremo per tenerci in contatto. Buona fortuna a tutti!

Quella sera a Casa Vulía si mangiò poco, giusto un po' di verdure avanzate dal pranzo, tutti riuniti attorno al tavolo grande che era stato spostato sotto il portico della masseria. Dopo una giornata cosí intensa nessuno aveva molta voglia di parlare. Paolo restò a rimuginare i suoi problemi quasi tutto il tempo, con il cappello da brigante appoggiato alle ginocchia.

Verso le otto i turisti si accomiatarono. Gli uomini avevano indossato i pantaloni lunghi, mentre le signore vestivano con abiti estivi di stoffa leggera. Andavano a San Gregorio: c'era una delle prime sagre della stagione e loro in fondo erano in vacanza.

Paolo si limitò a salutare Nadia con un sorriso, e vide che la ragazza mimava con le labbra le parole: «A domani».

Scese il buio. La signora Maria accese qualche candela alla citronella per tenere lontane le zanzare, Paolo ed Elisa sparecchiarono la tavola e tornarono fuori, a sentire le cicale che abbassavano il volume della loro canzone sempre uguale per poi lasciar scendere il silenzio.

Papà e mamma andarono a dormire presto, le luci della masseria si spensero. Attorno al tavolo esterno rimasero solo Paolo, sua sorella e nonno Biagio. I loro volti erano illuminati dalle fiamme arancioni e oscillanti delle candele.

Il nonno tolse di tasca il pacchetto di sigarette, ne accese una e dopo un istante di incertezza offrí il pacchetto anche a Elisa, che accettò.

– Non dovresti fumare, – biascicò il nonno. – Ti fa male. Io sono vecchio e ormai...

Elisa non rispose.

– Non esci stasera? – si informò Paolo.

La ragazza accese la sigaretta. – No, – rispose. – I miei amici

sono ancora a Bologna, arriveranno tra una settimana o giú di lí. Intanto mi godo le delizie della famiglia.
Il nonno scoppiò in una risatina secca. – Dicci la verità. Sei curiosa anche tu di sapere...
– Sapere cosa? – domandò Paolo.
– Quello che avete combinato tu e i tuoi amici durante tutto il pomeriggio –. Il nonno si stiracchiò sulla sedia e incrociò le mani dietro la testa. – Avete fatto il possibile per non farvi notare, ma vi ho visto trafficare in cantina con l'olio... Quando tuo padre scoprirà che avete aperto le sue taniche, diventerà furioso.
Elisa sghignazzò. – Io invece sono andata a fare una passeggiata e ho visto Antonio e altri ragazzi che facevano una specie di danza aerobica in mezzo agli alberi. E vicino alla pajara c'era Elena che tirava con la fionda.
Paolo nicchiò. – Vi sbagliate...
Entrambi lo guardarono con un'espressione fin troppo chiara: volevano la verità, e subito.
Non gli restò che confessare. Evitò di nominare la missione segreta di Laerte e Beatrice, ma spiegò che volevano dare battaglia al sindaco e che il giorno dopo tutti i ragazzi non sarebbero andati a scuola per stare lí, a Casa Vulía, e difendere il territorio.
– Non mi piace, – commentò nonno Biagio alla fine.
Paolo irrigidí la mascella in un'espressione caparbia. – Non ci puoi fermare, ormai, – protestò. – Ci siamo impegnati tanto, e siamo convinti che sia la cosa giusta da fare.
– Credo... – intervenne Elisa. – Credo che il nonno sia contrario all'uso della forza.

– E per due ottimi motivi, – completò l'anziano. – Vi troverete ad affrontare degli uomini adulti, magari addirittura armati. E non sapete come reagiranno davanti alla vostra dichiarazione di guerra. Per loro forse non è uno scherzo. Qualcuno potrebbe farsi male –. Il nonno guardò Paolo con severità, come se volesse stampargli quell'ammonimento dritto nel cuore. – Ma soprattutto, non è con la violenza che si risolvono i problemi.
Paolo sentí di nuovo quella specie di prurito malinconico che aveva provato già nel pomeriggio, vedendo Antonio e gli altri che maneggiavano i bastoni. – Allora, cosa facciamo?
– Potremmo schierarci davanti al viale d'accesso di Casa Vulía, – propose Elisa. – I nostri genitori e gli altri adulti andranno a Pagliarano, per provare a trattare con il sindaco... E noi faremo la guardia qui, e insceneremo una protesta pacifica. Insieme. Sono sicura che alla fine la spunteremo.
Paolo annuí, un po' sollevato, poi rischiò di rompersi la mandibola con un gigantesco sbadiglio. Era stata una giornata davvero impegnativa, aveva bisogno di dormire.
Salutò il nonno e la sorella e si arrampicò sulla scalinata che portava nella sua stanza, al secondo piano. Si infilò la maglietta che usava come pigiama e si lasciò cadere sulle coperte.
Sarebbe andato tutto bene, pensò. Anche sua sorella e il nonno ne erano convinti. Gli restava solo una cosa da fare...
Paolo scivolò nel sonno prima di ricordarsi *che cosa* doveva fare. E quello, a pensarci con il senno di poi, fu un grosso errore.

15. Dichiarazione di guerra (lunedí 7 giugno 2010)

Il sindaco Leo Palamà si svegliò che non erano ancora le sette. La sera prima aveva dimenticato di chiudere le imposte e ora il sole gli batteva dritto sugli occhi, rendendogli impossibile dormire. Di solito un simile contrattempo lo avrebbe fatto infuriare, ma quel giorno era troppo contento per lasciarsi toccare da simili piccolezze.

Scese dal letto infilando i piedi bianchi e grassocci nelle pantofole, quindi mormorò soddisfatto: – Oggi è una splendida giornata!

Alle otto e mezza avrebbe telefonato al ragionier Fantini per mettere a punto gli ultimi dettagli. Finalmente avrebbe potuto dirgli che la questione era chiusa, Casa Vulía stava per diventare una loro proprietà.

Alle nove e mezza invece aveva in programma l'incontro con il comandante dei vigili urbani. Non era proprio entusiasta di mettere i suoi uomini a disposizione di Palamà, ma il sindaco era pur sempre il suo diretto superiore.

Infine lo aspettava la cavalcata trionfale fino alla masseria, dove Palamà si sarebbe sbarazzato una volta per tutte di quel piantagrane di Giovanni Rizzo, soffiandogli sotto il naso la casa e i terreni. Chissà che faccia avrebbe fatto entro qualche anno, vedendo sorgere su quei campi inutili un ricchissimo albergo extra-lusso!

Ma per il sindaco la cosa migliore era che tutto si sarebbe svolto all'insaputa di sua moglie. Quando aveva scoperto che Palamà aveva convinto Fantini a licenziare gli operai, la sua Annuccia era andata su tutte le furie. Il sindaco si era inventato ogni genere di fandonia per convincerla a parlargli di nuovo, ma in cuor suo aveva sempre temuto un'altra litigata come quella.
Adesso invece non c'era nessun problema, aveva predisposto ogni cosa come un meccanismo ben oliato. Leo Palamà odiava gli imprevisti, e quel lunedí era troppo importante per commettere il minimo errore.
Fischiettando tra sé di contentezza, il sindaco si dedicò alla toeletta mattutina, si tolse il pigiama di seta (ultimamente gli andava stretto, avrebbe dovuto farselo sistemare dal sarto), poi si vestí con il suo completo migliore. Faceva caldo per indossare la giacca, ma per certi appuntamenti bisognava essere impeccabili.
Nel frattempo la villa si stava riempiendo di rumori, anche suo figlio Enzino si era svegliato e si preparava per andare a scuola. La sera prima Leo Palamà si era accorto che il ragazzo era un po' triste: per forza, con tutti i suoi amichetti impegnati a giocare a re e regine alla masseria. Ma anche quel problema stava per essere risolto.
Intanto, una tazza di latte e cioccolato e qualche biscotto avrebbero restituito il buonumore al pargolo.

La mamma controllò con occhio critico l'abbigliamento dei suoi due figlioli, stampò un bacio sulla fronte del piccolo Luca e sistemò il collo della maglia di Antonio.

– Lo affido a te, – si raccomandò al fratello piú grande. – Accompagnalo a scuola e aspetta che sia entrato dai cancelli prima di andartene. E buone lezioni a tutti e due.
– Sí mamma, – sbuffò Antonio, cosí emozionato che non riusciva a stare fermo un attimo.
La madre gli sorrise. – Non fare quella faccia, dopotutto mancano solo tre giorni! Poi sarete in vacanza!
– Oh, ma non è per quello che è agitato, – esclamò Luca. – La verità è...
Antonio gli rifilò un rapido scappellotto e il ragazzino si voltò verso di lui con la faccia seria.
Per fortuna la mamma non si accorse di nulla. Diede un altro bacio a entrambi e restò a guardarli mentre Antonio tirava fuori la bicicletta dal garage e si dirigeva verso la scuola insieme a Luca.
– Stavi per combinare un bel guaio, – lo rimproverò Antonio non appena ebbero girato l'angolo. – La mamma poteva insospettirsi.
– Veramente mi volevo inventare una scusa, tipo che a scuola c'è una ragazza che ti piace e per questo sei cosí elettrico. Non hai neanche fatto colazione, quello sí che rischiava di far insospettire la mamma.
Antonio mugugnò qualcosa senza rispondere. Il fratellino aveva ragione, ma quel giorno era davvero troppo teso per mangiare.
– E poi, – continuò Luca, – sono io che oggi ho il compito piú importante. Devo andare al municipio e dichiarare guerra al sindaco! Farò l'ambascia-attore del regno.
– Si dice ambasciatore, non ambascia-attore, – commentò

Antonio. – È una parola sola. Comunque ci sarà Annalisa con te. Dichiarerete guerra insieme. Ricordi bene quello che devi dire?
Luca annuí con convinzione. Per tutto il pomeriggio precedente, Antonio l'aveva sentito ripassare il discorsetto che gli aveva insegnato Paolo. – Io, ambascia... tore del Libero Regno dei Ragazzi, sono venuto qui per annunciare ufficialmente che Sua Maestà Paolo dichiara guerra al comune di Pagliarano. In fede, Luca.
Invece di seguire la solita strada di ogni giorno, i ragazzi svoltarono in una traversa e camminarono a passo svelto verso il municipio, seguendo un labirinto di stradine secondarie per non farsi vedere.
Erano d'accordo di incontrare Annalisa alla pasticceria Vabbé. Era un posto minuscolo, con un tendone color crema sul davanti e alcuni tavolini sistemati all'ombra. Si trovava nella posizione ideale: in una via fuori mano in modo da non attirare l'attenzione, ma ad appena un minuto a piedi dal municipio.
Annalisa li aveva preceduti e stava seduta all'aperto, mangiando un cornetto. Lo stomaco di Antonio brontolò, ricordandogli che era solo colpa sua se adesso aveva tanta fame.
– Ehilà ragazzi, – li salutò l'amica. – Pronti per il grande giorno?
Antonio guardò sospettosamente la padrona della pasticceria. La comare Cia Vabbé stava pulendo il bancone del bar con uno straccio.
– Non è che...
– Niente paura, – rispose Annalisa. – Le ho parlato, e non c'è

problema. Ha detto che è stata giovane pure lei e sa quant'è difficile andare a scuola negli ultimi giorni. Non farà la spia.

– Molto bene.

Antonio diede una pacca sulla spalla a Luca e fece per montare in sella alla sua bici, ma Annalisa lo fermò sventolandogli la brioche calda di forno sotto al naso. – Non ti va di fare colazione, prima?

– Uh, non vorrei fare tardi... – cominciò il ragazzo, ma il suo stomaco pensò bene di mettersi a rumoreggiare proprio in quel momento con un fragore sordo di temporale.

I tre scoppiarono a ridere, e Antonio si arrese. – Va bene, dài, giusto un minuto... Tanto gli altri non arriveranno a Casa Vulía prima delle otto e mezza.

Come ogni mattina Paolo uscí di casa con lo zaino in spalla, prese la bici e percorse il vialetto in tutta fretta, con l'aria scarmigliata di chi non vuole assolutamente arrivare in ritardo.

Svoltò sulla strada e percorse un centinaio di metri, poi nascose la bici in mezzo ai cespugli e tornò indietro lungo i campi, accovacciandosi dietro una macchia di fichi d'India. Da quella posizione poteva controllare il viale e la strada, sorvegliando la zona senza essere visto. I sassi aguzzi gli pungevano la suola delle scarpe: erano ancora freddi, ma nel giro di poche ore con quel sole sarebbero diventati incandescenti.

– Pssst! – lo chiamò Nadia. La ragazza lo raggiunse di corsa e si nascose accanto a lui, dietro le pale spinose. – Missione compiuta. Sono passata dalla cantina e ho aperto la porta, in modo da tenere le munizioni a portata di mano. E...

Paolo le fece cenno di parlare sottovoce. – I tuoi genitori se ne vanno? – domandò.

– Sí, al mare. Il mio fratellino ha chiesto di vedere la sabbia, perciò dovranno andare fino a Torre Vado.

Paolo annuí compiaciuto: per arrivarci c'erano piú di venti chilometri di strade tortuose, non sarebbero tornati prima di sera.

– Non hanno fatto storie a lasciarti qui, da sola?

– Ma no, ho spiegato che non mi sentivo molto bene e che questo pomeriggio sareste venuti voi. Sono stati contenti.

I due ragazzi si misero ad aspettare. Dopo una ventina di minuti, videro le grosse monovolume che si allontanavano in direzione del mare.

Nel frattempo, cominciarono ad arrivare i ragazzi da Pagliarano, in gruppetti di due o tre per volta. Facevano un sacco di chiasso lungo la strada, gridando e ridendo come se fossero in vacanza.

Non appena fu arrivata anche Elena, Paolo le ordinò di accompagnare tutti alla pajara. Lui non poteva muoversi finché i suoi genitori non avessero levato le tende.

Aspettò ancora. Sembrava che le lancette dell'orologio fossero ferme, i minuti non passavano mai. Paolo continuava a portare il quadrante all'orecchio per assicurarsi che non si fosse fermato, ma poi sentiva il *toc toc toc* del meccanismo, una cadenza lenta e regolare.

Ma soprattutto lenta.

Beatrice e Laerte dovevano incontrarsi sulla via per Tricase Porto, all'ombra della quercia vallonea.
La ragazza arrivò per prima e scavalcò il basso recinto che circondava l'enorme albero secolare, con il tronco gigantesco e una chioma imponente che ricopriva l'intero spiazzo erboso e parte della strada vicina.
Un cartello avvertiva che quell'albero aveva piú di settecento anni e veniva chiamato anche «la quercia dei cento cavalieri» perché, secondo la leggenda, nel Medioevo i suoi rami avevano offerto riparo al re Federico II e a tutti i suoi soldati durante un fortissimo temporale.
Beatrice aveva deciso che quello era il posto perfetto per dare inizio alla sua personale battaglia in difesa di Casa Vulía. La madre degli alberi, come la chiamavano, le avrebbe infuso il coraggio di cui aveva bisogno.
Stava per violare la legge. La ragazza non era ancora un'agente di polizia, ma aveva visto abbastanza telefilm per sapere che introdursi nella casa di un'altra persona era un reato molto grave.
«Ma in questo caso è a fin di bene, e probabilmente il sindaco Palamà è un criminale, – pensò la ragazza. – Sono sicura che al mio posto la dottoressa Carli farebbe la stessa cosa».
– Che albero meraviglioso, eh? – disse Laerte, parcheggiando la bici e indicando con il dito le ampie fronde. Il ragazzo fece un sorrisetto nervoso. – Quando ero piccolo mio padre mi accompagnava sempre qui, durante le nostre passeggiate. Ogni volta mi raccontava la storia di uno dei cento cavalieri del re, ed erano sicuramente favole che si inventava sul momento, però... – Laerte cambiò argomento all'improvviso,

come se volesse scacciare quel velo di malinconia che gli era sceso sugli occhi. – Hai avuto problemi a venire qui? – domandò.

– Nessuno, – rispose Beatrice. – A parte il fatto che dovremmo essere in classe e mi sento terribilmente in colpa. Tu?

– Mia mamma è uscita presto. Doveva passare in ufficio per chiedere qualche ora di permesso, si troverà piú tardi al municipio con i genitori di Paolo e andranno tutti insieme a parlare con il sindaco.

– Molto bene, allora. Ci muoviamo?

Rimontarono in sella alle biciclette e si avviarono verso la villa del sindaco. Incrociarono un'auto che veniva nella direzione opposta alla loro, verso Pagliarano, e per un momento Beatrice pensò di tuffarsi tra i cespugli di more ai margini della strada, ma la vettura era troppo veloce. La Mercedes sfrecciò accanto a loro a tutto gas, e a bordo il ragazzo vide il sindaco Palamà con un grosso paio di occhiali da sole.

– Secondo te ci ha notati? – mormorò Beatrice, con il cuore in gola.

– Macché, sorrideva e sembrava perso nei suoi pensieri. Inoltre Enzo non era con lui: siamo ancora in tempo.

Iniziarono a pestare sui pedali, aumentando l'andatura finché non giunsero in vista della villa.

Si trovavano in aperta campagna e tutt'intorno si vedevano solo olivi, cespugli di cappero e campi di tabacco. La grande casa era circondata da un alto muro di cinta. Il cancello di ferro battuto era un intreccio di spuntoni e maglie cosí fitte che non si riusciva a sbirciare l'interno.

– Dicono che dentro c'è una piscina grandissima, – sussurrò Laerte.
– E una collezione di nani da giardino. Ma non so se sia vero...
– Avremmo dovuto chiederlo a Enzino.
– E lui non ti avrebbe risposto. Non parla molto, quel ragazzo. È troppo timido.
– Per forza, con un padre cosí... Ma adesso lo scopriremo con i nostri occhi.

Laerte si concentrò per studiare i dintorni. Forse dovevano trovare un nascondiglio, un posto dove prendere di sorpresa il figlio del sindaco... O forse era meglio di no, non dovevano lasciargli il tempo di reagire.
Il pomeriggio precedente il ragazzo aveva ascoltato il piano di Paolo e gli era sembrato facile e persino divertente, ma adesso che si trattava di metterlo in pratica era tutta un'altra faccenda. Enzo poteva non essere solo, qualcuno rischiava di vederli...
– La moglie del sindaco è in vacanza, – lo rassicurò Beatrice.
– E...
Non riuscí a finire la frase, interrotta dal cigolio metallico del cancello che si apriva minaccioso davanti a loro.
Laerte fissò Beatrice, vide che la ragazza annuiva, prese un bel respiro e corse oltre la soglia.
Notò con la coda dell'occhio Enzo Palamà che spingeva fuori la sua bicicletta, con lo zaino pesante e l'aria assonnata. Gli fu addosso prima che potesse rendersi conto di qualunque cosa.
– Ahia! – strillò Enzo. – Ma che fai? Chi sei?

Beatrice corse alle spalle di Laerte per aiutarlo.
Si rotolarono tutti e tre sull'erba del prato all'inglese, in un viluppo spigoloso fatto di braccia, gambe, libri e ruote di bicicletta.
Enzino Palamà era gracile e piccolo di statura, ma si stava difendendo con una grinta che Laerte non avrebbe mai sospettato.
Il ragazzo ricevette una gomitata nello stomaco che rischiò di farlo vomitare, usò le gambe per stringere il suo avversario alla vita e si afferrò con i denti al colletto della maglia. – Faffendifi! – gridò.
– Che cosa? – domandò Enzo.
– Ha detto: arrenditi! – rispose Beatrice.
Con un gesto da professionista, la ragazza afferrò le braccia del figlio del sindaco e gliele girò dietro la schiena. Enzino gridò di dolore, e anche Laerte, che aveva ricevuto una nuova gomitata, questa volta in pieno volto.
Lasciò la presa, osservando Beatrice che teneva saldamente i polsi di Enzo. Il ragazzo aveva le braccia piegate in una posa cosí innaturale che Laerte si sentí male al solo vederlo.
Riprese fiato. Davanti a lui, il cancello automatico cominciava già a richiudersi tagliando fuori il resto del mondo. Il giardino della villa era molto curato, l'erba cosí morbida che sembrava velluto, e c'erano davvero le statue dei nani, una settantina, ognuno con il cappello a punta colorato di rosso e delle pose ridicole.
Enzo Palamà stava piangendo. – Mi fate male...
– Se ti lascio andare, – propose Beatrice, – prometti di non scappare?

– E come potrei? Siete in due contro uno, bella roba da vigliacchi.
La ragazza mollò la presa, ed Enzo cominciò a tirare su con il naso e massaggiarsi i polsi. – Che volete da me? Io non vi ho fatto niente.
– Era solo un modo gentile per convincerti a collaborare, – esclamò Laerte, che cominciava a sentirsi davvero un vigliacco. – Ci serve un piccolo favore.
– Da me? Ma io non...
– Oh, – intervenne Beatrice, – è una cosa da niente. Vogliamo entrare in casa e guardare tra le carte di tuo padre.
Di colpo negli occhi di Enzo brillò un lampo di comprensione, e il ragazzo cominciò a tremare dalla testa ai piedi.
Laerte sospirò: non vedeva l'ora di uscire dalla villa e mettere la parola fine a tutta quella storia.

I ragazzi erano cosí tanti che il portico della masseria non riusciva a contenerli, e avevano dovuto radunarsi anche fuori, sotto il sole impietoso, con i capelli appiccicati alla fronte sudata.
Paolo salí su una sedia e li guardò con attenzione, cercando di contarli. Era un'impresa disperata, perché non ce n'era uno che stesse fermo: un gruppetto di prima media giocava a rincorrersi sotto gli olivi, alcune ragazze chiacchieravano, altri agitavano fionde e bastoni o i primi gavettoni che avevano prelevato dalla cantina. Da un lato Ciccio Presti e i Tristi stavano guardando qualcosa sul telefonino, di là Giacomo e Matteo cercavano di riportare l'ordine.
Paolo concluse che nel cortile c'erano tra le settanta e le cento persone. Davvero tanta gente, circa metà dei suoi compagni

di scuola. Chissà la faccia della preside, quel giorno, quando si sarebbe ritrovata di colpo con le aule deserte.
I genitori di Paolo avevano lasciato Casa Vulía un po' prima delle nove, il nonno ed Elisa invece erano rimasti e adesso lo osservavano dalla porta della cucina.
Il re li salutò con la mano, poi si voltò verso Elena. – Antonio si è fatto vedere?
– Non è ancora arrivato. Forse c'è stato qualche imprevisto.
Paolo sbuffò, erano passate le nove e i suoi sudditi stavano diventando irrequieti. Avevano saltato la scuola e adesso potevano trovarsi al mare, o in paese a guardare le vetrine. Erano venuti alla masseria per la battaglia, perché pensavano che fosse divertente, e invece si stavano annoiando a morte.
– Ragazzi, ragazzi, scusate! – chiamò a gran voce, agitando le braccia. – Ho bisogno di parlarvi –. Non riuscí a ottenere il silenzio, ma le urla si ridussero a un brusio soffocato. – Devo farvi un annuncio importante. Oggi, sentitemi bene, non ci sarà nessuna guerra!
Venne interrotto da un boato di fischi e proteste.
– Che stai dicendo? – lo apostrofò una ragazza con i capelli a caschetto. – È uno scherzo?
– E le fionde? – domandò un altro.
– E i gavettoni?
Paolo scosse la testa. – Niente fionde e niente gavettoni. E niente bastoni. Fate silenzio, per favore! I miei genitori... e un sacco di altri adulti sono andati al municipio per parlare con Palamà. Se non avranno successo, qui potrebbe venire la polizia. Volete davvero affrontarla?
– Sí!

– Con i gavettoni!
Paolo scosse la testa. – No, no, no! – esclamò. – Noi siamo gente pacifica, non è cosí che risolviamo i problemi. Faremo una protesta non violenta... un cordone di persone. Prepareremo dei cartelli... e se vengono i poliziotti, li convinceremo ad andarsene. Ma non voglio che qualcuno si faccia del male.
Sentí altri fischi, vide lo sguardo perplesso di Elena, si rassegnò a scendere dalla sedia. – Non l'hanno presa bene, eh? – domandò.
– Pare proprio di no.

Antonio aveva il fiatone, si sentiva le gambe pesanti come piombo e la sua dannata Graziella non si decideva ad andare piú veloce. C'era una luce abbagliante e faceva un caldo da agosto inoltrato, la pelle era ricoperta da un velo di sudore che gli incollava i vestiti e ostacolava i movimenti.
– Stupido che sono, – ansimò tra sé, mentre percorreva la strada che da Pagliarano portava alla masseria. – Proprio oggi dovevo fare tardi.
Non era stata proprio tutta colpa sua. Si era fermato al bar della Cia Vabbé giusto il tempo di mangiare un pasticciotto alla crema. Poi i ragazzi avevano cominciato a chiacchierare del piú e del meno, Antonio non immaginava che Annalisa fosse cosí simpatica, in due anni nella stessa classe non avevano mai scambiato piú di qualche parola. Invece era un tipino allegro, con un sorriso splendido e occhi scintillanti. Dopo un po' ad Antonio era venuta di nuovo fame, allora aveva preso un altro pasticciotto.

Infine la situazione era precipitata: il municipio era stato circondato di automobili, Antonio aveva riconosciuto la Fiesta dei genitori di Paolo e la Panda della Vata Noma. Erano arrivati gli adulti, dovevano parlare con il sindaco.
Luca era scattato in piedi, Annalisa aveva annuito. Antonio aveva guardato il grande orologio quadrato appeso sopra al bancone del bar e si era accorto che era terribilmente tardi.
E adesso si ritrovava lí, con la lingua a penzoloni come quella di un cucciolo accaldato, e doveva raggiungere Casa Vulía il prima possibile.
Chiamando a raccolta tutte le sue forze, il ragazzo si alzò in piedi sui pedali e la Graziella sbandò sul ciglio della strada mettendo le ruote sottili sul brecciolino.
Antonio strinse i denti, riportò la bici sull'asfalto, diede un'altra pedalata e si accorse che qualcosa non andava. Un rumore frusciante, la ruota non scorreva bene, il manubrio ondeggiava come un animale imbizzarrito.
– Oh no! – gridò, e la sua voce si perse tra gli alberi.
Frenò, smontò di sella e si accucciò davanti alla bici. La gomma anteriore era diventata molliccia, e controllandola bene si accorse che una scheggia di vetro si era infilzata nel copertone. Aveva bucato. Non era possibile tanta sfortuna, e proprio in un giorno cosí importante!
Antonio diede un calcio alla bici, con rabbia, poi la sistemò a lato della strada e la chiuse con il lucchetto. Ora avrebbe dovuto raggiungere Casa Vulía a piedi, un altro contrattempo con la fretta che aveva.
Dopo un attimo di riflessione, cominciò a correre.

Nel municipio faceva fresco, eppure il signor Giovanni si sentiva soffocare. Aveva voglia di sbottonarsi la camicia buona e di arrotolare fino al ginocchio i pantaloni lunghi.
Non aveva chiuso occhio tutta la notte, e ora era venuto il momento di parlare con Palamà.
– Non preoccuparti, tesoro, andrà tutto bene, – lo incoraggiò sua moglie Maria sfiorandogli il gomito.
Giovanni annuí.
Erano in tanti, una decina tra genitori e amici, ed erano tutti dalla sua parte. In quanto capofamiglia lui doveva essere sereno e convincente, c'era in ballo Casa Vulía e il futuro dei suoi cari.
– Andrà bene, – ripeté meccanicamente, salendo le ampie scale di marmo che portavano al secondo piano, dove c'era l'ufficio del sindaco.
Sbucarono in un corridoio spazioso con una lunga fila di porte sui due lati. In fondo c'era un bancone dietro al quale stava seduta una signora di mezza età, con occhiali a mezza luna in bilico sul naso.
– Quanta gente, – osservò vedendoli arrivare. – Cosa posso fare per voi?
– Dobbiamo vedere il sindaco, – dichiarò il signor Giovanni, cercando di nascondere il tremolio nella voce.
– Tutti quanti?
– Sí, – intervenne la signora Maria. – E con urgenza, per favore.
– Aspettate qui.
La segretaria sparí dietro una porta di legno massiccio, tornò dopo un istante ed esclamò: – Può ricevervi.

Giovanni entrò per primo, seguito da sua moglie e via via da tutti gli altri: c'era la Vata Noma, il signor Pededecornala, Ciospola e Campana, il signor Totiri, Vito Carrozzella e il macellaio Presti.

La loro presenza in qualche modo gli dava conforto.

L'ufficio era piccolo ma luminoso, con una grande finestra e mobili eleganti.

Il sindaco stava seduto alla scrivania con delle scartoffie in mano, e non appena li vide entrare fece un sorriso caloroso. Giovanni notò che lo sguardo era gelido, come sempre.

– Benvenuti, – li salutò. – Signor Giovanni, allora, ha deciso di accettare la mia proposta e mettere una firma su quel contrattino?

Lui non rispose.

Il sindaco dovette accorgersi che qualcosa non andava per il verso giusto, perché disse: – Vedo che ha portato un po' di aiutanti. Ci sono problemi?

Giovanni fece per rispondere, ma sua moglie lo anticipò. Prese dalla borsa alcune carte e le porse al sindaco. – Qui, come può vedere, ci sono le prove che Casa Vulía è un regno indipendente fin dal 1861, e né il governatore d'Otranto dell'epoca né i suoi successori si sono mai opposti formalmente. Perciò il nostro avvocato sostiene che in questo caso vale il principio del silenzio assenso, e noi non abbiamo nessuna intenzione di vendere, e anzi, vogliamo...

– Ah ah ah ah! – Il sindaco esplose in una risata di autentico divertimento. – È questa la vostra linea di difesa? Che siete un regno?

– Sí... – mormorò il signor Giovanni.

Leo Palamà smise di ridere, controllò appena le carte e le rimise al loro posto.
– Forse avete ragione, – commentò. – Chissà. Ma anche se fosse vero dovrete dimostrarlo, e non è affatto detto che un tribunale vi dia ragione. Intanto, invece, ci sono alcuni fatti dimostrabili e sotto gli occhi di tutti: avete impiantato un campeggio abusivo, e un centro doposcuola senza educatori preparati. In quanto sindaco, ho il dovere di farvi chiudere il prima possibile e ho già avvertito i vigili perché vengano a mettere i sigilli.
– Non potete farlo! – sbraitò la Vata Noma, facendosi avanti. – Non è giusto.
– È la legge, – rispose asciutto Palamà.
Giovanni si accorse che il sindaco guardava proprio lui, con tutta la gravità di cui era capace.
– Signor Rizzo, ho cercato di offrirle una scappatoia semplice e comoda per tutti. So che il licenziamento dalla fabbrica Fantini è stato un duro colpo, e in quanto guida di questo paese ho cercato di aiutarla in ogni modo. Ma capisce bene che, rifiutando il mio aiuto, non mi lascia altra scelta: il ruolo che ricopro impone degli obblighi, e devo fare le verifiche del caso.
Giovanni stava per ribattere, quando sentí la segretaria che strillava all'esterno dell'ufficio e un rumore di passi rapidi e leggeri.
Si aprí la porta e fece il suo ingresso Luca, il fratellino di Antonio.
– Che ci fai tu qui? – chiese la comare Vata Noma. – Dovresti essere a scuola.

Luca le sorrise, con le guancette accaldate, poi si voltò verso il sindaco. – Sono... sono qui come ambasciatore del Libero Regno dei Ragazzi, – declamò. – Sono venuto per annunciare, a nome di re Paolo, che il regno dichiara guerra al comune di Pagliarano. Siamo in tanti e siamo armati, e dovrete arrendervi!

– Co-come? – domandò il signor Giovanni con un filo di voce, visto che cominciava a non capirci piú niente.

Luca ripeté, come una filastrocca imparata a memoria: – Sono venuto a nome di re Paolo, il règno dichiara guerra al comune di Pagliarano. Arrendetevi!

La Vata Noma e sua moglie Maria si chinarono davanti al ragazzino. – Ma parli sul serio? Chi ti ha detto di venire qui?

– Paolo...

Le persone nell'ufficio iniziarono a parlare tutte insieme. Guerra? Armi? Che stavano combinando i loro ragazzi? Ma a quell'ora non dovevano essere in classe?

Di nuovo sentirono la segretaria che si metteva a gridare, e di nuovo la porta si aprí come per l'urto di un uragano. La preside delle scuole medie entrò di volata, seguita dal professor Bambino.

– Oh, finalmente, eccovi qui! – esclamò la donna con sollievo.

– Per fortuna la Cia Vabbé vi ha visto entrare... perché dovevo dirvi che... Non c'è nessuno.

– Non c'è nessuno, dove?

– Non c'è nessuno a scuola! Le aule sono deserte, i ragazzi oggi non sono venuti!

I genitori si guardarono perplessi, Giovanni sospirò rassegnato.

– Ora basta! – strillò il sindaco Palamà, picchiando il palmo della mano aperta contro la scrivania. – Mi sono stancato di queste follie. Andiamo alla masseria e facciamola finita! E sarà meglio che mi seguiate in silenzio se non volete essere tutti arrestati!

16. Colpo di Stato

Erano le dieci del mattino e stava andando tutto a catafascio.
Al centro dello spiazzo, Paolo girava su se stesso come una banderuola segnavento. Il portico della masseria, il cortile, il pergolato, il bagno... E ovunque c'erano le stesse facce arrabbiate o annoiate.
Era stata un'idea balzana fin dall'inizio: come gli era saltato in mente di chiedere a metà scuola di non presentarsi a lezione, per restare a difendere la masseria? E difenderla da chi, visto che non era venuto nessuno?
Paolo si era aspettato che i compagni lo seguissero sempre e comunque, come un vero capo. Il giorno prima era stato tutto diverso, tra armi da costruire e gavettoni da preparare. Ma adesso?
Elena gli corse incontro trafelata. – Se ne vanno.
– Chi?
– Le ragazze di terza media. Hanno detto che è inutile buttare via la giornata qui: vogliono andare al mare.
– Ma non possono, io...
Arrivò Matteo. – Cinque ragazzi hanno già preso le bici e ritornano in paese.
Paolo non sapeva che fare. Perché tutti si comportavano a quel modo? Perché non restavano composti, e portavano pazienza ancora qualche ora?

– Dovevamo immaginarlo, – lo consolò Elena. – Un conto è partecipare a una grande battaglia... Un altro è restare qui senza niente da fare, con questo caldo.
Paolo si asciugò il volto sudato con l'angolo della maglietta. Suo nonno osservava tutto dalla cucina, con una sigaretta spenta in bocca. Perché non interveniva?
– Antonio...! – esclamò Matteo.
Paolo si girò di scatto e usò le mani per proteggersi dal riverbero del sole. Era proprio Antonio, che trotterellava verso di loro. Sbuffava come una locomotiva ingolfata, le mani penzolavano avanti e indietro in un goffo tentativo di corsa.
Era arrivato! Forse lui poteva risolvere la situazione!
– Che fine hai fatto? – lo rimproverò Paolo. – Hai visto che ore sono?
– Io... anf... la bici... sbuff... il pasticciotto...
– Che stai dicendo?
– Ho avuto... la battaglia... siamo pronti...?
Paolo pestò i piedi a terra. – Non c'è nessuna battaglia, – annunciò. – L'ho appena detto a tutti, organizzeremo una protesta pacifica, ma l'idea non è piaciuta e vogliono andarsene.
– Come... sarebbe...
– Non cominciare anche tu, adesso!
Antonio lo bloccò subito. – No, no, intendevo dire: mio fratello Luca poco fa è entrato in municipio per dichiarare guerra al sindaco!
Paolo smise di respirare. Ecco cosa doveva fare la sera prima! Si era dimenticato di avvertire Luca di non dichiarare guerra a nessuno, e starsene tranquillo alla masseria insieme agli altri!

Attorno a lui si era radunata un po' di gente. Elena, Nadia, Matteo, Ciccio Presti e i Tristi lo fissavano aspettando una reazione. Antonio stava piegato sulle ginocchia e cercava disperatamente di riprendere fiato.
– Non è possibile! – strillò Paolo, con una vocetta acuta da bambino spaventato. – Dobbiamo telefonare e dire che non ci sarà nessuna guerra, e...
– Oh, ma non è vero, – disse Ciccio Presti. – La guerra ci sarà.
Il figlio del macellaio alzò una mano e colpí Paolo alla testa con un piccolo schiaffo.
Il cappello da brigante volò nell'aria, roteando su se stesso, e Ciccio lo acchiappò con gesto sicuro. Poi si calcò in testa il copricapo.
– Come hai detto? – domandò Paolo. – Perché hai preso...
I Tristi si strinsero attorno al loro capo, formando una muraglia solida di magliette firmate e catenine d'oro scintillanti.
Ciccio allargò le braccia. – Ho detto solo che la guerra ci sarà. Io indosso il cappello del brigante, dunque sono il nuovo re. E il re è quello che decide.
Paolo, Antonio ed Elena avanzarono compatti verso di lui, ma i Tristi lo protessero incrociando le braccia.
– Non ricordi le leggi? – lo scherní Ciccio sghignazzando. – Dovresti, visto che le hai scritte tu. La sesta legge dice che «il re è colui che indossa la corona». Ora io ho in testa questo stupido cappello, perciò sono il re.
– Ma non è cosí che funziona! – protestò Paolo.
Ciccio cominciò a ridere. – Ah, no? – domandò. – Chissà se i tuoi sudditi sono d'accordo.
Si voltò verso il gruppo di ragazzi riunito attorno a lui, e per

una volta non si stava rivolgendo alla cerchia ristretta dei Tristi, ma a tutti gli altri. – Avete sentito? – gridò. – Paolo dice che la legge non conta nulla. Anche se ho preso il cappello del brigante, non posso diventare re!

Paolo restò sbigottito davanti al silenzio che era calato intorno a Ciccio, nell'ampio cortile della masseria.

Quando Paolo aveva provato a parlare alla folla, aveva dovuto dar fondo alla voce pur di farsi sentire. Adesso invece sembrava che tutti aspettassero con impazienza le parole del capo dei Tristi.

– E va bene, – continuò il ragazzo. – Lo ammetto: la legge del cappello è molto molto stupida. Indovinate un po' chi l'ha decisa?

Ci furono risatine, colpetti di gomito. I cittadini del regno stavano prendendo in giro il re! Dov'erano finiti gli applausi e i complimenti a cui Paolo aveva cominciato ad abituarsi?

– Perciò, voglio che siate voi a decidere chi deve essere re. Paolo vi ha chiesto di non andare a scuola. Siete venuti qui in questa giornata splendida, e tutto quello che avete fatto finora è... aspettare! Niente di divertente, nemmeno un succo di frutta da bere! E adesso Sua Maestà dice che non ci sarà la guerra, perché ha paura e se la fa sotto, anche se voi avete lavorato tanto per prepararvi a combattere!

Antonio si avvicinò a Paolo prendendolo per un braccio. Incredibile ma vero, alcuni dei ragazzi avevano cominciato ad applaudire Ciccio. Prima timidamente, poi sempre piú convinti.

Paolo ricordò di quando Ciccio gli aveva chiesto di vedere il cappello da vicino. E quando si era messo a esaminare le leggi

appese nella pajara. Aveva pianificato tutto da chissà quanto tempo. Ecco il suo vero scopo: diventare re.
– Se deciderete di riconoscermi come nuovo sovrano, oggi sarà la giornata piú divertente della vostra vita. Parteciperete alla battaglia piú incredibile della storia, potremo fare tutto quello che ci pare e nessuno ci fermerà. E non è finita... ho deciso anche di distribuire a voi il tesoro del regno!
La folla si aprí in due e Paolo vide uno dei Tristi che raggiungeva di corsa il suo capo. In mano reggeva un grosso sacco di stoffa.
All'inizio non lo riconobbe, ma Elena gli rinfrescò la memoria: – Le monete... Nel sacco ci sono le scorte di monete del regno.
Quella pazzia era durata anche troppo. Paolo puntò un dito contro Ciccio. – Lascia subito quel sacco. Non è tuo! Quelle monete valgono come soldi veri, hai capito? L'abbiamo promesso, e...
– Sentito? – gridò Ciccio. – Il re non vuole dividere il tesoro!
– BUUUUUH! VERGOGNA! – rispose la folla.
I Tristi aprirono il sacco di monete e cominciarono a lanciarle in aria, i ragazzi s accalcarono per acchiapparle al volo.
– Allora decidete: chi è il vostro re?
Il coro si fece sentire senza esitazioni. – CICCIO! CICCIO! CICCIO!
Con la coda dell'occhio, Paolo notò che il nonno era uscito dalla masseria e si era avvicinato a loro insieme a sua sorella Elisa. Il ragazzo aveva la nausea, gli sembrava di essere finito su una giostra senza controllo.

– Nonno, – implorò Paolo. – Hai sentito, devi fare qualcosa, devi...
– È il vostro regno, con le vostre leggi, – rispose il nonno. – Tocca a te risolvere questo problema.
– E bravo il vecchio bacucco! – esclamò Ciccio esplodendo in una grossa risata.
Paolo vide che gli occhi di nonno Biagio si illuminavano per un istante come tizzoni ardenti, ma continuò a mantenere la sua espressione impassibile, con la sigaretta stretta fra i denti.
Ciccio si allontanò a grandi passi, sempre con i Tristi stretti attorno come una coorte di guerrieri. – Ascoltatemi tutti! – esclamò. – Come nuovo re, io dico che è il momento di divertirci! Prendete i gavettoni, le fionde e le armi che abbiamo preparato. Presto arriveranno i nemici... e sarà peggio per loro!

Il salotto del sindaco Palamà era la stanza piú lussuosa che Laerte avesse mai visto. Le pareti erano bianchissime, e un intero lato era formato da ampie vetrate fumé che lasciavano entrare la luce del giorno senza abbagliare gli occhi. A terra il parquet scuro si alternava a eleganti piastrelle di cotto. C'era una scala di legno con i gradini infissi direttamente nel muro, e due divani di pelle dall'aria comoda, un tappeto persiano, un televisore cosí grande che Laerte non avrebbe potuto afferrarlo neanche allargando al massimo le braccia.
– Wow! – esclamò, osservandolo. – Hai anche qualche console di giochi?

– Sia la Xbox che la PlayStation, – rispose Enzo, che aveva ancora uno sguardo terrorizzato stampato in faccia. – Ma ho il permesso di giocare solo sul televisore in camera da letto.
– Wow, – ripeté Laerte. Aveva sempre sognato una tivú tutta per sé, ma la mamma non voleva sentire ragioni. – Sei un ragazzo davvero fortunato...
Beatrice lo interruppe con uno sguardo severo. – Non siamo venuti qui per prendere il tè e fare due chiacchiere, – gli ricordò. – Dobbiamo cercare i documenti del sindaco.
Enzo si lasciò cadere tra i cuscini sul divano. – Ve l'ho già detto, non so dove mio padre tenga le sue carte.
– Ma quando hai parlato con Paolo e me, alla masseria, ci hai raccontato di un certo cassetto... Proprio qui, in salotto.
Lui e Beatrice si scambiarono un cenno d'intesa e cominciarono a darsi da fare.
Aprirono il mobiletto dei liquori, rovistarono tra le credenze, curiosarono tra ripiani e scomparti.
Ogni tanto Laerte si soffermava a guardare Enzino, nel timore che il ragazzo provasse a fuggire, ma il figlio del sindaco sembrava troppo spaventato anche solo per pensare di alzarsi dal divano.
In quella casa enorme tutto era tenuto con ordine maniacale: Laerte trovò ricevute riunite in un pacchetto con gli elastici, e una serie di documenti di cui non capiva niente. Ma nulla che riguardasse la masseria.
– Qui non c'è, – confermò Beatrice, sconsolata. – Forse il sindaco ha portato tutto in municipio.
– O magari quello che cerchiamo si trova da un'altra parte, –

suggerí Laerte. – Enzo, tuo padre ha anche uno studio, qui in casa?
Il ragazzo sbiancò in volto. – Nessuno può entrarci, io non ho il permesso! Se scopre che qualcuno ha ficcato il naso fra le sue cose, si arrabbierà terribilmente.
– Ah sí, eh? – commentò Beatrice. – E dove si trova questo studio?
Enzo non rispose, ma Laerte vide che gli occhi del ragazzo fuggivano per un momento in direzione delle scale.
Al piano di sopra.
– Andiamo, – ordinò.

Il corteo si snodava lento sulla strada che portava al mare. Lo aprivano due auto della municipale, con i lampeggianti blu sul tettuccio ma senza sirene (a Leo Palamà facevano venire il mal di testa, e aveva pregato il comandante dei vigili di risparmiargli quello strazio).
Subito dietro c'era la Mercedes del sindaco, e alle sue spalle la Fiesta dei signori Rizzo, il furgoncino del macellaio e altre tre o quattro auto di genitori. Chiudeva il tutto un motorino che sputava fumo nero dalla marmitta: sulla sella stavano abbarbicati il professor Bambino e la preside della scuola, con buffi caschi colorati.
– Molto bene, – mormorò il sindaco parlando tra sé e osservando la scena dallo specchietto retrovisore.
Il telefono cellulare cominciò a squillare riempiendo l'aria con le note della *Cavalcata delle Valchirie* di Wagner. La musica era cosí appropriata che Leo Palamà lo lasciò suonare per un po' prima di rispondere.

Uno dei vigili nell'auto davanti si accorse della sua manovra e lo indicò con il dito, ma il sindaco si limitò a ignorarlo: non avrebbe osato fargli la multa. E poi era una chiamata importante, il ragionier Fantini.

– Palamà, – lo salutò il ragioniere, – ci sono novità?

– Ottime notizie, – disse lui con tono allegro. – Proprio in questo momento sto per raggiungere Casa Vulía, con tanto di vigili al seguito.

– Molto bene.

– Li abbiamo in pugno. Ho già parlato con il comandante: spaventeremo un po' i signori Rizzo, e sono certo che entro qualche ora avrò il contratto di vendita firmato e controfirmato. Poi io e lei potremo discutere di affari.

Il sindaco richiuse il cellulare con uno scatto e lo lasciò cadere sul sedile del passeggero accanto a sé.

Gli stop dell'auto dei vigili si accesero all'improvviso, accompagnati dal lampeggiare arancione delle frecce.

Erano arrivati, ecco il viale di Casa Vulía stretto tra i due muretti a secco.

Il corteo si bloccò ordinatamente lungo la strada, mentre la prima auto svoltava nella stradina sterrata...

Qualcosa esplose sul parabrezza della Mercedes. Uno strano oggetto rosso scoppiò proprio davanti al naso del sindaco, e un liquido untuoso cominciò a scendere in lunghe strisce verdi sul parabrezza.

D'istinto Leo Palamà pigiò sui freni e strizzò il volante, svoltò sulla destra e la sua costosissima auto infilò il muso in un mucchio di cespugli. – Ma... cosa...

Per fortuna non era scoppiato l'airbag.

Palamà sentí altre frenate e un tonfo secco: due auto dei vigili avevano tamponato. Dalle portiere colavano schifezze colorate che non riusciva a identificare.
– Maledizione... – Il sindaco sganciò la cintura di sicurezza e aprí la portiera, sbraitando: – Si può sapere che succede?
Un palloncino solcò l'aria in una parabola perfetta e scese su di lui con la precisione di un missile teleguidato, poi Palamà non vide piú niente. Qualcosa lo centrò sulla fronte, riempiendogli gli occhi di un liquido che bruciava e profumava di violetta.
– Aaaah! – strillò, inciampando all'indietro e cercando di ripararsi con le braccia.
– Stia giú, – ordinò il comandante dei vigili. – Siamo sotto tiro.
Un fischio. Un oggetto duro e compatto (un gavettone) colpí il sindaco mandandolo gambe all'aria.
Leo Palamà strisciò sul sedere, con il vestito elegante imbrattato d'erba, acqua e farina. Si mise al riparo del cofano della Mercedes e finalmente si pulí gli occhi e riuscí a vedere qualcosa.
Il corteo si era fermato in mezzo alla strada, con le auto di sbieco. I vigili erano nascosti dietro le vetture e si guardavano incerti. Cos'era successo?
Palamà intercettò lo sguardo dei signori Rizzo e degli altri genitori: erano perplessi non meno di lui.
Si sentí una risata provenire dagli alberi della masseria: – Ah ah ah ah!
Il sindaco sporse la testa, ma intravide solo un cappello a punta di feltro verde.
– Arrendetevi, – gridò la voce, – o non avremo pietà.

Palamà fissò il signor Giovanni Rizzo e mormorò tra i denti: – Adesso sei davvero in un mare di guai –. Poi sbraitò: – Comandante, venga subito qui! Dobbiamo dare l'assalto alla masseria!

Paolo assisté terrorizzato alla prima bordata dell'artiglieria. I gavettoni decollarono in ranghi compatti da dietro gli olivi e i muri a secco. Volarono nell'aria e centrarono gli obiettivi con forti scoppi, schizzi di olio, acqua saponata, colori a tempera. Nessuna auto fu risparmiata: né quella del sindaco, né quella dei suoi genitori o perfino del macellaio Presti. Le due macchine dei vigili avevano tamponato, il cofano di una accartocciato contro il baule dell'altra, e adesso il comandante stava parlando fitto fitto con Palamà.
Paolo notò che papà e mamma scrutavano tra gli alberi, cercando di individuarlo. Forse avevano scorto il cappello da brigante di Ciccio, che dava ordini e correva da un lato all'altro coordinando le truppe.
Purtroppo, Paolo doveva ammetterlo, il nuovo re si stava rivelando un eccellente comandante, e gli adulti sembravano incapaci di reagire. In un'altra situazione Paolo sarebbe scoppiato a ridere per poi unirsi al caos generale, ma non adesso. L'incidente tra le auto aveva chiarito con un'allucinante certezza che quello non era piú uno scherzo. Ci sarebbero state delle conseguenze, gravi, e Paolo ne era in qualche modo responsabile.
Il ragazzo si sdraiò a terra, la pancia premuta contro i sassi. Era nascosto dietro al muricciolo che separava la proprietà di Casa Vulía dal ciglio della strada. Attorno a lui l'oliveto

pullulava di ragazzi con il viso dipinto di terra, che gridavano come forsennati. Alcuni avevano bastoni, e sacchetti rigonfi di gavettoni.

Paolo li vide prendere la mira.

– Fermi! – urlò con tutto il fiato che aveva. – Rischiate di combinare un guaio! Potremmo...

Non lo ascoltarono. La sua voce fu soffocata dall'urlo di Ciccio: – Caricate! Fuoco!

Una gragnuola di proiettili solcò l'aria passando proprio sopra la testa di Paolo e si abbatté sugli adulti in una pioggia di bombe d'acqua.

I vigili urbani avevano delle pistole? Il ragazzo in quel momento non lo ricordava, ma sperava che a nessuno venisse in mente di sparare. Non voleva nemmeno pensare a cosa sarebbe successo.

Paolo si voltò verso il viale: vide sua sorella che cercava di correre in direzione delle auto, e due Tristi che le sbarrarono la strada con i bastoni. Elisa aveva il volto rosso di indignazione, Paolo la vide sbraitare, ma era troppo lontano per capire cosa stesse dicendo.

Dalla fila di auto schierate sulla strada giunse il suono metallico di un megafono: – È il comandante dei vigili di Pagliarano che vi parla. Cessate subito il fuoco e uscite con le mani in alto. Non costringeteci a passare alle maniere forti.

Per tutta risposta Ciccio Presti ordinò di sferrare un secondo attacco, altri gavettoni piroettarono nel cielo e si schiantarono sull'asfalto che ormai era diventato una pozza scivolosa e infida di olio e sapone.

Paolo iniziò a strisciare sui gomiti e le ginocchia. Cercava di riflettere con la massima concentrazione. Cosa doveva fare?
– Ehi, pssst! – Dal tronco ritorto di un olivo spuntò fuori il nasino di Elena. La ragazza si era legata i capelli in una coda di cavallo dietro la testa, e aveva le guance sporche di tempera rossa.
– Anche tu obbedisci a Ciccio, adesso? – le domandò Paolo con un filo di voce.
– Non dire idiozie. Seguimi!
Paolo non se lo fece ripetere. Sprintò in direzione di Elena, qualcuno lanciò un sasso che lo colpí alle dita della mano. Si lasciò sfuggire un rantolo soffocato prima di raggiungere l'amica dietro a un cespuglio di fichi d'India.
– Che facciamo? – disse.
– Risolviamo la situazione.

Le foglie degli alberi di carrube si muovevano piano nella brezza e la pajara sembrava una roccaforte abbandonata.
Poi, a un fischio di Elena, alcuni ragazzi cominciarono a uscire dalla stretta arcata senza porta. C'erano Antonio, Matteo, Giacomo e Nadia. C'era un ragazzo con il piercing al naso che faceva le superiori, e alcuni studenti di terza media. Quindici persone in tutto.
Paolo non sapeva davvero cosa dire. Nella sua testa continuava a rivedere le auto che si scontravano, i vigili in divisa, lo sguardo preoccupato di sua madre. Erano dei flash dolorosi che gli mandavano in tilt il cervello e gli impedivano di ragionare.

Antonio stringeva in mano il bastone di olivo che Paolo aveva usato come scettro durante l'incoronazione. Fece un debole sorriso e glielo lanciò, lasciando che Paolo lo prendesse al volo. – Quando abbiamo capito che le cose si stavano mettendo male, ci siamo rifugiati qui. E abbiamo mandato Elena a chiamarti.
– Pe... perché?
L'amico lo guardò come se si fosse completamente rincitrullito. – Come, «perché»? – sbottò. – Sei il re, lo hai dimenticato? Ciccio ti ha preso il cappello e sta distruggendo quello che abbiamo costruito insieme... Non è il momento di arrendersi. Come vedi, hai ancora un piccolo esercito che ti è rimasto fedele. Possiamo prendere Ciccio di sorpresa e strappargli la corona, forse gli altri ti ascolteranno di nuovo.
Le parole di Antonio furono come ganci di ferro che strattonarono Paolo riportandolo alla realtà. Non poteva rinunciare proprio adesso, lasciando campo libero ai Tristi. Quella era casa sua, il suo regno: gliel'avevano portato via e ora doveva lottare per riprenderselo.
Si sedette a terra, riflettendo, e cominciò a mangiucchiarsi le unghie. Si accorse che erano tutte sporche di terra e sputò, disgustato.
– Allora, – disse alla fine. – Quante persone stanno con Ciccio e i suoi? Quante munizioni hanno? Come sono organizzati?
Elena si sedette accanto a lui.
Paolo capí che i suoi amici erano sollevati nel vedere che stava tornando in sé ed era disposto a riprendere in mano la situazione.
– Non sono molti piú di noi, – rispose la ragazza. – Parecchi

si stavano annoiando ed erano già andati via prima che Ciccio ti rubasse la corona. E comunque...
Matteo completò la frase al posto suo. – Oltre ai Tristi, ci sono solo pochi esagitati che si stanno divertendo come pazzi. Gli altri cominciano ad avere paura... e obbediscono a Ciccio solo perché lui li sta minacciando. Se riusciamo a fermarlo, la maggior parte di loro ci seguirà.
– D'accordo, d'accordo. Munizioni?
Questa volta fu un ragazzo di terza media a rispondere: – Hanno preso circa metà di quello che era in cantina, ma per fortuna noi ci siamo impadroniti di tutte le fionde.
Paolo intravide uno spiraglio, un'opportunità che potevano sfruttare a loro vantaggio. – Adesso per Ciccio non sarà facile procurarsi i rifornimenti.
Antonio scoppiò in una risata. – Puoi dirlo forte! Tuo nonno si è barricato in casa, armato di scopa, e non li lascerà passare.
Paolo raccolse un bastoncino e cominciò a disegnare una piantina di Casa Vulía sul terreno sabbioso. Finalmente il suo cervello funzionava a pieno regime.
– Guardate, – annunciò. – Se mio nonno controlla il portico, e questa zona qui... Con lui c'è anche mia sorella Elisa, e ho visto prima quanto è furibonda... Insomma, per accedere alle cantine i soldati di Ciccio dovranno per forza passare da questo punto qui, dalle finestre dell'appartamento in ristrutturazione.
– Esatto, – confermò Elena.
– Per riuscirci però dovranno essere in pochi, in modo da non dare troppo nell'occhio. Se ci nascondiamo nell'appartamento, li coglieremo di sorpresa e saremo in superiorità numerica.

Paolo si alzò in piedi, spazzolando i vestiti imbrattati di polvere. – Elena, mi servirà la tua abilità con la fionda. E l'aiuto di tutti voi, ragazzi. Grazie per essere rimasti dalla mia parte, e non preoccupatevi... ora ho un piano.

Beatrice sollevò la testa da un faldone di documenti e lo richiuse di scatto alzando una nuvoletta di polvere. – Qua non c'è niente, – affermò.

Laerte annuí. Lo studio privato del sindaco Palamà traboccava letteralmente di scartoffie varie. C'erano fatture, planimetrie, certificati, fotocopie, registri... Uno sproposito di carta ricoperta di frasi incomprensibili, e ingombra di timbri e marche da bollo.

– Sono d'accordo, – disse. – E se c'è qualcosa, non lo troveremo mai.

– Perciò... potreste andarvene, – concluse Enzino con una vocetta stridula.

Il figlio del sindaco non aveva osato entrare nello studio del papà ed era rimasto sulla soglia, preoccupatissimo, a guardarli mentre frugavano dappertutto.

– Forse ha ragione, – ammise Laerte. – Voglio tornare a Casa Vulía.

Antonio lo aveva aggiornato via SMS sugli sviluppi della situazione alla masseria. Paolo era stato detronizzato, Ciccio aveva preso il comando del regno e aveva dato l'ordine di attacco. Tutti i genitori, il sindaco e persino i vigili stavano asserragliati sulla strada, sotto un bombardamento costante di gavettoni.

Laerte sperava di tutto cuore che Ciccio non osasse prendere di

mira anche la Panda di sua madre: in quel caso, lui rischiava di finire in punizione fino alla maggiore età.
– Non possiamo andarcene a mani vuote, – lo bloccò Beatrice.
– Se non dimostriamo che il sindaco ha cercato di imbrogliare il signor Giovanni...
– Mio papà non ha imbrogliato nessuno! – strillò Enzino.
La ragazza lo ignorò, continuando: – ... allora il sindaco avrà vinto, e Casa Vulía verrà venduta.
– Ma sono dieci minuti che non ricevo piú nessun messaggio da Antonio! Potrebbe essere successo qualcosa!
Si fermò, tendendo le orecchie. Beatrice provò a ribattere, ma lui le indicò di tacere. Aveva udito qualcosa. Un rumore al piano di sotto, una chiave che girava e una porta che sbatteva.
– Hai sentito anche tu? – chiese Laerte a Beatrice, muovendo le labbra in un sussurro impercettibile.
Uscirono dallo studio, seguiti da un Enzo sempre piú spaventato.
I ragazzi percorsero il breve corridoio che dallo studio del sindaco portava alle scale, quindi si affacciarono per sbirciare nel salotto sottostante.
Vicino al grande divano di pelle era sistemata una valigia verde smeraldo, un modello rigido con le rotelle. Appeso alla maniglia c'era uno scontrino arrotolato, come quelli che mettevano negli aeroporti quando bisognava imbarcare il bagaglio.
Enzino sembrò riprendersi dallo stupore e scattò in piedi, gridando: – Mamma! Mamma, sei tornata a casa?
Una voce gli rispose dalla cucina: – ... Amore? Che ci fai qui, perché non sei a scuola?

Il figlio del sindaco scavalcò Laerte e Beatrice, scese le scale a rotta di collo e sparí alla vista.
I due amici restarono a guardarsi per un momento.
– E adesso? – bisbigliò Laerte, sentendo Enzo e sua madre che discutevano di sotto.
– Non abbiamo scelta, – osservò Beatrice. – Dobbiamo alzare bandiera bianca. È finita.
Cominciarono a scendere i gradini a passo lento, pronti a consegnarsi al loro destino.

17. La resa dei conti

La scarpa si infilò nel riquadro di cemento della finestra. Era un modello da ginnastica sporco di terra e mezzo slacciato. Dopo un istante la scarpa venne seguita da un calzino di spugna bianco e da una gamba robusta, da atleta.
Paolo non perse tempo a chiedersi chi fosse il proprietario della gamba. Si guardò intorno, nel salone ingombro di attrezzi da muratore, e fece un cenno ad Antonio e Matteo.
Saltarono tutti insieme sull'obiettivo, Paolo afferrò il polpaccio e Antonio sporse il busto fuori dalla finestra. Strattonò lo sconosciuto per la maglia e lo trascinò all'interno.
Ormai era la sesta volta che ripetevano quel giochetto, e a ogni tentativo diventavano piú rapidi ed efficienti. Prendere la vittima, scaraventarla sul pavimento sporco di polvere, immobilizzare braccia e gambe. Infine Antonio si sedeva a cavalcioni sul malcapitato per impedirgli di muoversi.
Paolo odiava quel lavoro. Sentiva una fitta di disagio che non riusciva a spiegare ma rendeva molli i muscoli e gli seccava la gola.
Cercando di non pensarci, prese del nastro adesivo e lo usò per legare i polsi del ragazzo catturato. Solo allora si fermò a guardare chi fosse la preda.
Aveva i capelli a spazzola e una maglietta firmata che doveva costare almeno ottanta euro. Paolo non sapeva quale fosse il

nome del ragazzo, non erano nella stessa classe, ma l'aveva visto troppe volte per non riconoscerlo subito. Era uno dei Tristi.

– Come ti chiami? – esordí, con un tono di voce che lo faceva sembrare piú un ordine che una domanda.

– Fa... Fabio.

– Perché sei qui?

– Ciccio ha mandato gli altri ragazzi a prendere le munizioni, ma non è tornato nessuno... Mi ha spedito a controllare.

Paolo annuí. – Molto bene. Manca poco, dunque.

Il prigioniero scosse la testa: – Voi non capite! Siamo nei guai, guai seri! Senza munizioni non potremo piú attaccare le auto, e i vigili verranno a prenderci! Palamà ha chiamato i carabinieri e stanno per arrivare anche loro. Lo ha detto al megafono!

Paolo sospirò. La battaglia gli era sfuggita di mano in un modo che il giorno prima non avrebbe potuto nemmeno sospettare. Ora non c'era un attimo da perdere.

Si chinò su Fabio e cominciò a perquisirlo rapidamente. Trovò il cellulare nella tasca dei pantaloni, un modello nuovissimo.

Aprí la rubrica premendo i tasti con il pollice e la scorse rapidamente.

– Non c'è nessun Ciccio, qui, – sibilò tra i denti.

– Prova con il suo vero nome, – suggerí Antonio.

Bingo!

La rubrica conteneva un «Mattia Presti».

Paolo compose rapidamente un SMS: *Munizioni trovate, ma c'è un problema. Vieni subito.*

Fabio sogghignò: – Ciccio non è un idiota, non ci cascherà mai.
Paolo finse di non aver sentito. – Elena, Antonio, Nadia: venite con me.

La moglie del sindaco Palamà era una signora alta, con i capelli rosso fuoco e la pelle cosí abbronzata da sembrare un biscotto.
Al collo portava un pesante collier d'oro e le mani erano cariche di anelli. Non stava picchiettando le dita sul ripiano del tavolo, non strofinava le unghie laccate sulla tazzina da caffè che teneva davanti, non faceva niente di niente. Durante il racconto di suo figlio Enzo era rimasta perfettamente immobile, con un'espressione gelida e arcigna.
Laerte per contrasto aveva voglia di gridare, piombare in ginocchio e implorare pietà, qualsiasi cosa pur di vedere una minima reazione. Al suo fianco, anche Beatrice sembrava agitata e continuava a spostare il peso sulla sedia e ad attorcigliarsi i capelli.
– ... e questo è tutto, – concluse Enzo, abbassando il capo.
– Lasciatemi riassumere, – sussurrò Annuccia Palamà quasi senza muovere le labbra. – Invece di andare a scuola, vi siete introdotti in casa mia. Avete picchiato e minacciato mio figlio, avete frugato tra le scartoffie di mio marito. È esatto?
Laerte cercò di fulminare Enzo con una singola occhiata. Quella piccola spia non aveva tralasciato nessun particolare.
Accanto a lui, Beatrice confessò: – Sí.
– Molto bene, – continuò la signora. – Di certo vi rendete conto che quelli che ho appena enunciato sono reati puniti

dalla legge. Si chiamano «violazione di domicilio», «percosse», «estorsione», «violazione di corrispondenza». Se foste maggiorenni, probabilmente finireste in carcere. Visto che siete minorenni, sono i vostri genitori a trovarsi nei pasticci.
Beatrice ebbe un brivido e ripeté ancora: – Sí.
Laerte pensò di scappare. Alzarsi dalla sedia e sfondare l'ampia vetrata con i gomiti, correre a perdifiato lungo il giardino e poi arrampicarsi sul muro di cinta, ed essere finalmente libero.
Dopo il discorso con sua madre, qualche giorno prima, era convinto che le cose si sarebbero sistemate. Lei aveva iniziato a guardarlo con occhi diversi, cominciava a capire che non era piú un bambino. Forse poteva concedergli la sua fiducia. E adesso, ecco la galera e il codice penale. Il modo perfetto per farla tornare rapidamente sui suoi passi.
– Voglio sapere una sola cosa, – esclamò la signora Anna, questa volta con la voce appena venata di rabbia. – Perché? Perché tutto questo? Cosa speravate di fare?
Beatrice aveva voltato la testa verso Laerte. In effetti era compito suo. Doveva spiegare cos'era successo da quando aveva incrociato il ragionier Fantini e il geometra, intenti a strane misurazioni nei campi di Casa Vulía.
– È una lunga storia... – attaccò.

Ciccio Presti arrivò alla masseria accompagnato da tre dei suoi compagni piú fedeli. Erano armati di bastone ed erano tutti inzaccherati di olio e sapone, forse per lo scoppio accidentale di alcuni gavettoni. Sembravano spaventati e furiosi allo stesso tempo.

Paolo si trovava in cima alle scale di Casa Vulía, sul pianerottolo di cemento che forniva l'accesso alla sua camera. Il ragazzo stringeva in pugno la fune che permetteva di scendere al piano terra con due balzi. Allungò il collo per osservare Ciccio dalla sua posizione nascosta.
Il nuovo re del regno si teneva alla larga dal portico e stava aggirando la masseria per raggiungere la finestra dell'appartamento in ristrutturazione, proprio sotto le scale.
Da dove si trovava, Paolo poteva spaziare con lo sguardo oltre le cime degli olivi e fino alla strada, che brillava di lampeggianti azzurri. Il prigioniero Fabio aveva raccontato la verità, Paolo poteva scorgere due auto dei carabinieri che si erano unite alle altre e adesso si trovavano sotto il bombardamento dei gavettoni. Si udivano grida di ragazzi e strilli al megafono, che però arrivavano fino a lui come un rumore confuso.
Quella follia doveva finire.
Paolo sapeva che Ciccio Presti non era uno stupido. Era un bullo arrogante e prepotente, ma le rotelle in testa gli funzionavano alla grande. Bastava guardare come era riuscito a soffiargli il regno proprio sotto il naso, studiando le leggi create dai ragazzi.
Adesso Ciccio aveva un problema. Aveva spedito sette persone a prendere nuove munizioni e nessuna di loro era tornata indietro. Anzi, Fabio gli aveva addirittura spedito un SMS per chiedergli di correre lí.
Il capo dei Tristi era venuto solo perché non gli restava altra scelta: i gavettoni stavano finendo. Però, allo stesso tempo, era abbastanza sveglio da aspettarsi una trappola. E questo era proprio ciò che Paolo desiderava.

Il ragazzo si appiattí ancor piú contro il cemento della piattaforma, che era diventato incandescente a causa del sole. Vide Ciccio che si fermava a pochi passi dalla finestra e confabulava con i suoi amici Tristi, indicando l'appartamento in ristrutturazione e guardandosi intorno nervoso. Non si fidava. Annusava l'aria, sospettava un tranello. Da sotto il cappello da brigante i suoi occhi guizzavano da una parte all'altra.
Alla fine si decise. Ciccio sbraitò un ordine e i Tristi saltarono tutti insieme verso la finestra, gridando e agitando i bastoni. Balzarono sul davanzale e poi dentro la casa, e Paolo sentí un fischio prolungato.
Era il segnale.
Srotolò in fretta la fune e ci si aggrappò, lasciandosi scivolare giú. La pelle delle mani iniziò a bruciare per via dell'attrito, ma non poteva perdere la concentrazione proprio adesso.
Ciccio si accorse di lui un attimo troppo tardi e fece un passo indietro, protendendo il bastone, ma Paolo ormai si muoveva per pura forza di inerzia.
Non appena toccò terra con i piedi, andò incontro al bastone a mani tese.
Paolo colpí Ciccio con la furia di un ariete da guerra ed entrambi capitombolarono nella polvere. Le mani del suo avversario erano forti come la benna di una ruspa, e il ragazzo mugolò di dolore quando gli si strinsero intorno al collo impedendogli di respirare.
Scalciò, con forza, e cominciò a prendere a pugni il corpo solido del figlio del macellaio.
Il cappello da brigante volò via dalla testa di Ciccio e rotolò

per terra, Paolo si gettò da quella parte, l'altro lo afferrò per la caviglia piantandogli le unghie nella carne. – Dove credi di andare?
Paolo si limitò a gridare: – Fuoco a volontà!
Elena e Nadia, che fino a quel momento erano rimaste nascoste nella sua camera da letto, uscirono sul pianerottolo armate di fionda e cominciarono a tirare dall'alto del secondo piano.
Un proiettile colpí Paolo alla schiena levandogli il fiato, ma era niente in confronto alla sassaiola che si stava scaricando su Ciccio, che gli faceva involontariamente da scudo con il suo corpo.
Approfittando di quell'istante di distrazione, Paolo strisciò in avanti, raggiunse il cappello da brigante e se lo sistemò sulla testa, poi gridò di nuovo: – Cessate il fuoco!
Le due ragazze smisero immediatamente di tirare. Ciccio era in ginocchio, con la maglietta strappata e qualche brutto livido sulle braccia, le gambe e persino il volto.
– Ti arrendi? Guarda che sei ancora sotto tiro, – lo minacciò Paolo.
– Sí... sí...
– Molto bene. Antonio!
Il suo amico, che fino a quel momento era rimasto nell'appartamento in ristrutturazione, si arrampicò fuori dalla finestra e lo raggiunse di corsa.
Antonio aveva un labbro gonfio e un occhio pesto, ma sorrideva e teneva tra le mani un rotolo di scotch argentato.
– Tutto bene?
– Certo, Sua Maestà, – rispose lui facendogli una specie di

saluto militare. – Gli altri Tristi sono stati neutralizzati e Matteo li tiene d'occhio. Il regno è nostro.
– Ottimo, generale. Lega il traditore, per cortesia.
Antonio si avvicinò a Ciccio e quello si mise a ringhiare, ma quando Paolo gli ricordò di nuovo che le fionde erano puntate su di lui dovette rassegnarsi. Protese le mani in avanti e lasciò che venissero avvolte da numerosi giri di nastro adesivo.
Elena e Nadia corsero giú dalle scale. – Che facciamo adesso?
– Portiamo Ciccio dentro con i suoi amici e lasciamo qualcuno di guardia. Poi voglio tutti gli altri con me: è il momento di mettere fine a questa assurda guerra.

Paolo avanzò lungo il vialetto con il cappello da brigante ben calcato sulla testa.
Accanto a lui c'erano nonno Biagio e sua sorella Elisa. Li seguivano, in corteo, una decina di ragazzi: Antonio, Elena, Matteo e Nadia, armati di fionde e bastoni, poi tutti gli altri, con i fazzoletti gialli e gavettoni rigonfi in pugno.
Durante l'assenza di Ciccio, i suoi seguaci avevano pensato bene di dileguarsi. Solo due o tre fedelissimi cercavano ancora di tenere alla larga gli adulti.
Era tutto molto peggio di come Paolo avesse immaginato: il tratto di strada asfaltata davanti al viale era diventato un pantano schiumoso che, con quel caldo, puzzava da far vomitare.
Alle auto ammucchiate contro il ciglio della strada si erano aggiunte anche due gazzelle dei carabinieri, con la vernice nera ricoperta di olio e sapone.
Paolo vide il sindaco Palamà con il completo elegante ormai

irriconoscibile, e il comandante dei vigili, i suoi genitori che sembravano a dir poco furenti, la Vata Noma, persino la preside e il professor Bambino.
Annalisa e Luca, che fino a quel momento erano rimasti chiusi nel furgoncino del macellaio Presti, saltarono fuori e gli corsero intorno.
Un gavettone partí dalle spalle di Paolo e si schiantò lontano, contro le rocce secche di un muretto.
Il ragazzo salutò Luca con un sorriso e indicò ad Annalisa di spostarsi nelle retrovie, poi gridò: – Basta! Siamo qui per parlamentare!
Gli adulti non aspettavano altro. Udí l'urlo di trionfo del sindaco Palamà e due carabinieri scavalcarono il cofano delle auto per correre verso di lui.
All'istante, Elena e Nadia caricarono le fionde e le puntarono nella loro direzione.
Paolo cercò di riportare la calma. – Piano, piano. Niente mosse brusche, o ricominciamo a combattere.
Le cicale cantavano piú forte che mai e lui sentiva pizzicare la pelle sotto la maglietta. Il sudore gli scendeva da sotto il cappello inzuppandogli il famoso ciuffo.
Era il momento. Doveva comportarsi davvero come un re.
Gli adulti si consultarono brevemente tra loro e spedirono in avanscoperta un drappello di ambasciatori formato dal sindaco, dal comandante dei vigili e dal maresciallo dei carabinieri. C'erano anche i genitori di Paolo e la Vata Noma.
Il ragazzo fece un cenno ad Antonio ed Elena, che avanzarono con lui allo scoperto fino a raggiungere la strada.

I suoi genitori provarono ad afferrarlo e sferrargli (ne era sicuro) un sonoro scapaccione, ma le fionde puntate li convinsero a desistere.
Paolo si scusò con un'alzata di spalle. Lo avrebbero punito piú tardi, quando tutta quella storia fosse finita.
– Non hai idea di che casino hai combinato, figliolo, – lo apostrofò allora il maresciallo. Era un ometto tarchiato, con l'uniforme sporca e un folto paio di baffi neri.
Paolo sostenne il suo sguardo e rispose: – Forse.
Palamà scoppiò a ridere. – Non ti rendi conto... avete attaccato le forze dell'ordine. Avete provocato un incidente automobilistico. Avete combinato tanti guai che l'avere saltato la scuola sarà solo l'ultimo dei vostri problemi. Secondo te, di chi è la colpa di tutto questo?
Paolo inspirò a fondo, augurandosi di non perdere la voce proprio in quel momento. – La colpa è solo sua, sindaco, – accusò. – So per certo che lei si è accordato con il ragionier Fantini. Insieme avete deciso di licenziare mio padre dalla fabbrica, per costringerlo a vendervi la masseria e sfruttare i terreni per fare non so cosa.
Palamà strinse i denti e cercò di agguantarlo, ma il ragazzo si divincolò.
– È la verità.
– Paolo, – lo interruppe suo padre. – Cosa stai dicendo?
Il maresciallo guardò il comandante dei vigili e si grattò la testa, perplesso. – Sono accuse molto gravi, ragazzo. Hai delle prove?
– No...
Il sindaco scoppiò a ridere di nuovo e Paolo capí di aver perso

la guerra. Senza le carte che dimostravano le malefatte di Palamà, aveva solo aggiunto altri problemi a una situazione già complicatissima.
Cercò disperatamente qualcosa da dire, poi udí un acuto *Bonk! Bonk! Bonk!* Un fuoristrada stava correndo verso di loro a tutta velocità, suonando il clacson all'impazzata.
– Attenzione! – gridò il comandante dei vigili, spostandosi sul ciglio della strada.
Tutti lo imitarono di corsa.
Il fuoristrada arrivò in prossimità delle auto ferme in mezzo alla carreggiata. Le grosse ruote slittarono sul fondo sdrucciolevole e l'auto ruotò su se stessa in uno spettacolare testacoda, per bloccarsi proprio a un millimetro dalla macchina dei carabinieri.
Le portiere si aprirono con uno schiocco secco e dal fuoristrada scesero Laerte, Beatrice, Enzo e la moglie del sindaco.
Paolo sorrise: era arrivato il settimo cavalleggeri.

Il sindaco si mise a balbettare. – Ma... Annuccia, amore... tu dovevi tornare...
– Questa sera, sí, – annunciò la moglie con uno sguardo gelido. – Purtroppo la mia amica Elsa si è presa un'influenza intestinale e abbiamo deciso di finire le vacanze un po' prima del previsto. E cosa trovo tornando a casa? Nostro figlio e due amichetti che frugano nel tuo studio.
– Cosa... io... – Palamà cerco rapidamente di ritrovare il contegno. Si voltò verso il comandante dei vigili. – Ecco! Ve l'avevo detto! Questi ragazzini sono criminali in piena regola. Voglio sporgere denuncia!

– Ma ovviamente non hanno trovato niente, – continuò imperterrita la signora Anna. – Non sapevano che le prove dei tuoi loschi affari sono custodite nella cassaforte. Io però conoscevo questo piccolo particolare... e ricordavo la combinazione.
Il nonno ed Elisa si erano allontanati dal drappello di ragazzi ed erano usciti sulla strada per ascoltare meglio. La stessa cosa avevano fatto Matteo, Annalisa e Nadia.
I vigili, i carabinieri e tutti gli altri stavano in silenzio e con le orecchie tese per non perdersi una sola sillaba di quello strano battibecco tra coniugi.
– Ma... Annuccia...
– Ti avevo avvertito, – lo rimproverò la moglie. – Potevo sopportare che minacciassi di non firmare permessi e licenze in cambio di qualche piccolo vantaggio personale, e persino che arrotondassi il tuo stipendio di sindaco a suon di bustarelle. Ma non ti bastava mai, vero? Dovevi proprio far licenziare dei poveri operai che non c'entravano niente. Hai avuto il coraggio di entrare in combutta con quel farabutto di Fantini. E tutto questo perché? Solo per realizzare il tuo assurdo progetto dell'albergo extra-lusso...
– Signora, – la interruppe il maresciallo dei carabinieri, – si rende conto che quello che sta dicendo...
– Mi rendo conto benissimo, – affermò la moglie, aprendo la borsa e tirandone fuori alcuni fogli sgualciti. – Qui ci sono tutte le prove di quello che ho appena detto. I progetti dell'albergo, le regolari richieste del signor Giovanni Rizzo al comune per aprire il suo agriturismo... Richieste che non sono mai state inoltrate agli uffici giusti... E tutto il resto.

Paolo sorrise. Accanto a lui, i suoi amici sorrisero. Gli adulti invece sembravano sotto shock, si guardavano l'un l'altro senza capirci nulla.
Il ragazzo si tolse il cappello da brigante. – Che ne dite di spostarci dalla strada e metterci comodi? Credo che sia meglio parlare di queste cose con calma.

Nelle cantine di Casa Vulía, i Tristi sembravano tristi per davvero. Erano seduti a terra, con la schiena appoggiata alle taniche piene d'olio, mani e piedi legati con il nastro adesivo color argento. Non erano imbavagliati, ma tanto nessuno aveva voglia di fare conversazione.
Li teneva d'occhio un ragazzino di prima media tutto allegro, che stringeva in pugno una fionda.
All'arrivo di Paolo scattò sull'attenti. – Soldato semplice Nicolas a rapporto. I prigionieri sono stati tranquilli e immobili.
Paolo dovette togliersi di mezzo per lasciare spazio al macellaio Presti, che stava scendendo le scale con il passo caracollante di un toro infuriato.
– Papà... – mugolò Ciccio.
Il macellaio guardò suo figlio, si avvicinò, sollevò una manona grossa quanto un prosciutto e la richiuse sull'orecchio del ragazzo. Ciccio saltò in piedi, nonostante i legacci, in un miracolo di equilibrio che Paolo non poté fare a meno di ammirare.
– E cosí volevi fare il re, eh? – ringhiò il macellaio senza mollare la presa. Il povero orecchio di Ciccio si stava probabilmente trasformando in una bistecca.

– Papà...
– Mio figlio vuole fare il re! E per festeggiare, ha pensato bene di provocare un tamponamento... e insudiciare il mio furgoncino!
Il macellaio inforcò le scale a passo svelto, con Ciccio che gli saltellava dietro.
Un attimo prima di sparire alla vista, il signor Presti si voltò verso i Tristi ancora seduti al loro posto. – Voi non muovetevi di lí! I vostri genitori stanno arrivando, e anche loro vorranno farvi un bel discorsetto.

Gli adulti si erano asserragliati dentro casa e discutevano animatamente.
Avevano chiamato un carro attrezzi per trasportare le vetture incidentate, e i ragazzi erano stati incaricati di sistemare tutto il resto, e lavare le auto sporche sotto l'occhio vigile del professor Bambino.
– Forza, – sbraitò il prof. – Olio di gomito ci vuole! Vi siete divertiti a lanciarci i gavettoni? Divertitevi anche adesso!
Laerte sospirò, immerse la spugna nel secchio di acqua saponata e cominciò a strofinare il parabrezza della gazzella dei carabinieri.
Non era proprio giusto. Lui e Beatrice erano i grandi eroi della giornata, avevano fatto arrivare la moglie del sindaco proprio al momento perfetto... E adesso dovevano lavare automobili!
Il ragazzo sapeva di essere stato comunque fortunato: meglio le macchine che stare con Paolo e Antonio sulla strada, a ripulire l'asfalto e le pietre dei muri a secco.

– Secondo te cosa succederà, adesso? – gli domandò Nadia, che con una spazzolina stava rimettendo a lucido i cerchioni dell'auto.

– Non ne ho idea, – ammise il ragazzo. – Per fortuna hanno scoperto subito che la colpa dell'attacco era di Ciccio, ma anche noi abbiamo fatto la nostra parte. Siamo entrati nella casa del sindaco, e non siamo andati a scuola. Prima ho sentito la preside che parlava con mia madre: pare che abbasseranno a tutti il voto in condotta.

– È molto grave?

Laerte fece spallucce. – Oggi a scuola non c'è andato nessuno. Mica possono bocciare ogni studente di ogni sezione, ti pare? In qualche modo ce la caveremo. Piuttosto, c'è un'altra cosa che mi preoccupa... – Il ragazzo strizzò bene la spugna e la immerse di nuovo nel secchio. – Non so che succederà al Libero Regno. All'inizio mi sono divertito, intendiamoci, ma adesso è diventato tutto cosí complicato.

– Colpa degli adulti, – lo consolò Nadia. – Quando si mettono in mezzo, creano sempre problemi.

Laerte sorrise. – Forse. O magari ci siamo sempre sbagliati: in fondo sono ragazzi anche loro, solo un po' cresciuti. Noi ci mettiamo nei guai, e gli adulti fanno la stessa cosa... Solo piú in grande.

Nadia scosse la testa sogghignando. – Parli proprio come uno di loro, sai?

Laerte annuí. Non sapeva se fosse un complimento, ma lui pensava di sí.

Il professor Bambino si avvicinò con le mani strette a pugno contro i fianchi. Non doveva essere abituato a stare tante ore al sole, perché l'ovale glabro del suo viso aveva assunto un'allegra tonalità rosa porcellino.

– Basta chiacchiere! – tuonò il prof. – E metteteci piú impegno, o non finirete mai!

Laerte e Nadia scoppiarono a ridere.

Alla fine, era andata piú o meno cosí: il sindaco Palamà aveva saputo che alcuni imprenditori intendevano costruire un gigantesco albergo nel territorio di Pagliarano. Al posto degli olivi e delle pajare doveva sorgere un resort extra-lusso che avrebbe permesso ai ricconi di tutta Europa di sguazzare in piscina, godersi i massaggi di operatori specializzati e cose di questo genere.
Pagliarano era il posto perfetto per realizzare il progetto. Il paese era vicino a Santa Maria di Leuca ma non troppo, era immerso nella campagna salentina, offriva una splendida scogliera che sarebbe stata smantellata fino all'ultima pietra per costruire un porto turistico e una baia privata.
Palamà aveva deciso di entrare nell'affare in grande stile e aveva subito invitato gli imprenditori in paese per un sopralluogo.
I finanziatori, dopo lunghe riflessioni e gite turistiche nella zona, avevano scelto proprio i dintorni di Casa Vulía.
C'era solo una difficoltà: quei terreni non appartenevano al sindaco. E Palamà non poteva raccontare tutto al signor Rizzo e agli altri legittimi proprietari, altrimenti loro avrebbero potuto vendere direttamente agli imprenditori senza fargli guadagnare un euro.

Cosí, il buon sindaco aveva ideato un piano alternativo. Si era accordato con il ragionier Fantini e l'aveva convinto a investire i suoi soldi nel progetto. In questo modo Fantini si era trovato impelagato fino al collo, e Palamà ne aveva approfittato per tirare fuori il suo asso nella manica: se non voleva perdere tutto, il ragioniere doveva licenziare alcuni operai della fabbrica, in modo da mandarli in rovina e costringerli a vendere le loro terre a un prezzo vantaggioso.
L'operazione era stata piú complicata del previsto. Fantini aveva falsificato un po' di scartoffie e aveva dichiarato la bancarotta della sua fabbrica di serramenti, quindi aveva proceduto a licenziare gli operai, tra cui il signor Giovanni.
A quel punto erano cominciati i problemi, perché Giovanni non solo non aveva intenzione di vendere Casa Vulía, ma anzi voleva ristrutturarla e aprire lí un agriturismo.
Leo Palamà aveva cercato di ostacolarlo in ogni modo, trovandosi preso tra due fuochi. Da un lato c'era un contadino testardo che non voleva rinunciare alla sua casa, dall'altro il ragionier Fantini e i suoi amici imprenditori che stavano perdendo la pazienza e minacciavano di raccontare tutto alla polizia.
– Ma mio marito stava quasi per farcela, – concluse Annuccia Palamà, sorseggiando un bicchiere d'acqua con le bollicine. – Sapeva che io ero contraria a tutta questa storia, cosí ha approfittato della mia assenza. E questo non potevo proprio sopportarlo.
Il signor Giovanni guardò la donna e ne ammirò il perfetto autocontrollo.
Il sindaco se n'era andato già da un pezzo, aveva chiamato il suo avvocato ed era stato portato in caserma dal maresciallo. Il

comandante dei vigili urbani era invece rimasto a Casa Vulía per raccogliere la deposizione della moglie... E Annuccia aveva insistito perché Giovanni e Maria sentissero tutto.
– Ora cosa pensa di fare? – domandò un appuntato dei carabinieri, che stava scrivendo il rapporto sul suo computer portatile.
– Non lo so. Qualunque cosa accada a mio marito, gli servirà di lezione. E sarà utile anche a mio figlio Enzo, è il momento che impari che c'è sempre un prezzo da pagare.
– Perfetto, – esclamò allora il comandante dei vigili. – Signor Giovanni, se vuole sporgere denuncia contro il sindaco Palamà, dovrà andare in caserma e parlare con il maresciallo. Quanto ai danni alle nostre auto, il macellaio Presti si è offerto di pagare il conto della carrozzeria, i vostri figli stanno mettendo tutto in ordine, quindi credo che si possa considerare chiusa la faccenda.
– Molto bene, – disse il papà di Paolo, sollevato.
– Resta solo un'ultima questione da risolvere: il Libero Regno. Me ne avevano parlato qualche giorno fa, ma non ho detto nulla perché ero convinto che fosse solo un gioco di ragazzi. Oggi però ho visto con i miei occhi che non è cosí, anzi. Avete stabilito dei confini, un esercito, una moneta e tutto il resto. E ci avete persino attaccato.
– Quindi?
– In teoria dovrei comunicare il problema ai miei superiori. A dire il vero non mi era mai capitato nulla di simile in tutta la carriera, quindi non so bene come comportarmi... Chissà, magari davvero la lettera del brigante è autentica, e voi tra qualche anno diventerete come la Repubblica di San Marino o il Vaticano. Però...

Il signor Giovanni lo incitò a continuare.
– Se vuole il mio parere, io lascerei perdere. Bisognerà mettere in mezzo gli avvocati, e gli storici, e chissà chi altro. In fondo, il sindaco Palamà dovrà rassegnare le dimissioni... E con un nuovo sindaco lei non avrà problemi a ottenere i permessi per l'agriturismo. Insomma, parli con suo figlio e dimentichi questa faccenda. Sarà molto piú semplice per tutti.
Il signor Giovanni ringraziò e gli strinse la mano, poi si spostò sotto il pergolato, dove si erano riuniti tutti i genitori che non avevano potuto assistere alla deposizione della signora Palamà. La comare Vata Noma stava tenendo banco, discuteva e stringeva mani e prendeva appunti su un taccuino.
– Che succede, qui? – domandò.
La comare gli rispose con un sorriso: – Ho appena preso una grande decisione. Visto che Palamà sarà costretto a ritirarsi dagli affari, diciamo cosí... Ho deciso che mi candiderò per diventare sindaco al suo posto!
– Proprio cosí, – confermò il signor Pededecornala. – E noi la voteremo!

Dalla stanza di Paolo non si poteva vedere il mare: era troppo lontano, nascosto oltre il promontorio e le cime degli alberi. Però, in direzione dell'orizzonte, il cielo si tingeva di una striscia piú scura, un blu intenso e profondo.
Paolo pensava che fosse il riflesso dell'acqua. Lí, lontano, le rocce scendevano a capofitto in una scogliera irta di punte aguzze. Una barriera di pietra bianca e invalicabile si opponeva alla forza del mare, le onde ricamavano merletti di schiuma.

– È bello, vero? – disse il nonno. – I campi, gli olivi, le terrazze delle case là in fondo...
– Io veramente guardavo il mare, – affermò Paolo. – O meglio, guardavo dove ci dovrebbe essere il mare.
Il ragazzo si voltò verso l'anziano. Indossava ancora il cappello da brigante e il gilet di panno, ma per la prima volta quegli indumenti gli pesavano addosso dandogli una sensazione di oppressione.
Perché il nonno aveva chiesto di incontrarlo lí, al secondo piano della masseria, e senza i suoi amici intorno?
– Vorrei mostrarti una cosa, – dichiarò il nonno con aria misteriosa.
Tolse di tasca un taccuino con la copertina rossa. Paolo impiegò un istante per riconoscerlo: era il diario che parlava del brigante Giovanni e che il nonno aveva trovato negli archivi della canonica.
– So già quello che c'è scritto, – gli ricordò Paolo. – Il nostro avo diventò un bandito perché uccisero il parroco don Tarcisio e fecero ricadere la colpa su di lui. Piú tardi, quando venne proclamata l'Italia unita, il brigante Giovanni decise di combattere nel nome del vecchio re Francesco, e quando si accorse che la battaglia era persa dichiarò l'indipendenza di Casa Vulía. È giusto?
– Piú o meno, – acconsentí nonno Biagio. – Ma ci sono alcuni particolari della storia che non conosci. E ti ho portato il quaderno di don Biasi, cosí potrai leggerli di persona.
Paolo guardò il nonno. Il vecchio aveva gli occhi piegati in un'espressione un po' triste e la sua voce tremava appena.
– Cosa...

– Vedi, – disse il nonno, – nella vita ho imparato che le cose sono sempre piú complicate di quanto sembri a una prima occhiata. A volte è difficile distinguere con certezza giusto e sbagliato, ragione e torto. Spesso la storia è un guazzabuglio di persone, di errori e tentativi. Ci sono gli Stati e i governi, ma ci sono anche le vicende minute di ognuno di noi, che si intrecciano e seguono traiettorie imperscrutabili. Mi segui, fin qui?

Paolo annuí, ma in realtà non capiva perché il nonno stesse facendo quei discorsi confusi. Era stata una giornata lunga, i suoi amici lo aspettavano alla pajara e il ragazzo voleva correre da loro.

Nonno Biagio infilò gli occhiali sulla punta del naso e iniziò a sfogliare le pagine del taccuino rosso con aria concentrata. – Ti avevo già raccontato che il vero assassino di don Tarcisio, in realtà, era un certo Mimmo Prospero.

– Il signor Prospero aveva confessato il delitto a don Biasi, – confermò Paolo, – e il prete ne parlò al brigante Giovanni, che in seguito decise di vendicarsi.

– Esatto, – assentí il nonno gravemente. – Ma non ti ho mai detto come finisce questa parte della storia. Io stesso l'ho scoperto solo ieri, grazie a don Ernesto, e la situazione era cosí concitata che ho preferito aspettare un po' prima di parlartene. Ora credo che sia giunto il momento.

Il nonno si allontanò dal davanzale della finestra e si sistemò alla piccola scrivania, leggendo il taccuino.

– Ecco qui, – cominciò. – Mimmo Prospero, l'assassino di don Tarcisio, era un ricco latifondista. Significa che posse-

deva moltissimi terreni tra Pagliarano e il mare. Oliveti e frutteti.
– Tra Pagliarano e il mare? – ripeté Paolo, perplesso. – Ma non è...
– Sí. Sono proprio le terre su cui oggi sorgono Casa Vulía, e la masseria del signor Ciospola, e i campi del signor Campana. Ora, Paolo, torna con la mente indietro di centocinquant'anni e cerca di immaginarti la scena. È notte fonda, non c'è nessuno in giro e non ci sono i lampioni, perciò è davvero buio pesto. Il brigante Giovanni vive nascosto da giorni, braccato dagli uomini del governatore. Insieme ad alcuni banditi chiede rifugio all'unico amico che gli resta, vale a dire il nuovo parroco del paese. Don Biasi. Si fermano a bere qualcosa, e a quel punto il sacerdote gli rivela un grande segreto. Tutti i guai di Giovanni sono cominciati quando è stato accusato della morte di don Tarcisio. Ora Biasi gli racconta che in realtà la colpa dell'assassinio ricade su Mimmo Prospero, un uomo potente e corrotto che voleva mettere a tacere un sacerdote scomodo. Tu al posto di Giovanni come ti saresti sentito? Cos'avresti fatto?
– Mi sarei arrabbiato moltissimo... – mormorò Paolo.
– Infatti succede proprio questo. Anzi, molto di piú. Il brigante Giovanni sveglia in fretta e furia i suoi uomini, e insieme partono per raggiungere l'abitazione di Mimmo Prospero. Entrano nella sua casa, di notte, e uccidono tutti. Mimmo, la moglie, le sue tre figlie, persino alcuni uomini di fatica che dormivano in una pajara lí vicino. Un vero massacro.
Paolo non credeva alle sue orecchie. Il brigante Giovanni era «re delle pietre» e «distruggitore di nemici». Ma non poteva

essere un brutale! Il ragazzo capiva che volesse vendicarsi, ma non comprendeva perché avesse ammazzato anche le figlie, la moglie e altri innocenti.

– Non...

– Aspetta, – disse Biagio. – La storia non è ancora finita. Dopo quella tragica notte, il brigante Giovanni capisce che per lui è finita. A quei tempi non si va tanto per il sottile, Giovanni e i suoi uomini saranno condannati a morte. Non hanno scampo. Allora il brigante si asserraglia nei territori di Mimmo Prospero e chiama a raccolta i briganti della zona. Costruisce una baracca che poi, dopo molti anni, si ingrandirà per diventare Casa Vulía. Lui e il suo esercito si accampano nelle pajare –. Il nonno fissò Paolo da sopra le mezzelune degli occhiali, e continuò: – All'inizio ci sono scontri con l'esercito, che era stato mandato da queste parti per sconfiggere il brigantaggio. Ma questa zona del Salento è troppo scomoda da raggiungere, proprio sul tacco dello stivale d'Italia, e i guai veri in quegli anni sono molto piú a nord: in Campania, sul Gargano, nel Molise... Le truppe che riescono ad arrivare fino a Santa Maria di Leuca sono poche e male organizzate. Giovanni e i suoi le sconfiggono facilmente. Mimmo Prospero non ha lasciato eredi... o meglio, quei pochi sono già stati uccisi dal nostro avo. Cosí nessuno viene a reclamare le sue terre. Allora il brigante decide di scrivere al governatore per proclamare l'indipendenza del regno. Sa benissimo che nessuno ci crederà mai... ma non gli interessa, perché il vero scopo del brigante è un altro. La lettera gli serve per dichiarare ufficialmente che adesso i territori di Casa Vulía e dintorni gli appartengono.

– E il governatore d'Otranto? – domandò Paolo con un filo di voce. – Cosa fece?
– Il governatore lasciò perdere. Da quando si erano stanziati lí, i briganti avevano smesso di combinare guai, e lui aveva ben altri problemi da risolvere. Passò del tempo e, capendo che nessuno sarebbe venuto ad arrestarli, Giovanni e gli altri iniziarono a coltivare le terre per conto proprio. Se le divisero. Fu cosí che la nostra famiglia si stabilí a Casa Vulía.
Paolo era davvero senza parole. Il regno di cui aveva raccolto l'eredità, e che era riuscito a richiamare tante persone, in realtà nasceva da un delitto. Il massacro di una famiglia e il furto dei suoi possedimenti.
– Io... – il ragazzo faceva fatica a formulare i pensieri. – Perché me lo hai detto?
Il nonno scosse la testa, tristemente. – Questo è il momento di scegliere cos'accadrà al Libero Regno dei Ragazzi. Sei il re, la decisione è tua. Ma volevo che prima di prenderla conoscessi la verità.

Antonio. Elena. Laerte. Beatrice.
E poi Luca, Nadia, Annalisa, Giacomo e Matteo.
I ragazzi stavano seduti per terra all'interno della pajara, gomito a gomito, gli occhi stanchi e l'espressione soddisfatta. Avevano lavorato per ore, lavando le auto, sistemando la strada, mettendo ordine in cantina. Erano distrutti. Eppure sorridevano e ognuno appariva sicuro di sé e persino felice.
I cattivi erano stati puniti, loro se l'erano cavata (il giorno dopo li aspettava una bella ramanzina dalla preside, ma quel

momento era ancora lontanissimo) e finalmente stava per arrivare la sera.
Paolo guardò i suoi amici uno per volta, poi si alzò dal trono e aprí il foglio che aveva tenuto stretto in pugno fino a quell'istante.
– Sua Eccellenza, con questa presente lettera non intendo farvi minaccia, bensí pregarvi di dar attenzione alle mie parole...
– Che fai? – lo interruppe Antonio. – Sappiamo già che c'è scritto nella lettera.
Paolo lo ignorò, continuando: – ... perciò abbiamo deciso di fondare un regno nostro, che sia aperto a tutti i cafoni e briganti di buon cuore.
– C'è qualcosa che devi dirci? – chiese Elena. – È cosí, vero?
Paolo annuí, riponendo il foglio. – Sono passati meno di cinque giorni da quando abbiamo letto per la prima volta queste parole e abbiamo deciso di fondare il Libero Regno. Neanche una settimana, e da allora sono successe tante cose da riempire un romanzo.
– È vero, – sussurrò Luca.
– Puoi dirlo forte, – disse Laerte.
– In realtà tutto è iniziato da qui. Ma dovete sapere che questa lettera è solo un cumulo di menzogne. Bugie, dalla prima all'ultima parola.
I ragazzi cominciarono a parlare contemporaneamente, ma Paolo li fermò con un gesto e raccontò loro la storia che gli aveva rivelato nonno Biagio.
Aveva voglia di gridare di rabbia e stringeva i pugni cosí forte che, se avesse avuto le unghie lunghe, se le sarebbe piantate nel palmo della mano come lame. Massacri, assassinio di in-

nocenti, vendette, furti. Ecco le vere radici del regno. E ora che lo diceva ai suoi amici, il ragazzo si vergognava profondamente.
Quando ebbe finito, tutti restarono in silenzio. Paolo poteva vedere la delusione dipinta sui loro volti.
– Ma non è importante, – lo consolò Beatrice dopo un po'. – La lettera del brigante Giovanni è stata solo una scusa, la molla che ha fatto scattare l'idea. In realtà, per dar vita al regno, non c'era davvero bisogno di un bandito o di un cappello. Servivamo *noi*. E il regno è solo nostro, non importa cosa sia successo centocinquant'anni fa.
– Sí, – rispose Paolo, – ma io vorrei che sentiste anche il peso della storia. Forse qualcuno è stato qui, piú di un secolo fa, e ha conquistato queste terre dopo avere ucciso delle persone innocenti. Che ci piaccia o meno, anche se non lo sapevamo, noi abbiamo raccolto questa eredità... e adesso dobbiamo decidere cosa farne.
Ecco, era riuscito a dirlo. E di colpo Paolo si accorse che si sentiva meglio. Piú leggero.
– Cioè? – lo incalzò Antonio.
Laerte sospirò. – Ne parlavo prima con Nadia. Devi decidere se il regno continuerà a esistere. È cosí?
Paolo si tolse il cappello da brigante e lo lasciò cadere per terra. – Non lo deciderò io, lo faremo tutti insieme. Il sindaco Palamà ha commesso dei reati. Forse finirà in galera, oppure dovrà pagare una multa, o magari riuscirà a farla franca... In fondo, ha i soldi per reclutare un esercito di avvocati ed è molto furbo. Ma l'importante è che non farà piú il sindaco, lo costringeranno a presentare le dimissioni

e ci saranno nuove elezioni. Qualcun altro prenderà il posto di Palamà...
– Sarà mia mamma, – disse Laerte soffocando una risatina. – Ci scommetto.
– Be', chiunque sia il nuovo sindaco, sono sicuro che mio padre otterrà i permessi per il suo agriturismo. Casa Vulía ha tutte le carte in regola. Ma perché questo succeda bisogna che la masseria faccia parte dell'Italia, e non di un microregno autonomo. Ed è qui che entriamo in gioco noi.
– Tu cosa vuoi fare? – chiese Elena.
Paolo non lo sapeva. Ci aveva pensato tutto il pomeriggio e non era ancora giunto a una conclusione.
– Non lo so. Abbiamo vinto la nostra battaglia, e i miei genitori sono felici. Prima di venire qui ho guardato il sito Internet, c'erano quasi ottocento commenti. La gente voleva sapere se c'era stata una battaglia e se avevamo vinto. Eppure...
– Secondo te continuare è inutile, – concluse Beatrice.
La ragazza indossava una maglietta bianca sporca e pantaloni sbrindellati sulle ginocchia, e aveva i capelli che tra polvere e sudore si erano trasformati in liane selvagge. Eppure a lui sembrò davvero bella, molto piú di quando si era truccata da diva. Le sorrise. – Se decidiamo di andare avanti, gli adulti prenderanno il controllo del regno e cominceranno ad affrontarsi tra avvocati e tribunali. Prima o poi qualcuno tirerà fuori la storia del brigante Giovanni, e chiunque saprà che tutto è nato da una gigantesca ingiustizia –. Paolo prese un bel respiro. – In fondo, lo scopo del regno era dimostrare a noi stessi e agli adulti che potevamo farcela. Io volevo dare una

lezione al professor Bambino e voi... tutti voi avevate i vostri motivi. È per questo che avete accettato di entrare nel regno. Ora abbiamo vinto: gli adulti hanno imparato a darci retta, o forse siamo noi che abbiamo imparato a spiegare quello che vogliamo. Insomma, che altro ci resta da fare adesso?

– Potremmo diventare grandi, – propose il piccolo Luca con un sussurro.

Antonio afferrò il fratellino e gli strofinò i capelli con le nocche.

– Ma noi siamo già grandi, rospetto! Siamo grandissimi!

Nella luce del tramonto le foglie degli olivi sembravano bruciare, le pietre guizzavano di mille fiamme arancione.

Paolo percorse il viale della masseria insieme a Laerte e Antonio, i Cavalieri del Regno, che erano armati di bastoni e avevano legato al braccio i loro fazzoletti gialli.

– Emozionati, ragazzi? – sussurrò il re, aggiustandosi il cappello da brigante sulla fronte.

– Un po', – gli rispose Laerte.

– Certo che è un peccato, – sospirò Antonio. – Dopo tutta la fatica che abbiamo fatto...

Paolo fu tentato di tirargli una scoppola affettuosa e poi magari scappare via, in direzione del portico.

– Non fare scherzi, – lo prevenne l'amico, che forse aveva intravisto la luce divertita nei suoi occhi. – Non facciamo brutte figure proprio adesso.

Risero tutti e tre, insieme, e superarono gli ultimi alberi e il parallelepipedo del bagno esterno per fermarsi davanti alla masseria.

Fino a pochi giorni prima, Paolo si sarebbe sentito in imbarazzo a vedere tutte quelle persone riunite per lui. Ora invece sorrise ai suoi genitori che lo aspettavano sotto il portico insieme al nonno, a sua sorella Elisa e al capo dei vigili.
Paolo fece un cenno di saluto alla preside e al professor Bambino. Guardò compare Totiri, il signor Pededecornala, il pizzaiolo Vito Carrozzella. E ancora la Vata Noma, i genitori di Antonio, quelli di Beatrice ed Elena. C'erano le figlie del fornaio Pignata e i nipoti di compare Duelire. Facce di ragazzi e di adulti che lo guardavano, sorridevano, lo prendevano anche in giro, perché no.
Paolo raggiunse il comandante dei vigili, che aveva accettato di trattenersi per la piccola cerimonia. Quando mise piede sotto il portico, Antonio e Laerte si fermarono e alzarono i bastoni in un presentat'arm.
Il ragazzo respirò a fondo per calmarsi, poi tese la mano per stringere quella del comandante.
– Salve, Sua Maestà, – disse il vigile con un'espressione incredibilmente seria sul volto.
– Salve, comandante, – gli rispose Paolo.
Il ragazzo tolse dalla testa il cappello da brigante e lo rigirò tra le mani per un istante. Era bucato sulla punta e coperto di polvere, e puzzava di olio e di vernice. Era la corona del regno dei ragazzi.
Paolo consegnò il copricapo al vigile con tutta la solennità di cui era capace.
– Signore, – disse, – in quanto pubblico ufficiale dello Stato, le chiedo di accettare l'annessione del Libero Regno dei Ragazzi alla nazione d'Italia.

– Quindi ha deciso di rinunciare alla corona? – domandò il comandante.
– Sí, signore. Ma a una condizione: anche se il regno smetterà di esistere, chiedo che all'interno del territorio di Casa Vulía le leggi speciali dei ragazzi continuino ad avere valore.
Paolo alzò una mano e Beatrice corse da lui reggendo il rotolo con le sette leggi.
Il comandante dei vigili le lesse con attenzione, quindi acconsentí. – Direi che, per me, non ci sono problemi...
– Allora è fatta! – esclamò Paolo tutto allegro. – Accetterebbe di venire a cena con noi? Ho una fame incredibile!
Sotto il portico rimbombò una salva di risate, poi i ragazzi cominciarono ad applaudire.

Vito decise di invitare tutti nella sua pizzeria.
Era un locale microscopico che spuntava tra alti condomini di periferia, ma sul piazzale di cemento c'era spazio per una ventina di tavoli apparecchiati alla buona, con tovaglie di carta e posate infilate nei sacchetti. Inoltre la pizza di Vito era la piú gustosa del Salento.
Paolo non mangiava qualcosa da quella mattina, e durante il viaggio fino alla pizzeria (schiacciato insieme ad Antonio e Laerte nella Panda della Vata Noma) si era tenuto le mani premute sullo stomaco per non sentirlo brontolare con un suono di mille tamburi.
Per fortuna, Vito aveva già distribuito sui tavoli gli antipasti: patatine e arancini di riso, e rustici e pittule di pane fritto.

Non c'erano sedie per tutti, perciò la gente rimase in piedi a chiacchierare, passando da un tavolo all'altro. Paolo cominciò a divorare tutto quello che gli passava a tiro, poi finalmente il suo stomaco si riempí e poté dedicarsi alla festa.
Laerte stava seduto per terra e chiacchierava con Nadia, e si capiva da un chilometro che quei due si preparavano a prendersi una gigantesca cotta estiva, fatta di falò sulla spiaggia e pianti e lettere quando Nadia sarebbe dovuta tornare a Milano.
Antonio invece era in compagnia di Annalisa, Matteo e altri ragazzi. Parlavano di calcio, e di vecchi motorini da rimettere a nuovo per trasformarli in bolidi da cross. A parte Paolo e Laerte, Antonio non aveva mai legato con gli altri compagni di classe: era troppo timido e se ne stava sempre sulle sue. Adesso invece sorrideva e le sue mani disegnavano nell'aria la procedura di montaggio di un kit trasmissione da scooter, per guadagnare un sacco di potenza in piú.
Accanto a lui, il piccolo Luca sorrideva e faceva di sí con la testa, come se il motorino immaginato da suo fratello fosse già vero, e lui ne fosse il pilota.
Il nonno stava in un angolo e non aveva quasi toccato cibo, ma fumava una delle sue sigarette che gli ingiallivano le dita e teneva lo sguardo puntato nel cielo buio, verso un punto lontano.
Elena mangiava una fettona di pizza margherita grossa quanto lei e rischiava di strozzarsi perché un ragazzo delle superiori con l'orecchino al naso le aveva fatto una battuta.
Paolo si sorprese a sorridere, e non era per niente geloso. Quel tipo (gli sembrava che si chiamasse Fabrizio) aveva

una faccia simpatica, magari sarebbe entrato nella loro compagnia di amici. Paolo voleva chiedergli se il piercing al naso faceva davvero cosí male, e come l'avevano presa i suoi genitori.
A proposito di genitori: il signor Giovanni e la signora Maria ridevano insieme alla Vata Noma, e Paolo non li aveva mai visti cosí contenti. Si erano persino dimenticati di punirlo perché non era andato a scuola (e aveva rischiato di farsi arrestare, e aveva spinto Laerte e Beatrice a commettere una lunga lista di reati, e qualcos'altro ancora).
Beatrice.
Paolo percepí la sua presenza senza bisogno di vederla. Era una specie di prurito dietro la nuca, un profumo leggero di fiori e di sale. Il ragazzo si passò una mano dietro la schiena e mosse tutte le dita per salutarla senza voltarsi, e a sorpresa Beatrice prese la mano tra le sue e Paolo si girò come se l'avesse morso una murena e lei stava sorridendo.
Beatrice si era tolta gli occhiali ed era bella, e i lampioni dipingevano riflessi di luce sui suoi capelli.
– Ti avevo perso di vista, – mormorò Paolo, e si accorse che lei gli stringeva ancora la mano, le dita intrecciate.
– Perché? – chiese lei ridacchiando. – Mi tenevi d'occhio?
Paolo non rispose. In effetti sí, la stava sorvegliando, una parte di lui era rimasta a scrutare cosa faceva l'amica e con chi parlava. Ma perché? Non ne aveva la minima idea.
Prima che potesse rendersene conto i tavoli della pizzeria furono lontani, e lui e Beatrice si ritrovarono tra le ombre pesanti dei palazzi, pavimenti di marmo scivolosi sotto le scarpe e una parete ruvida contro la schiena.

Faceva cosí buio che Paolo non riusciva piú a vedere la ragazza, ma sentiva la sua spalla, e il braccio, e il fianco premuto contro i suoi. Percepiva il profumo sottile del suo respiro.
– Volevo chiederti una cosa, – sussurrò Beatrice. – Perché stamattina hai voluto che fossi io a frugare tra le carte di Palamà? Cercavi di liberarti di me? Volevi restare solo con Elena?
La ragazza si sforzò di ridere, ma Paolo riuscí a leggere tra le vibrazioni sottili della sua voce e capí che, per lei, era una cosa molto seria.
– In realtà... – esitò, alla ricerca delle parole giuste. – Forse è vero proprio il contrario. Avevo bisogno di sapere che per quel compito c'era la persona di cui mi potevo fidare di piú. La battaglia, e il colpo di Stato di Ciccio, sono state solo sciocchezze. L'importante era far saltar fuori le carte, e tu ci sei riuscita. Grazie.
Beatrice non disse niente per un istante, poi bisbigliò: – Posso rivelarti un segreto?
– Certo.
– Cosa penseresti di me se ti dicessi che... quando saremo grandi... io vorrei diventare una poliziotta?
Paolo si bloccò. Quella sí che era una domanda strana!
Dopo averci riflettuto un momento, rispose: – Secondo me saresti adattissima a lavorare in un reparto speciale, tipo la polizia scientifica. Come in quel telefilm, Squadra-Qualcosa-Tiger. Hai presente?
Beatrice lo abbracciò di slancio e Paolo, sorpreso, le strinse le spalle. Improvvisamente si sentí invadere da una strana

serenità. Mancavano ancora due giorni di scuola, e le vacanze promettevano meraviglie.
Paolo aveva degli amici. I suoi genitori avevano deciso di restare per sempre a Casa Vulía, e l'estate era appena cominciata.
In fondo, chi aveva bisogno di essere re?

Nota

Hai appena finito di leggere un'opera di fantasia. Ogni riferimento a fatti o persone è puramente casuale, e il paese di Pagliarano è un luogo immaginario che non troverai su nessuna piantina del Salento.

Questo romanzo però non è infarcito di invenzioni strampalate. Per esempio, le micronazioni esistono sul serio. È vero che un signore ha dichiarato l'indipendenza della sua fattoria in Australia, e un giorno, negli Stati Uniti, un ragazzo indossò uno strano cappello da pompiere e dichiarò l'indipendenza della sua stanza da letto.

È vero anche che centocinquant'anni fa, quando nacque l'Italia unita, non ci furono solo feste e applausi. All'epoca, nel Meridione, molte persone imbracciarono le armi e diventarono briganti. Alcuni di loro erano spinti dalla fame e da condizioni di assoluta miseria. Altri erano soldati fedeli al Regno delle Due Sicilie.

Sono stati anni difficili per il nostro Paese, un periodo tragico e violento che, in seguito, si è cercato di dimenticare o addirittura di cancellare. Spero di averti messo la curiosità di saperne qualcosa di piú, e ne approfitto per fare gli auguri all'Italia e soprattutto agli italiani.

Infine, se un giorno andrai in bicicletta sulla strada per Tricase Porto, ti accorgerai di un gigantesco albero. È la quercia dei cento cavalieri, chiamata anche «quercia vallonea» o «grande madre». È meglio non scavalcare il muretto che la circonda, ma se passi da quelle parti fermati all'ombra dei suoi rami e falle un saluto. Magari ci incontreremo lí.

Indice

CARTA
BIANCA

CARTA BIANCA

Pierdomenico Baccalario, *Lo spacciatore di fumetti*

Pina Varriale, *L'ombra del drago*

Elena Peduzzi, *Senso zero*

Davide Morosinotto, *Il Libero Regno dei Ragazzi*

Guido Sgardoli, *Demoni e predoni*

Michela Turra, *Il mondo nel palazzo*

Mario Pasqualotto, *L'estate delle falene*

Alessandro Gatti, *Quaranta gradi*

Elena Peduzzi, *Rachele, la rossa*

Questo libro è stampato col sole

Azienda carbon-free

Finito di stampare nel mese di novembre 2011
per conto delle Edizioni EL
presso Grafica Veneta S.p.A., Trebaseleghe (Pd)